文 学 有 大 益

Literature benefits，tae fashion

呼 唤

THE CALL

主编 陈 鹏

TAETEA LITERATURE
大益文學

SPM
南方出版传媒
花城出版社

图书在版编目（CIP）数据

呼唤 / 陈鹏主编. -- 广州 : 花城出版社, 2021.3
（大益文学书系）
ISBN 978-7-5360-9403-1

Ⅰ. ①呼… Ⅱ. ①陈… Ⅲ. ①小说集—中国—当代②散文集—中国—当代 Ⅳ. ①I217.1

中国版本图书馆CIP数据核字(2021)第046441号

出 版 人：肖延兵
总 策 划：吴远之
统　　筹：陈　鹏
策划编辑：程士庆
责任编辑：李　谓　曹玛丽
特约编辑：阮王春　马　可　寇　挥
技术编辑：薛伟民　林佳莹
装帧设计：刘　涵

书　　名　呼唤
THE CALL
出版发行　花城出版社
（广州市环市东路水荫路 11 号）
经　　销　全国新华书店
印　　刷　云南美嘉美印刷包装有限公司
（昆明市盘龙区郭家凹金香巷 191 号）
开　　本　787 毫米 ×1092 毫米　16 开
印　　张　16.75
字　　数　220，000 字
版　　次　2021 年 3 月第 1 版　2021 年 3 月第 1 次印刷
定　　价　78.00 元

目录
Index

新标 New Standards ‖ 163

视觉 Vision ‖ 211

散文 Prose ‖ 225

我们值得走向更好的未来（序言）

陈　鹏

啊，船长，我的船长！我们艰苦的航程已经终结，这只船安然渡过了一切风浪，我们寻求的奖赏已经获得。

港口在望，我听见钟声在响，人们都在欢呼，目迎着我们的船从容返航，它显得威严而英武。

可是，啊，心啊！心啊！心啊！啊，殷红的鲜血长流，在甲板上，那里躺着我的船长，他已倒下，已死去，已冷却。

啊，船长，我的船长！起来吧，起来听听这钟声，起来！旌旗正为你招展，军号正为你发出颤音。

为你，送来了这些花束和花环。

为你，熙攘的群众在呼唤，转动着多少殷切的脸。

这里，船长！亲爱的父亲！你头颅下边是我的手臂！

在甲板上像是在一场梦里，你已倒下，已死去，已冷却。

我们的船长。

——惠特曼《啊，船长，我的船长》

2021年，世界会好吗？

曾在大益文学《晴》抛出相似问题，彼时疫情略有缓解。这一次，局部向好，总体仍然严峻；虽然，疫苗的跟进让全世界欢欣不已。

想起伟大的惠特曼的伟大的《啊，船长，我的船长》，有热泪奔涌的冲动；它让人在黑暗中看见光，看见那个伟岸的仿佛上帝钦定的船长傲然而立，即便倒下，即便停止呼吸，仍有无数的花环和呐喊，在那艘饱经磨砺的大船周围像巨浪一样升起。是的，船长，亲爱的父亲，起来，旌旗正为你招展，军号正为你发出颤音……

世界还在挣扎，离散者离散，隔离者隔离，大到城市、国家，小到城邦、个人，自初时之惊惧，濒于厌恶和疲乏，及至深深的倦怠。哀莫大于心死，最怕的无非如此，熟视而无睹。

所以，没有比呼唤更迫切的了。

我们呼唤振作，呼唤平安，呼唤爱，呼唤更有效的解决之道，呼唤更好的未来。

被深刻改变已经是事实。轰轰烈烈，万人空巷，人头攒动的图景，或永不复返；我们必须习惯并忍受一个孤绝的，寂寥的，小范围小规模的新的世界，并像提防狡猾的罪犯一样时时提防病毒又找上门来。

写作呢？2020年我们预测各种写作：向内的，更深的，面向个体的；或者，敞开，让全世界感同身受的一种命运共同体般的写作。无论哪一种，写作者的要务无非找到它，全力呈现它。

对爱和希望的呼唤是文学的常量——我始终觉得疫情期间及之后对人性之恶、之坏做再多谴责和深挖不再是当务之急，世界如斯，人心还能如何？不如抱定信念，呼唤人与人之间的爱、谅解和宽容。虽然，这早就是老掉牙的话题了，可大难当前，我们太需要冉阿让市长了，太需要里厄医生了，太需要堂吉诃德骑士了，太需要西西弗斯了……所以，文学可能的流变之一是抓住重压之下的人性的光辉，哪怕这些发光的人物是小的，是卑微的，但他或她所传递之爱，之信念，或许，比任何时代的小说人物都更让我们动容，也更值得我们像呼唤船长一样呼唤他。

文学本来无用，常显露它的乏力、超脱和“不为所动”，但文学之力更在信念，在“爱人如己”，尽管囿于书斋的文学家也许比常人更胆小更怕死，却不妨写出邻居小哥被羞辱一顿仍坚持的善和宽恕，写出你认识的大姐于凌晨寒风中一次次摔倒，一次次爬起……再渺小的个体都是有力的，只要写家们，像不惮前驱的“真的勇士”，把它写出来。“安得广厦千万间，大庇天下寒士俱欢颜”，老杜尚且如此，何况吾辈乎？

眼下，作家们的分量（变量）也许皆在于此：不再是后现代们的破坏与解构，而是深情地凝视着世界，把它拼凑完整，让它美丽而壮阔。

本辑大益文学是我们优秀的作家们深情的“呼唤”之一种，无论是严前海的《前往苏北的告别》，还是李晁的《母女与蛇》、庞羽的《说人话》，抑或是已故意大利名家托马索·兰多尔菲，都极力书写了小人物的善良与宽恕，无奈与坚持。

世界会好的。我们值得走向更好的未来。

我坚信。

对垒 Confrontation ///

〔斯洛伐克〕巴拉　巴拉（Balla）的作品是斯洛伐克文学场景里一个高度原创的声音，在他创作的这些荒诞的短篇小说里，有一群孤独、疏离、无法和他人交往的特殊人，他们经历了奇异的、常常是可怖的体验。巴拉获得了几个文学奖项，但他避开聚光灯，依旧生活在新扎姆基的当地小镇。1996年，他出版了第一部短篇小说集《莱普托卡利亚》（*Leptokária*），内收录七个短篇小说。他的近著包括《德·拉·科鲁兹》（*De la Cruz*，2005）和《陌生人》（*Cudzí*，2008）。2011年，他出版了中篇小说《以父之名》（*V mene otca*），随后2012年，又出版了《眼》（*Oko*）。

分手前

［斯洛伐克］巴拉
严蓓雯　译

米莎发现公寓里有什么东西。

是在客厅一角的电视机背后。但晚上，她给几天前出差的亚诺打电话，没提这件事。为什么要让他担心呢？他在亚洲大都市里，有别的事要操心。也许没有？疑心开始咬啮她：有一晚，她梦到丈夫在卡拉OK酒吧里，要跟贱货来一腿；尽管在那些场合，“贱货”会有别致的、更潮的称呼——米莎想不起来那个确切的词——她很肯定，她们都是贱货，干着下贱的勾当。

打完这个例行公事的电话，她在厨房一直坐到深夜，冰箱上的一盏小灯，照亮了她的手和手指，长长的影子，沿着地板和对面的墙壁爬行，米莎想，那么多人里，为什么这事情要发生在她身上？真的，不仅发生在她身上，也发生在亚诺身上——不过亚诺一无所知。或许他知道？他躺在什么酒店的床上，隐隐有点头绪？他在摩天大楼的20层或30层谈判，模模糊糊知道？

米莎长大的家庭，电视机背后从来没什么东西。她的父母从来没对她提过这样的可能，尽管他们喜欢当她面讨论邻居或同事的丑事。但也许，在他们的卧室里，他们也有这东西。他们从不许女儿进他们卧室。可不可能在他们卧室？他们出门度假时是不是带上了？他们经常出门，留下女儿和她奶奶在乡下。

她走到玄关，给朋友打电话，她觉得需要跟人聊聊这个意想不到的问题。交谈中她答了几句，感到困惑：

——你是说，我得去看精神科医生？

——当然。你得去。要都是你凭空想出来的呢？

——你的意思是……幻觉？你觉得我出现了幻觉？

——但如果它根本不在那里呢？听你说的，它几乎跟衣柜一般儿大了……那么大的东西，电视机后面放得下吗？

——索娜，相信我，它在那里！

——我怀疑。听着，你认识蒙蒂医生……

——长胡子的那个？

——不是，去爱尔兰酒吧的那个。

——他坐在哪？

——就坐在后面，环绕音箱下面。

——我根本不认识他。

——那你认识另一个，什么名字来着……帮我一起想想……

——你是说拉蒂医生？

——就是他。

——但他不是精神科医生，他是心理医生。

——没问题，没问题，就初期而言，心理医生也许管用……

——你什么意思，初期？它真的跟衣柜一样大，你管这个叫初期？

——我早跟你说了，它不可能和衣柜一样大。冷静。我肯定它小得多。

——那你觉得它有多大？

——让我们达成一致，最多火柴盒那么大。绝对一丁点儿。

——听着……你过来看一下怎么样？

——不可能，我来不了。

——为什么？过来吧！求求你！帮帮我。

——怎么帮？这跟我有什么关系？而且，不管怎么说，我这里也有点棘手。

——我不明白。

——……

——什么事？你能说说吗？

——唔。

——我要你帮我个忙，你就突然说不出话了。小声说都不行吗？

——我可以说轻点儿。不过我该小声说啥？你最好再过去看看……

——我已经看了它一整天了。实际上……不是一直看着，我现在看着窗外呢……而且……在美发店门旁边……你知道我说的地方……

——我当然知道。门旁边。那里有什么？

——那里……

——说呀，有什么？

——没有！什么也没有！你不明白吗？它不在那里。它只在这里，在电视机后面。如果都是我想出来的，我为什么不想它在外面呢？我告诉你为什么：就因为它不在外面，只在这里。你在撒谎。

——我怎么撒谎了？

——你说你只能小声说话。这会儿，你对美发厅门边有什么那么好奇，都开始嚷嚷了。还真好奇呀。你觉得那么有意思，是因为你自己也去那家美发厅。看来，你唯一愿意听我讲，不怪我疯了，就是事情跟你有关的时候咯?

电话挂断了，那一声心里很不舒服。

米莎在餐桌边坐下，拿起一面镜子，打量自己苍白面孔上的苍白肌肤。它在厨房的夜晚熠熠发亮。眼睛，鼻子，嘴巴，嘴角。沉思中，米莎又继续查看自己的肩膀、胸部、双腿。从每样整体来说，几乎很难跟别的这样的整体区分开来。或许只在有些时候，亏得有衣服，可以把它们扔在一边，浑身赤裸，露出特定的整体。浑身赤裸?是的：看看你自己是谁！站在镜子跟前，从外部看清自己，深入地看！让内部跟上。跟上内部！

米莎站起身，又坐了下来。

她又直挺挺地坐在厨房里。

几天后，亚诺回来了，包往门厅一放，脱下鞋，进了浴室，冲了个澡，然后，用一大块厚厚的浴巾擦干全身，进了客厅。她站在门边等他。脑子里想的是贱货和卡拉OK。也想着自己，自己的角色。她现在是该飘到天上，梦眼迷离，快乐幸福?或者该让镇静剂、冥想或心理医生来包办一切?她后退一步，让亚诺过去。他在扶手椅里一屁股坐下，用遥控器打开了电视。闪烁的蓝光从黑暗中勾勒出物体的形状。

就在那时，亚诺看见了。

它慢慢地、阴险地、势不可当地移动着。亚诺一言不发。他的脸像撑开的面具，包在骨头架上。直到他老婆冲他歇斯底里地嘟囔，他才有所反应，说，在他看来，这让客厅比老早更舒服了，他用这话遮遮掩掩，就好像它是一幅珍贵的藏毯。米莎逃出街区，给索娜打手机。她气喘吁吁：

——我什么都知道了！

——你知道什么?

——它在你那里也出现了！这就是为什么你没法说话！它在盯着你！它在听你说话！它在长大！

——……

——你没什么话要说吗?

——我告诉过你了,我没法说话。

——好吧,那小声说。

——是的,它在我这里也出现了。但那是好久以前了。现在它不长了,不过,我得承认,它也没变小。我们已经习惯了。随它去了。听着,我知道你的感觉。碰到新情况,一开始很难忍受……但真的是新情况吗?好吧,我知道你从来没想到过这个。你从来没想过……要看到这个样子的它。什么女人会等着看到这样的东西啊?我希望这不会发生在你身上——不会发生在你和亚诺身上。上次你打电话来,我以为你可能有点夸大其词了。因为,在我们这里,它长得没那么快!皮托和我在一起六年了,我们才第一次看见!但时代变了,生活变快了……我知道我可能词不达意,但事实是,世界变快了,所以你和亚诺……尽管你们在一起只有两年——是两年吧,是吗?还是三年?不管怎么说,不知道什么原因,它发生得更快了。哦,亲爱的,我想我落在时间后面了。

——索娜,我爱你,你是我唯一的朋友。但为什么你非得瞒着我这个秘密?

——我说了:我希望它不会发生在你身上!

——你爹妈怎么样?在家里,你长大的家里……他们也有问题吗?你懂我的意思。

——当然。我们这儿每家都有。我记得克罗帕奇一家,他们为此不得不搬家:它简直就是直接把他们从公寓里挤出去了。有天早上,它伸进了门厅。你能想象情况有多脆弱吗?确实存在着社会主义,而你公寓门口杵着什么东西?你和孩子不得不睡在外面台阶上?我爹妈收留了他们的孩子几天,他们待在我的房间里,但我不喜欢他们,他们整天在哭。顺便说一句,它最终变成克罗帕奇一家的好事了:它到处跟着他们;末了他们住到布拉格斯蒙契夫的工人宿舍，但有天晚上，它胀开了，整栋屋子炸裂了，吵醒了半座城市，这丑闻让他们采取了激进步骤：移民。如今他们在西方过着美妙的生活，她在意大利，和孩子们住在一起，他在瑞士的什么地方。一过边境他们就分手了。你明白吗？这事关生死。但事实上，这样的情况，总是事关生死。

——但为什么妈妈从来没有哪怕暗示过一点点？

——女人就这样：虽然我们看得见——事实上从一开始就看得见——事情是怎样发生的，会怎样不可避免地结束，但我们还是希望……还是犯着同样的错误。我们就是不会吸取教训。典型的这样子。哪怕看见我们父母落了个什么结局，也没有阻止让同样的事情再次发生在我们和我们孩子身上。时间一到，我们从最开始就赶着他们对他们的孩子做同样的事情。像什么强迫症，你没感觉到吗？

——索娜！我想我要发疯了！

——正是。你要发疯了，但没人注意到你疯了。这是集体疯狂。你跟别人没什么两样。每个人都疯了，你又怎么诊断疯狂呢？

米莎不知道该怎么办。

好几个星期，她在公寓里闷闷不乐。

她可以看见它从电视机后紧盯着她。甚至，不是从电视机后面，而是从电视机下面，这会儿，它又浮在电视机上面，就像泳池气垫上的度假游客，来回摇晃。

米莎站在阳台上。

米莎靠在火炉边。

米莎甚至梦到在真正的、纯粹的乡间漫步。

不管她碰巧在哪里，她都在想她和亚诺真正希望从对方身上获得的究竟是什么。不管她在哪，她还想她怎么能进壁橱，她结婚前，她就把大箱子放在那里面，因为，如今它已经占据了整个房间，挡住了壁橱的路。情况特别糟时，在第十三和第十四根烟之间，在从阳台往下充满渴望地看着街道和看着对面高楼、看着那些跟她自己相仿的牢房般窗户之间，在平静的放弃和安详的恐怖之间，除了那些更重要、更基本的事物，米莎想，你还需要一个伴侣，替你扣上项链的搭扣，而你需要一条项链，来找到一个伴侣。

朱莉娅·舍伍德译自斯洛伐克语

【译者简介】朱莉娅·舍伍德（Julia Sherwood）在前捷克斯洛伐克的伯拉第斯拉瓦出生长大。她在科隆、慕尼黑和伦敦的大学学习英语、斯拉夫语言和文学，然后定居伦敦。2008年，她移居美国，成为自由译者，翻译斯洛伐克、捷克、波兰和俄语作品。她的文学翻译包括丹妮拉·卡皮纳洛娃（Daniela Kapit á nov á ）的《萨姆科·塔莱的墓地书》（*Samko T á le ' s Cemetery Book*，译自斯洛伐克语，2011年出版），以及彼得拉·普罗哈兹科娃（Petra Proch á zkov á ）的《弗莱什塔》（*Freshta*，译自捷克语，2012年11月出版）。

杨帆　“70后”小说家。著有小说集《瞿紫的阳台》《天鹅》《黄金屋》《后情书》等，大益文学院签约作家。

欢乐宾馆

杨　帆

歪小姐是那种很白的人，白人妇女的那种白。按时兴的说法来看，她的白皮肤一点也不萌，不像雪花或奶油，像一块撒了白颜料和粗盐的布。大家叫她Y小姐，那是她姓里的首写字母，因为有点洋气，显得不太配合政府对洋地名的规制而改成汉字。歪小姐还蛮配合这种考虑，平日里在父母亲友面前，她不大发表意见，比如他们让她减肥，矫正龅牙，考会计证，不早恋不晚育，不远嫁，等等。从一所三本院校毕业后，她先在一家宠物店帮工，后被一所私立医院聘用。一个外科医生说，歪小姐看上去不瘦，但身体里像有一根棍子。这种话在小郭那里有不同说法，他说她穿衣服显瘦，脱衣服有肉，他们发生了争执。这一年歪小姐二十五岁，男人变着法地琢磨她的肉，赞美她的衣服，她想过在里面找一个结婚。歪小姐除了数字和消毒水，尚未掌握跟人打交道的途径。念初中时她看过一本书，里面有个人物是她没在周围见过的。他对外人很霸道，对家人很温顺，他们叫他对先生。

有一年歪小姐遇到了那个人，那时她已和小郭结婚。歪小姐知道她跟小郭结婚二十年和结婚两个月不会有区别。这是她找小郭的主要原因——她不离婚。就像对先生一样，平静度过一生，对家人不离弃，对外人不屈服。歪小姐事先对小郭讲明，她结婚是冲着一辈子，谈恋爱是冲着结婚。倒像是她向小郭求婚了。这一点对歪小姐不是障碍，同她的衣服总把她包裹得严实相比，两个态度并不矛盾，而是同一个硬币的两面。小郭是因为跟人打赌，赢了赌注高高兴兴结婚的。他尤其赞许歪小姐对他践行硬币原则，一劳永逸是每个赌徒的心愿。他是院长的小舅子，先在食堂帮厨，好赌成性，结婚没有使他走上正道。后来他当上后勤主任，这个嗜好就丢开了。小郭不知道对先生正在赶来，他踏踏实实搞后勤，回家后还和家政女工交流心得。当他们交流到床上的这个周末，歪小姐，不，现在是歪夫人，不如照旧称歪小姐吧，刚好回家撞上了。歪小姐只听到脑子里轰隆一声。年长她十岁的家政工迅速躲进卫生间，但她记住了她赭石色屁股上的一块瘀青。小郭在捡地上的衣服。他不急于遮住身体，像他一向在她面前那样。他垂着眼皮，将衬衣披上肩头，嘴巴在说话。她看到自己往后退，退到了楼梯口。一道夕光打在楼梯间的窗棂上，歪小姐正站在那个位置，阳光把她的左眼球切成两半。一阵风拂过，她沿楼梯飞奔而下。

歪小姐跑下十三层，冲向单元门时，被守在门口的小郭一把拽住。 你去哪里？他低声用责备的口气说，刚刚我们在打赌。你当真了，叫得怕死人。小郭突然出现让歪小姐有点愣神，手从乱发丛里无力地垂落，像一条被捏住七寸的蛇。电梯口出来几个人，从两人身边踅过去。小郭把歪小姐带到一边，松开了她。有个人回头看了一眼。小郭按住电梯按钮，对歪小姐笑一笑，我们回去。歪小姐抬起被掐疼的胳膊，指着小郭的脸笑。小郭被笑得心惊胆战，索然无味。他的腮帮被她虚指着，感到了咬肌的酸胀。别闹了，回家，他在她耳边说，我们不会离婚。

我不回去，你们要害我！

闭嘴。王姐不会再来。

我不回去，我要去看克林姆特！

我要揍你了。

我不回去，给我一块布！

……

整个晚上她重复这一句话。她要一块布。俨然忘记了前面所有的事情，所有的词语。他问她进门影子怎么没叫，她答给我一块布。他问是不是她身上快来了，她的答案还是给我一块布。她忘记这个时候她该做晚饭，忘记了遛狗、浇花、记账，忘记他是她的丈夫。天黑了下来。小郭做了一锅肉丝米粉，拌了个莴笋丝，给歪小姐碗里卧了一只溏心蛋。他手艺没荒，略有增进。一碗的粉红翠绿，多少振奋了败坏的胃口。小郭开了一罐黑啤，盘腿坐在沙发上看球。中场休息时来收碗，歪小姐一口也没吃，而是把蛋黄挖出来，涂在钢琴漆面的枣红床头上。这种把戏对歪小姐来说并不合适，他要看她闹到什么时候。她似乎感应到他的心思，咚地跳下床，把踩脏的白床单团成一团，拖到阳台上。给我一块布，她轻声说，坚定地经过他和沙发。洗衣机传来轰鸣声，她倒了太多漂白剂。她上半身钻进滚筒里，动作那么浮夸，像个小孩子要把自己也塞进去洗。小郭把电视音量调大，不时瞥一眼蹬着高跟鞋走来走去的歪小姐。他忖度着，是时候生孩子了。他父亲说过，女人没事做就发疯。

一夜未眠。歪小姐不断开灯，从客厅到卫生间来来回回走。洗衣机轰鸣大半夜，吐出大量被单、枕套、浴巾和毛巾。这些皱巴巴湿漉漉的用品挂满阳台，还披在餐椅上，空调机上，他搁脚的茶几上。她又朝空中喷香水，架势像在剿灭一个亿的害虫。那是他为她三十岁生日买的，两年来她只用掉一指甲盖的大牌货。有两次她打开大门抱上影子，一心要离开这个被她改造过的空间。沙发堵在了门口，小郭仰面倒在上面。凌晨三点，歪小姐在原来放沙发的地方步行，影子在她脚边摇摇摆摆跟随。在炫目的灯光下，绿纱裙的侧影像一个幽灵或影子。一动不动，又飘来飘去。小郭跳起来，拖住她双腿，把人掼倒在地。

给我一块布！

汪！汪！

他给她拔下红色高跟鞋，扔出客厅。歪小姐在他手下不断踢腾，只想翻转身子。但他用一条手肘压住她的脸，侧卧在她整条脊柱上，用腿扣紧她的腿。小郭撕下歪小姐的半身裙，剥掉肉色长筒袜。虽然提不起兴致，他还是用裙子蒙住她的头脸，艰难实施了计划。过程伴随着女人的呜咽和影子焦躁的吠叫声。感觉不是很好，但有一种使命完成后的困乏。属于他责任范畴的还有，有本杂志里说女人的阴道通向大脑，他得把歪小姐脑子里乱七八糟的东西，花点力气赶出去。

礼拜六一早，小郭给岳母打了电话。家里太不像样了。他约莫合眼了半点钟，歪小姐已经把卫生间搞得一地水，挤光他的刮胡膏，像使用一把枪，扫射浴缸、马桶和墙。阳台上排满影子的粪便。小郭走来走去打电话，有个哥们儿建议他给歪小姐来上一巴掌。试试，兴许就醒了。没等他试试，岳母来了。她提着一小袋煎包，交给他说，趁热吃。她进卧室看歪小姐，歪小姐就在里面哭起来。小郭吃了几个包子，倚在房门口，听母女俩谈话。歪歪妈听到脚步声，摆正语气说，好好过日子，这样闹是图什么？歪小姐指小郭的脸，他强奸我。歪歪妈眼睛闪了一下，虚看着门口，半晌说，你们为这个事叫我来？

胡说八道，小郭走回客厅，高声说，她要布是什么意思？歪歪妈跟了出来，说，照我看是你这男子汉不对，她要这要那，不如要个孩子。男人家该让妇人心里踏实，你屋里大人就没教过你？小郭哼着说，只要不闹，要什么都行。歪歪妈啧了一声，细声说，也不能她说啥是啥。歪歪在家向来听话，平白到了你郭家，就不懂事、就胡闹了？读小学时迷上画画，不专心读书，被她爸爸把画册啊画板全扔东湖了。一张外国女人，画了一半，布漂出好远才沉。半夜发高烧，吓死人！你样样都买，烧退了白花了钱。

买！小郭换好鞋，把门撞上。一个买字被夹断了半截，咣一下，世界无声无息了。

礼拜天，画布送来了。小郭的姐姐还让司机捎了盒藕粉，说是清心安神。歪歪妈泡了一碗，喂歪小姐。歪小姐严肃地含上一口，半天不咽，直到在画布上落下第一笔，喉头才咕嘟一声。每一口藕粉之间，总要间隔十来分钟。其间她勾勒完轮廓，开始上色，到中午才显出画面的大致风貌。这是干什么？歪歪妈忧心忡忡地站在女儿身后，手里的调羹撇着碗边的透明膏体。我在画夜里做的梦，歪小姐惊奇地望着她妈妈，像是不明白她为什么问这个问题。蛇、井、女人、一口大钟、云、断了的琴弦、凤凰、海浪……

歪歪妈看了一会儿，叹口气，可你昨晚没有合眼呀。

歪小姐又含了一口，继续作画。她不再说话，也不张嘴，对她妈妈看也不看，一直画到天黑。除了十几口藕粉，她肚子里什么也没有。歪歪妈杵在门口叹气，还有什么不知足？……要啥有啥。她一整天打扫卫生，又整理衣柜，晾晒洗刷，等她直起腰，看窗外天色已暗。她给家里打电话，发一通牢骚，算是请假。歪歪爸乐得没人管，只问她需要捎什么衣物。其间小郭回来一趟，给母女俩带了盒螺蛳。就像星期六一样，午夜过后他才回家。一个礼拜都是这样。歪小姐不上班了，她每天去阳台上画画。国庆节过后，歪歪妈回家了。小郭请了一个钟点工，他有时指点她做出他们习惯的口味。小郭能吃一点辣，歪小姐是无辣不欢，现在她吃不出味道，正好把她的口味矫正过来。少一点刺激性东西，显然有利于她神经上的保养。

从此歪小姐日日夜夜坐在画布前。不动不语，不眠不休。画面是红颜料堆上去的，像从一个黑洞里涌出血。歪小姐的例假还没有来，脾气收敛了一些。她看起来不疯，也不悲伤。记忆像是消失了，她看屋子里的摆设带着一层隔膜，茫然若失。她有时认出来他，眼里闪过一丝疑虑。大多数时间小郭像一个透明物体，她一眼也不看。这一点让小郭很不舒服，虽然相比排斥来说，视而不见算是某种程度的接纳。影子是个例外，即使常常忘记它就在她膝头，猛然站起，使得影子咚一声跳到地板上。影子看女主人守在家里，心花怒放，不吃不喝缠上她。歪小姐起身的原因只有一个，颜料用光了。她几乎是论斤往布上泼颜料，一层层，一堆堆，没人看出画的是什么。对此小郭的理解是她把本来要发作的东西搬到画布上了，她不搞破坏了，尽管这仍然是幼稚的行为，她画画以及他给她画布。双方维持了至少表面的和平，这使得他忍受了浓烈的松节油味儿、斑斑点点的墙面，以及他这一家之主、一个科级干部，在她眼里不及一条狗的事实。

小郭乐得不回家。他重组赌局，又在最大的赌场职场上厮混。家属的神志失常给他的仕途带来几分风险，先是谣言四起，后来形势渐渐转入对他有利的一面，对于不理智的规则和舆论来说，家庭不幸到底是加分项。秋天还没过去，小郭升为副院长。这名处级干部的形象在他妻子眼中没有变化，他仅仅是一个给她提供颜料的人。历时一个月的画接近尾声，歪小姐日渐好转，饮食起居趋向正常。假设这块画布真如她所说是记录一场梦，说不准哪天她就醒了。这是小郭院长在公共场合摆脱紧张关系的法宝，一般是自嘲，加上自言自语，人人免不了对他家这场噩梦多少负有责任。

一天醒来，他发现自己身上、四肢、头脸上布满了各种波点，五颜六色，大小不一。他像一个患了绝症的人，那些彩色波点是从体内爆发的癌症分子。小郭恐惧地大叫，甩开身上的薄毯，跳到镜子前。这不是一个梦。他冲到阳台上，歪小姐正在安静地作画，影子趴在她脚背上。她恨我！他暴跳如雷，给他姐姐打电话。他再也无法忍受这种缺氧的、不公正的生活。这一次，他没有掼倒她，也没有像她爸爸扔掉她的画，而是将她送进本地精神病院。

对先生就是这所医院的医师。若干年后歪小姐回想起来，假如不是小郭一手将她送进七号病房，她就遇不上对先生。对先生长着宽阔的下颌，饱满的额头，浓密黑发像一顶昂贵假发。他看上去四十五六岁，或者更大一些。他很有派头，走路时像怀揣一副弹簧，或是弓箭，他并不发射它。他紧绷的制服下是坚硬的胸肌、肱二头肌、腹直肌、长收肌、股薄肌。歪小姐看到这里，就不往下看了。她庄重地打量他，面对这个具有侵略气质的男医师一言不发。对先生不像医生，更像一个拳击教练、船长或军官。为什么是船长？歪小姐思索了片刻，想起她闻到过他身上一股海风的腥味儿。他对她讲过他在非洲的援外见闻，瘟疫横行季在原始部落滞留的经历。他能分辨几百种鸟兽的叫声，吃过它们中的大部分，知道至少四十七种蚂蚁的叫法。他算不上一个虔诚的佛教徒，但自幼被寺庙收养，参军退伍，开公司搞工程，干了一圈他不在行的事。在投资一所私立院校失败后，他身心疲惫，赴美求医，其间对精神病学产生浓厚兴趣。多年后学成回国，经老方丈举荐被这所医院聘用。如今他驻院七年，接触过形形色色的病人，对于歪小姐这种轻症患者并不忽视。每天，她都会见到对先生。他查看她的心电图，翻开她眼睑，抽走她的血。对先生起初和她聊些家常，比如几点睡觉，几碗饭量，做什么运动，养不养花草，等等。她胡乱回答他，敷衍了事，前后矛盾，因为她没打算从这个病房出去。如同当初她打定主意不离婚，不管怎么说，她从一个房子搬到了另一个房子。

病房摆着四张床，靠窗的是一个漂亮老妇人，面色姜黄，她老是笑眯眯地从对面望着歪小姐。老妇人旁边是一个病恹恹的少女，终日面对一副棋盘苦思冥想。如果不是右侧病床的胖妇人缠上她，半夜里摸到她枕边耳语，歪小姐几乎感到这种生活是满意的。歪歪妈来探过两回，垂泪叹气，纸巾把脸揉得更加皱。他们只有歪小姐一个孩子，一夜之间脑子坏了，前途毁了。他们老无所依，怎不叫人伤心。歪歪爸没有出现，他被她气病了。歪小姐回到房间，把布涂满普蓝色。咕嘟咕嘟的普蓝色，带着白色气泡涌出来，淹没了七号病房。胖妇人不见了，老妇人不见了，少女不见了。

四月的一个周末，对先生给他的老师写信，京城和谐医院的一名副院长，他们时常就典型病例交流经验和方案。他请副院长看看他寄过去的那些画（歪小姐入院后又画了二十多幅），结合他发表在德国医学杂志《左右》上的理论，尽快给他一些意见。信上援引了科林伍德和弗洛伊德的艺术观点，绘画是纯粹的想象性存在，是个人情感的表现。有意识的、觉醒的生活不过是冰山一角，而生活的绝大部分是淹没于水下的、视觉无法触及的，精神分析的目的就是要把这一隐藏的部分揭示出来。幻想、梦境、口误等现象可以让我们深入了解人的真实本性，它们揭示潜意识的工作状况，等等。他滔滔不绝地阐述近期阅读的大量艺术、哲学范畴书籍相关理论，提出是不是存在这种可能，她意识到某种情感影响了自己，然后通过艺术创作的形式来表现这种情感。人们常常不知道是哪一种情感驾驭了自己，她意识到有某种情感，但是没有意识到这种情感是什么；她所意识到的一切只是自己内心感到的一种烦躁不安或激动兴奋，但是对于它的性质一无所知，她通过做某种事情把自己从这种无可奈何的压抑的境况中解救出来。她把它表现出来，这种压抑感就从她的感觉中消失了，她的精神多少获得了轻松。如果说艺术作品能满足她某个特定的愿望，是不是意味着这名患者的康复是可以期待的。

晚饭后，歪小姐找到了对先生。她径直走进办公室，对医师说小郭不再给她买布。她父母退休金不高，仅够生活，即使他们愿意，也没法提供这类消耗品。假如他把那四十块布还给她，她就可以在背面画。这不是她第一次找他，应该是第四次或第六次。入院当天，她想给家里打个电话。这是不被允许的，每一次几乎都是非分之想。那天他又接手了两个病人，刚歇下来。他把电话留给她，带上门出去了。那个背影让她若有所思，看上去他很难回绝她——这是一个古怪的念头。往后他们坐在沙发里聊天，还在一天傍晚散步，在亭子里遇到一只松鼠。就在那一天，对先生提到某些动物在非洲的习性，提到他自己的过去。显而易见，在这所医院里，唯有对先生乐意同她正常交流，或者说，把她当作正常的病人看待。这跟他留学和援外经历有关，既然他能同别的种族的人、同各种动物和谐共处，她对于他又怎么算得上奇怪呢。歪小姐感到在一次次求助的过程中，她很难保持先前的清醒，一天一天过去，她变得软弱、迷惑，同时轻松起来。她把画交给他保管，由他拿去观察、分析、求证，并非因为她是他重要的病人，而是她微不足道，除了这些画，她再拿不出私人的东西与他分享。自然，分享也是古怪的念头。

画里颜色很重，很艳，谁会看不出来呢，对先生手指间夹着烟支，一截长长的烟灰被他带鼻音的烟嗓震得摇摇欲坠。这些颜色象征着生命力！

不是颜色，是梦。歪小姐说。

我常做梦，我是说从前，枕着红海的涛声。这说明我们还活着，在巨浪之下，多么渺小。对先生在烟雾后面眯缝着眼，低声说，你能把梦留下来，真不错。

那些对话的确存在过，体温一样留在歪小姐身上。他谈起她的画，并拍下了那些画。一张张对照着，每一幅都在机子里呈现出某种深邃感。一次又一次，歪小姐不假思索地踏进这间办公室，仿佛要证实他们之间经历的那些时刻。

对先生沉吟片刻，说他可以找她丈夫谈谈。这不是第一次，他意识到歪小姐在表达她的意见，而有所触动。她在他面前展示无懈可击的逻辑，她的用词，她的思维，无不周密严正。假如他抛出一个略微艰深的话题，她也能准确地接住。在她跃跃欲试、频繁眨动眼睛的时刻，他感到害怕。这是一种亢奋到极点、久违的感受，在他仅有的几次恋爱中出现过，更多是在战场上，在生死莫测的角斗场上作为冲锋号角奏起。并不是没有出现过逻辑正常的病人，甚至每年会进来一两个，在他们持续有力的雄辩下他有时也甘拜下风。但结果是他们顽固地长驻病房，反倒是不思证明自己的人更早出院。当歪小姐站在他面前说“我没有病”时，细长的眼睛里散出一种蔑视的、接近娇媚的神情，他失去了惯常的冷静；一边对抗式地展开连珠炮发问，一边暗自颤抖，几乎要屈服于这四个字在他心间产生的影响。在他眼里她真像一个完人，一定是哪里出错了。对先生从桌后站起来，走到窗口。看，树上开花了。去晒晒太阳，走一走，你太白了。歪小姐歪着一边肩膀，怜悯地看他，感觉到他消瘦了，肌肉群不那么咄咄逼人。她转开目光，咕哝着，我是来拿布的。熟褐色的肌肉群曾经像一只只挑衅的眼睛，她不明白人长成这样为了什么。周末他也待在这里，就好像这里是他的家一样。窗帘后很晚还亮着灯，据说里间有一张窄到不可能容得下他的硬板床。墙面除了书架，只挂一副羊的头骨，她想象那些窟窿里爬着蚂蚁，下雨天更忙碌。也可能藏着一只鸟，早上五点就跳出来，“谷歌谷歌”地叫。从来没有外面的女人找过他。对病人来说，他往往比护士好找，答复更快。果然，对先生微笑着说，下周她准能拿到她的布。

布只剩下几张，笔秃了，颜料缺东少西。可怕的是松节油用光了。歪小姐怀疑胖妇人偷走了一些，在她来的第一天，胖妇人就表现出对松节油气味的迷恋。她认为歪小姐是大人物，至少是个厨娘。她担心歪小姐夜里逃走，时常从昏睡中发出呼喊，刹车！刹车！或没油了，加油，等等。有关油的去向，她可能喝了一点，那几天她都在打嗝。她曾是一名驾校教练，在带学员练车时，一场意外车祸令学员致残，她遭单位解聘。院里风传她装疯卖傻，逃过追责，直到入院戒酒后才疯。三年来没人来看过她，据说她有个儿子在上寄宿学校。驾校教练有一张红通通的苹果脸，眼睫毛又多又乱，老是刺得她眼泪汪汪。她今天讲少女杀父，明天说老妇杀夫，让歪小姐大为心惊。那两人听了一个微微笑，一个咳嗽不止。少女是个天才棋手，出道后从未失手，入院前在一场省级赛事中落败。医护谈起多是惋惜，她因赛前服用兴奋剂，被取消成绩而大受刺激，到现在青丝下还覆盖着成片白发。老妇人为把房产过户给儿子躲避交税，同丈夫协议离婚，谁知弄假成真。这样一来，七号病房有偷油贼，还有杀人犯。一老一少看上去人畜无害，不像驾校教练难缠。

她杀了他！

她在歪小姐耳边窃窃私语，半蹲在床头，两只毛乎乎的眼珠盯住她。歪小姐一骨碌坐起来，呸了一口，三只手！驾校教练尖叫一声，我没拿你的油。歪小姐下了床，站在窗口眺望院子里的杨梅树。杨梅树沐浴在暮光里，显出一派静谧的喜感。料想再过一阵，院里就该组织他们摘杨梅了。歪小姐盘算着用杨梅汁染布，或当作油洗笔。驾校教练追了过来，挡住半边窗子。别以为自己了不起，杨圆满，你没什么了不起。歪小姐摆了一下头，说，我不是杨圆满。驾校教练跟着她头的摆幅，挪开了一点。你跑去哪里了？你的孩子呢？她小声问。歪小姐想了想，说，我是另外一个人，让我想想，克林姆特，我就是他。驾校教练凝视了歪小姐一会儿，同意说，好吧，你就是他。你有什么计划？歪小姐说，我不告诉你，我看到你就烦。驾校教练眨巴着眼睛，低声说，我知道你跟医师要布，你想点火！我全知道。你画了那些火球，那就是你的计划，对吗？

一周后，歪小姐得到了一卷布。不是她画过的那些，而是全新的、粗糙坚硬的亚麻布。对先生让她把她需要的用具写下来，也可以画。他看不大懂她的画，但他认为这是一个过程。副院长在电视台的朋友看过了画，其中有一张仙人掌令他赞不绝口，从此他们的对话里女凡·高成为她的代称。对先生对着仙人掌看了一整天，眼前天旋地转，夜深耳鸣不止，差不多领略了女凡·高名作的深意。那也是他唯一能看出图形的画，深的浅的黄色令人心率加快，显然不利于病人的恢复。尤其是，仙人掌怎么是黄色的呢？这是什么，对先生拿到了她的答复。他把那张纸凑到阳光下，仰头细看。一只黑色的羊？除此之外，上面还画了颜料和油，一把刀。给她刀是办不到的，对先生吩咐护士，假如她需要裁布，可以换成塑料剪刀。这把剪刀现在握在歪小姐手里，她正在少女头顶使用它，一缕缕白发滚落下来，间有黑发。白毛女几乎要哭出来，抿紧嘴巴，忍受着发丝从眼前掉落。她的头发又厚又硬，像山洞里不见阳光的草。搞清洁的阿姨埋怨她掉头发，每天拖不完，扬言要一次拔光它们。因为头发黑白掺杂，罪证确凿，白毛女无可抵赖。歪小姐给她理了一个板寸，在两鬓留下几缕长发，并用梳子将发丝刮得蓬松。新发式惹得老妇捂嘴直笑，驾校教练蹲在地上收集头发，嘀咕着，她要编一条绳子！驾校教练跑到走廊小声跟人借火，又往头发堆里滴油。不多时，护士推门进来，收走了剪刀和所有的头发，把歪小姐关进单人间。歪小姐抱着她的画架走出门时，老妇对歪小姐挥手，唱起了歌，再见吧，再见吧……

走廊里回荡着歌声，那旋律缓慢质朴，歪小姐眼前出现了一片辽阔海面，天际线遥远，寒冷的光线像瀑布倾泻下来。直到歌声消失，眼前还是金光闪闪。

一天早晨从梦中醒来，

侵略者闯进我家乡，

啊游击队员呀，

快带我走吧，

我实在不能再忍受。

啊朋友再见吧，再见吧再见吧……

单人间位于地下一层，朝北。歪小姐开始在6瓦日光灯下作画，昼夜不分。她搬进去的房间更为狭小、昏暗，奇怪的是，她比在大房间更能放开手脚，画的时候全无拘束。仿佛大限将至的晚期癌症患者，对于剩下的时光做出更为合理的享用——简直令人心醉神迷。此后她画画就在这个房间进行，对先生派人传达了这项决定，让她不必把这看作惩罚或奖赏。她看不到外面的景象，小窗开得很高，她必须站在床上，踮着脚看——也看不到什么。灰蒙蒙的天，一块不规则多边形，投进的光线不足以照亮房间，歪小姐必得运用自身内部的热量，使之匀速、集中地点燃画面。这个过程包含了一些动作，汇聚、盘活、迸发，尽管她身体外在岿然不动。或许还有歪小姐自身携带的咒语，芝麻开门之类，以至于这天完成了一张画。

第二天，有人给她换了一根15瓦的灯管。这对于她通红的眼球是一种休息，此外并无作用。为了适应过于直白、陌生的光源，她勉强画了半幅。熄灯之后，月光在窗棂间扭动，另外半幅才在她胸口熊熊燃烧起来。后半夜她完成了这幅作品，和前一幅截然不同，她给它们取名为砌墙者、针管里的红酒。第三天，她得到了自己在那张纸上画的其他工具。她持续作画，没有察觉绝食造成了便秘。护士询问她，是自己进食，还是由他们采用鼻饲。他们轮流打扰她，喋喋不休，指出她很可能因此脱水和昏厥。

第四天，护士放她出来，领她到院子里走动。阳光很好，草地、树木、亭子、穿病号服的人，这些落在她眼里像是一幅画里的情景。她吃了一点粥，这使她获得了半天活动时间。

对先生去京城出差，走的时候下雨，过两天放晴了。天气热起来，饭桌摆到走廊上。走廊一端连着男病房那栋楼，吃饭时男人们才涌现。早上七点钟，走廊里塞满了人，场面安静。护士不在的时候，他们指定一个叫大红的病人管事。大红比驾校教练更高壮，肺活量和饭量抵得上两个她，有的是力气对付人。谁要是不想吃饭，或不吃药，她就拿鞋底扇谁。搞清洁的阿姨、打饭的师傅都对她很客气，常给她透露点情况。隔壁的房产销售员总和一个秃头坐一排，饭后也不分开。她爱听秃头跟银行经理谈话，扎一个高高的马尾，看看这个，又看看那个。每当他们针锋相对地辩论某个话题时，她的眼睛闪闪发光。两个男人坚信在这个世界之外还存在一个平行世界，有另一个他们，甚至另一群他们存在。银行经理认为必须消灭那些不优秀的他，持不同理念、不同选择的那些他，被一一杀死，这世界才会维持良性运转并抵达上升空间。秃头认为剩下的精英相比平庸大众更不可靠，优秀的人之间同样存在观念之争；两个用树枝打架的人，相比用原子弹打仗的人，后者对地球的危害大得多。辩论越来越激烈，更让他们恼火的是，他们干架只能用树枝。大多数情况下，可供使用的仍是各自的身体。在事端发生之前，房产销售员总要扯扯秃头的衣袖，这一点足以说明两人之间不同寻常，那个动作像是掌管秃头情绪的开关，不管局势多紧张，最后总是化险为夷。夏天到了，她揪他耳朵，秃头捂住血红的耳朵满院子窜。两人年届中年，嬉笑打闹全不避人。他从前做过消防员，树丛、栏杆、晾绳全拦不住他。花坛里石桌后摆着一个皮凳，那是护士的专座，大红不许任何人近前，为此她和秃头干了一架。因为她使用了食堂的火钳，镇住了银行经理那帮人。从此没人坐那个凳子。男病人喜欢站在附近谈话，搞各种活动，因此形成了一个人气聚集区；女病人三三两两挽手散步，通常是在有日头的好天气。杨梅树挂果了，发出青蒙蒙的气味。淡红色果子像少女的童贞，咬开，在舌尖漫开生硬的酸味。

歪小姐推开碗，朝院子里走。她走过了长廊，走过了男病号楼，走过了后院。经过门房时，她扫了一眼。老门卫在看电视，一边拍打机身，一边大声咒骂。十分钟前进来一辆小面包车，正在后院卸货，铁门被随手带上。歪小姐打开门，走了出去。

以后的事歪小姐全不记得。当对先生找到她，站在她面前，问她，你认得我吗？记忆是从这个时段，同之前的画面衔接上的。

她坐在立交桥的阶梯上，周边车水马龙，暮色渐浓，鄱阳湖面白茫茫。对先生面目看不真切，说话带着鼻音。这一点让歪小姐确认了来人身份，鼻音里没有扬扬得意，而是带着通常那种克制后的礼貌。歪小姐的印象里加上一个词，暗淡。与笼罩在杨梅树上的光线截然不同，甚至比她身处的这个黄昏还要昏沉。歪小姐记起了用碱洗过的杨梅，口感糊涂，容易腐烂。腐烂的原因是剥除了保护层，就像天空摘掉了云霞，大地取消了光，人卸去了灵魂。他愈加消瘦，也有可能是套着一件黑衬衫的缘故。她又闻到了海风的腥味儿。歪小姐并不奇怪对先生找到她，而不是别的人。这是正常不过的事。她向他身后指一指，他们要害我。对先生还没有转身，就被人揪住胳膊，三个男人把他团团围住。中间的人有点斗鸡眼，手提一个啤酒瓶，嚷着，大个子，帮忙开开酒瓶？对先生环顾三人，将手臂抽出，拿起手机。

她是我的病人，我接她回医院，你是谁？

咳！斗鸡眼一瓶子过来，敲掉了正在拨号的手机。酒液流了一地。碎裂的屏幕发出五彩之光，被左边的人用脚踩住，碾了碾。咳咳！这准头！斗鸡眼仰面喝了口，摇着酒瓶看向两个同伙，笑道，我们是谁？我们是谁？对先生两臂抱在胸口，缓声说，你们现在走还来得及，手机还我，我可能给你们发点钱……谁不配合，一起送医院。三个人对了对眼神，斗鸡眼把额头顶过来，盯着对先生说，你这话说得不好听，没爷娘教哇？这妞我们罩定了！对先生不等他嚷完，劈面打一拳。斗鸡眼被打得一趔趄，扑倒在地。另外两人扑上来，口中叫骂，三人打成一团。歪小姐把手机捞在手里，乱叫，110抓人来了！……桥上果然冒出几个人，站在阶梯上观看。对先生在格斗中保持节奏，一通老拳打得两人东倒西歪。有人叫好，有人掏出手机拍照。歪小姐眼花缭乱，眼前的对先生同初中那本书里的人合二为一。那本闲书后来被歪歪妈缴了，上交给歪歪爸，落得跟画册画布一样的命运，漂在东湖上直至沉没。但对先生的形象在她脑海中，从没有消失；书上讲他对外人霸道，对家人温顺。他以暴制暴，以德报怨，两种模式无缝切换。他是一个慷慨的情人，一个完美的敌人。书上还有一句广告语：遇上对先生，你的人生欲仙欲死。歪小姐给他递手机，眼皮直跳。对先生拿过手机，刚按在耳边，就听到那边耳朵嗡地一响。脑子有一会儿是蒙的，他没听到歪小姐尖叫。等他清醒过来，血从额角流到了眼前。你给我们发点钱？斗鸡眼瞅个空当，将酒瓶砸在对先生头顶。留着买药吧！一块玻璃扎进他脚背，他号叫着，跳着一只脚，被两人架住消失在桥底。

对先生在阶梯上坐了下来，无限懊恼中，望了望天。他看到了十几颗星，碎冰一样散着寒光。歪小姐甩下开衫，将它揉成一团，按在对先生脑袋上。观众围上前来察看伤势，见并无性命之忧，也就散了。橙灰色的天空，云团散开了。星星更多了，拖着小尾巴，漫天快活地游动。四面八方都是星，银光、金光、紫光，呈流线形的波浪发出嘤嘤之声。一束光打在他瞳孔上，歪小姐伸手在他眼前晃一晃，问他是不是认得她。这话像一句台词，他记不起在哪部剧里听过。他抱住了脑袋。血滚烫黏稠，像嘈杂的记忆。

我是谁？记得吗，我是你的……歪小姐咽下病人二字，改口说，你不是在寻我吗？

对先生点了点头，我寻了你很久。

歪小姐低下了眼睛，半晌说，我不知道你是对先生。对先生跟着念一遍这个新称呼，脑壳里更糊涂了。显然没有正确答案，而他也难以回答，他为什么找她。他记起前些天他去她家，在她从前的卧室坐了坐，她父母说她没有回家。他们让他去她夫家问问，还提供了几个她可能去的地点，其中包括湖边。小时候她爸爸扔她的画，她就在湖坝下草里睡了一夜。后来她外公外婆葬在南山，逢年过节、踏青消夏没有不去的。这湖就在南山边上，北接城区，南靠群山，鄱阳湖在这里完美收官。他们眺望着漆黑的湖面，起风了，他能听到她头发的扑打声。

对先生把她带到旅馆里，泡了一个澡。那件开衫实在脏，他不得不在药店和超市间穿梭，买了碘酒和抗生素。就近的小店，打的是湖景房招牌，加上是周末，只剩一间房。歪小姐坐在欢乐宾馆206号房的浴缸里，听着对先生说话，撩着水花。傍晚发生的一切快如闪电，她还没有回过神来。当血从对先生额头淌下来时，她脑子里咣一声，那只酒瓶子像砸在她天灵盖上。许多往事涌回脑中，一个个镜头像锋利的刀片，她感到两边太阳穴胀痛欲裂。半年前那个黄昏，夕光打在她的左眼球上；卧室门洞开，电梯忽升忽降；她被关进单人间；窗外杨梅树开花了；那个高一男生塞给她画笔；家政女工屁股上的绿斑；小郭满脸满身彩色波点；画布沉入湖底……一幕幕闪回，时空交错，歪小姐像是陡然醒过来。天地清明，眼前景象有了来龙去脉。她听到了敲门声。对先生带鼻音的嗓门响起来，像突然开大音量的收音机。

你还在吗？

隔着浴室门，对先生躺沙发上眯一会儿，说一句什么。那情形像居家的老夫妻，隔一阵子闹出点响动，好摸清对方的方位。这类对话透出一点古怪，你还在吗？认得我吗；但正是这些问句将人带回当下，或许还有可期、可靠的未来。歪小姐在浴缸里渐渐放松下来，有了睡意。浴室里缭绕着雾气。对先生在门外踱步，他的嗓音随水汽扩散开来，这些都具有催眠曲的效果。他的影子狐疑地挂在门上，等待她的答复。一切如同彩排中的情景剧，他们的位置倒过来了。歪小姐推开灰色泡沫，从镜子里站了起来。

歪小姐出来了，把浴室让给对先生。对先生服药后，尽管昏昏欲睡，还是冲了澡。他们换上新买的家居服，在各自床上躺下。

灯灭了。对先生说，晚安。

歪小姐说，晚安。

天亮时，歪小姐醒了。一夜无梦，平展得像涨水前的鄱阳湖。

半年来，这是没有作为的一觉，犹如回到婴孩时代。她睁开双眼，发现窗前端坐着对先生。他穿着昨天的黑衬衫，干爽清洁。在他身后，被子叠得整整齐齐。他嘴角含笑望着她。歪小姐猛地坐起来，抱住太阳穴尖叫一声。这不是一个梦。对先生坐在床沿，他的头发梳过了，湿漉漉的，像一顶逼真的假发。他胸前的肌肉群不见了，昨晚她就有所感应，那些具有攻击性的隆起不见了。穿白大褂的人不见了。可怕的是，昨天的伤口也消失了。他像个新人坐在那里，发丛里冒着热气，两撇胡髭显得神气活现。事情全部涌现出来，像湖水升到前所未有的高位。歪小姐胡乱搓一把头发，跳下床。对先生跟过来，止步于浴室门口，在哗哗水声里传出中气十足的男低音。我出去转了一圈，给你带了吃的。这条街上吃的不少，如果不合口味，也没关系；我们出门转一转。

七点钟，他们沿着街道走，似乎那是一条全新的街。所有的人都醒来了，匆匆走过冒着热气的摊位。街面像挂着一幅写意国画，四处点染着淡蓝色烟雾。作为中小型旅游城市，都城不缺山水，又不乏时尚风气，位列南方六大宜居之城。街面连着巨大的湖泊，江湖之间有庙宇、小岛、林木和鸟群。船舶行驶在江上，有的停泊岸边，被不上学的小孩子所占领。初夏上空弥漫着西瓜破裂的清香，以及散布全城的水腥气。他们沿街走下去，在各个摊点驻足。歪小姐点了一杯酒糟喝着，又加两块发糕。对先生要了一个糖人孙行者，在手里转着。一个挑着篾篮的汉子停下来向他们兜售鲜花，他给她买了一朵玛格烈菊戴在头上。湖面在微微晃动，浑浊的绿色波涛不断推着一堆莲叶。前方出现一组浪头，花苞被推到高处，闪闪发光。湖水随时要淹没堤坝，把花呈给大地。

看我们的造船厂，歪小姐指着湖对面说，我小时候想坐那些船去桃花源、蓬莱岛。

你去过了吗？对先生转过头，微笑着。当年从寺庙去往外省有一班轮渡，他参军、经商，搭乘过都城造的船。后来去国外学医，船才淡出他的征途。他记起有一个时期做过航海梦，想买一艘轮船周游列国。

风掠起歪小姐鬓角一缕头发，使那张有棱角的脸显出清新之气。她的头发长长了，乌油油的衬着白花。几天来的污垢从她脸上消失了，裸露出宝石般闪耀的肤色。她对他一笑，似乎从他眼中看到了自己的形象。而在她的瞳孔上，对先生看到整片厂区已被推平，正在大兴基建。他从未看到她如此醒目的世界，像日暮时天空缓缓关闭。他听到女人在风中说话，耳边响起一支海螺曲，呜噜呜噜。她的声音遥远而清晰，像是早先发生过的情景。

后来我有了一支笔，可以在墙上画一艘船，在任何墙上。如果风浪大，我给船补上帆；天空添上太阳；在船舱里加些同伴，备下饼子和水。如果那时候遇到你，我给你画你的庙，画在云端里。画你父母，画烤鸡腿，画你那时能得到的任何东西……

在他们即将走穿沿湖路时，拐一个弯，广场出现在面前。每当傍晚降临，这里准点展出水幕电影。现在只有一池静默的白荷，木板回廊上几只觅食的鸽子。老人坐在长凳上，收听收音机，闭目养神；一名跛足汉子在拉二胡，几个人跑步经过他身边；有个妇女在单杠上做引体向上，脚下一把水淋淋的野芹菜。广场在这个时辰显出安谧，高大的法国梧桐叶片哗哗作响。他们搭乘一辆开往幸福路的巴士，上车前，对先生把糖人送给一名候车的小男孩。

克林姆特画展在文化馆二楼展出。展厅仅有三五人，连同一名工作人员，在弯曲的展厅踏出单调足音。他们走进展厅，一幅巨大的金光闪闪的《生命树》迎面矗立，像一面旗帜覆盖了整片墙。每一根树枝都像弯曲的手臂，像水流，像脑电波；像金色的海锚，像外星人的触角，与栖身其间的鸟一起生长。长势如虹，眼看要撑破屋顶，推倒墙壁。每一幅镶有黄金的画，仿佛都有什么流出画面。画中流淌着欲望、诗、音乐和死亡，发出雪化的丁丁之声。歪小姐感到空间多了一些物质，反而使展厅扩大了。到处是银色的镜面，紫色的光束，无限的纵深感令人窒息。两人在《吻》之前驻足，似被一束电流击中。灯光暗下来，他们置身丝线般的流沙中。金箔和沥粉在漆黑的夜空闪耀，跪在悬崖边、被金色植物缚住双腿的女子，看不见脸的男子向女子俯身亲吻，无数流沙堕入深渊。夜空悬浮老人、青年、孩童三副面孔，沉默可怖，注视着面色绯红、手拎人头的女子；与树身融为一体、从枝叶间探出头颅的男人；被水草、鱼和鱼卵缠绕，闪耀宝石般斑斓肌肤的金发、红发裸女；密集规律、色调沉郁的植物；映入湖面的黄昏天空、岛屿；巨大古希腊神像前的优雅女体；以大鸟展开巨翅为背景、佩戴埃及头饰的女子；金碧辉煌的城堡剧院内景；在古希腊戏剧面具和斯芬克斯花瓶背景下，弹奏里拉琴的现代女子；身着十字架花纹的骷髅手持大棒，窥伺一艘满载男女老少和花朵的船……金色流沙不断漏下，展厅不断扩大，升高。一柱金光打在《爱》里面白衣女子蓬松的头顶上　　，发丝在轻轻颤动。玛格烈菊也在颤抖。二人缓缓上升，悬浮在一艘船上空。对先生降落船舱，双脚同地面形成斜角60度；歪小姐斜斜漂浮着，像一幅没有完成、正在下沉的画布。他们的嘴唇焊在一起，这是两具身体唯一连接的部位。正是这一点使他们的心灵产生震动，他们不再是那个小女孩，那个小男孩，分别在两个地方生活和受苦；他们回到了小男孩和小女孩身体里，在这个漫长的吻里长大。流沙堆积到半空，黄色的雨滴，被蓝色旋风挥舞成太极图谱。上升与坠落，永昼与暗夜，凝固在一曲奇异的乐音中，恐惧与贪念消退。展厅完全黑下来，仿佛星空之下，万籁俱寂。

都城的夜晚长。广场上驻扎一个马戏团，被十多人围住，有人在表演吞剑。湖边有人看露天电影。一个爆米花的人摇动黑乎乎的锅炉，走出很远，歪小姐还是被嘭的一声巨响吓到。对先生带她光顾夜宵摊，给她点一份小龙虾简餐。他自己要了一杯酒，慢慢在嘴边啜着。散装的果酒，半杯孔雀蓝，微微逃逸着些小气泡。歪小姐嘴唇晶莹像欲言又止，又像白天在对先生手里的糖人。对先生给她叫了一杯。服务员背着一只手，微微躬身说这酒名叫制服，前面那杯叫诱惑。两人笑了起来。真是俗气，跟广场很搭哪。歪小姐一口喝掉一半，细长眼睛眯起来。酒加深了她的唇色，月光在她半边脸上投下暗影。她同白天是两个人了。

他们喝光了杯子里的酒，沿着湖朝旅馆走去。湖面风平浪静，一只船黑乎乎趴在桥下。两人靠在石栏杆上，听隐约传来的大湖腹语。一颗星也没有。暗淡的月光透过云层，吐露芬芳，似在预告明日清晨有雨。桥下传来乐曲声，有人在拨弄琴弦。两人往桥下走，最后一级石阶高于上面的，歪小姐打个趔趄，对先生挽住了她。他们驻足聆听。一个瘦长的身影站在桥洞里，胸前抱一架手风琴，身着麻衣，坐在灰堆里。歪小姐看到了那人的痛苦，人影在桥壁上晃动，一灯如豆，映在他被额发覆盖的脸上。事后回想，如果他们在桥上听，也是很风雅的；或是一径往前走，直走到旅馆——这一天将是她人生里酣美的记忆。

曲调低沉，舒缓，像从一个深洞里传来，伴有隐隐回声。一曲未了，那人快步朝外走去。灯笼在他手里明明灭灭，湖面起风了。对先生跟在他身后，出了桥洞。那人跳上小船，放开绳索，朝湖中划去。洪水泛滥，淹没了天地。船在风浪中飘荡，大雨倾盆，湖面传来对先生的咆哮声。

她是我的病人！我要带她回去。你是谁?

歪小姐追了出来，岸边不见小船的踪影，空无一人。歪小姐转身朝桥上跑，又在那级石阶上绊一跤。她听到湖面传来通通的水声，看不清对先生是跳上了船，还是沉入了湖底。雨停了。她张大眼睛，眺望着茫茫无际的湖面。音乐还在不断地传来，仿佛拉琴人不曾离开，他的手指从未离开过琴。

歪小姐在黑暗中睁开眼。低矮的天花板挡住夜空，没有星光。她闻到一股松节油味儿，从床底下散出来。床单有点潮，缠住一只脚，想必做过了噩梦——大拇指有些发麻。她猛然吃了一惊，用手捂住两眼，然后松开。房间一片灰暗，但和刚才有所不同。画架摆放在窗前，昂首直抵窗台，似在挑衅窗外美景；风把墙角的画布吹得扑扑响，它们的轮廓类似刀戟盾牌。她从床上坐起身，环顾四周。那个小窗正对床头，高高在上。她只能看到一条铁灰色长缝。歪小姐听到牙齿“的哥的哥”响，她按亮了灯。

歪小姐身穿宽大的病号服，光着脚。空旷的单人间，墙壁刷了紫漆，灯光打在上面像是被吸收了一样。整个房间呈现出铁锈一样败坏的色泽，像个鳄鱼池。她记起对先生收治她的那天下着雨，记起他在京城出差；她看到了他房间墙壁上那副羊头骨。她浑身颤抖，站立不稳，分不清这是黎明还是傍晚。她是回过七号病房，还是从没踏出单人间一步；画展是不是存在过；有没有出院的那一天……这些可怕的念头仿佛羊头骨里爬进爬出的蚂蚁，咬噬着她的理智。她用力抓了脸一把，哇地哭了出来。

歪小姐不知道自己是在梦中，还是刚从梦里醒来。她是那样害怕，以致吸入的空气都是有害的，她喘不过气来。歪小姐仿佛又看到自己被带到七号病房，房间里有四张床；她对她的主治医师说，她没有病。她向他要求打电话，那时他们还是陌生人。她看到自己伺机报了警，整个下午和夜晚，期待着她可以向警察说同样的话。这种情况最早是向歪歪爸歪歪妈说明的，因为她话不多，从小到大，他们没有听过她讲谎话。对先生和她爸妈用同样的表情望着她，她几乎相信他们被她打动了，结果是一次次被带回七号病房。既没有怜悯，也不是失望，歪小姐看出他们脸上有着造船厂被推平后，尘土飞扬下的踏实和坦然。她或许该忘记那两天一夜，在她身上发生过的美梦，克林姆特、船　　　以及湖边的一切。

……

如果我在战斗中牺牲，
你一定把我来埋葬。
请把我埋在高高的山冈，

再插上一朵美丽的花。

每当人们从这里走过，

都说，啊！多么美丽的花……

歪小姐躺回床上，蜷缩着抱住自己。灯光渐渐消失，窗外下起雨来。她停止了哭泣，从发丛里摘下一片白色花瓣。

单人间刷了新漆，房间显得更暗。她手里握着笔，眼前又出现了金色的湖面。在那个梦里，阳光闪闪发亮，岸边草坪像涂了油，浇了胶水，倾倒了绿颜料。各种深浅的绿色波点、曲线、柱形和锥体，闪电般掠过，或是长时间跳跃、笼罩在某一处不平凡的角落。画面散发出浓郁香味，在室内蔓延。窗户应声而开。一群鸟，一群人，在树上、水面、空中滑翔，光线的巨笼抛出了他们。这幅画运用大量黄色和绿色颜料，有两个窗户那么大，四周用黑色粗线框住。仿佛正是这几根线让画中气息汇聚，散得更远。突然，一道闪电划过。她定睛一看，天空一派奇异景象。半边艳阳高照，半边电闪雷鸣。明处青草尽情释放芳华，鸟语花香；暗处犹如潘多拉魔盒的底部。除了闪电，光照不到屋里来。天花板上悬浮着乌云，雨滴呈凝固状挂在半空，隐士般迟迟不发作的雷声，犹如一道有关悬搁的哲学命题。这画面犹如一道德尔斐的神谕：认识你自己。屋里漆黑一团。歪小姐伸出手臂，摸到一个冰冷坚硬的截面。闪电就是从这里发射的，冷不丁的，从这透明、旋涡般的玻璃里发出来。

又是几道闪电，有一瞬间她看到了屋里的情景。两个人在一架机器后面，其中一人在操作机器，或者说那机器指挥着他。摄像头对准歪小姐的咽喉，抛出发作前特有的脉脉暗波。另一人按亮灯，径直走到她面前。打搅一下，我能提几个问题吗？歪小姐把笔换到另一只手里，抱起画从镜头里撤出去。这是新治疗方子吗？她问。面前的人戴一顶假发，三十出头。后面的戴鸭舌帽，因为拍不到画面而直起身来。

那人拂了拂额发，那一缕可能是他自己的。我是省电视台记者，这是出于节目需要。什么节目？周末你会看到的。嗯，我们从没来过这家医院。听说你拒绝搬回病房，这是因为地下室有利于创作？

我不是病人，歪小姐抬起眼睛说。

是吗？假发记者宽容地笑一下，回头向同伴点头示意。鸭舌帽望着这边，正为不能展开工作而感到苦恼。他更像间谍。灰色、无声的中间地带，自带一份坦然的使命感。

没人能证明我有病。我被允许画画，也许我还是得病的好。歪小姐哆哆嗦嗦地说，把画拨向胸口，瞪着那个阴险的镜头。鸭舌帽重又埋身于摄像机后，一动不动；镜头俨然是他身上伸出的一个器官，没有声息，没有情感。她的告白像被吸进了无底洞，一点回声也没出现。

你可以问三个问题，最后一个。

嗯？假发记者盯着歪小姐，思考起来。他那绺头发跟其他的颜色不同，更深一些，汗湿了一样。仿佛被某种智慧或者说劳动的强力所挟持，通过灵一般。他调整语态，开口说，我想在我们进来之前，你可能没这么讨厌这房间？不，这不是一个问题。你不欢迎我们，这是可以理解的；看上去你很正常。我们的节目就叫呈现，呈现一切存在的、可能实现的事物。比如你会在这个房间画下去吗？是不是产生过自虐、伤人、自杀的想法？你是怎么摆脱它们的？据我所知你向院方要过刀，被关进来也是因为使用了这类凶器。

罪犯不是我，歪小姐摇一摇头，我没害过人，除了我爸妈……

假发记者递来一张纸。这是你列的清单，刀，还有这头羊显然不是必需品。

影子不是羊，歪小姐叹口气。

假发记者短促地笑一下，回头看向鸭舌帽。不等对方做　出回应，他快速转回头，眨动着眼说，谈谈你的画吧。我们关注你的作品，就能引起大众关注；也许策划一个画展。嗯，当然我们不知道影子指什么。潜意识？阴影？还是说，另一个你？

歪小姐盯着他克制住笑意的脸，目光转向画布。假发记者的嗓音像落下来一堆头发渣。歪小姐夹住调色板和笔，在窗下走来走去。看上去她像个手持盾牌长矛、未上战场的士兵。如果那把剪刀在手边，她可以剪掉他的声音。或者剪掉那撮头发，在她给影子剪毛后，影子总是维持一段时间的静默。正像对先生所说的，这个决定算不上奖赏或惩罚。春天已经过去，夏天来了，这个紫色房间古怪又闷热。假发记者还在争取，时而恳求，时而激将，渐渐转至愤慨。人人认为自己没病，这个社会的病症何其多！这是画展成功的关键……你配合我们呈现，就是配合主持自己的命运！

歪小姐停下步子，注意地听了听，仿佛在分辨遥远地方传来的号声。外面有人经过时的响动，以及器械的磕碰声。歪小姐撞起门来，直到门被拉开。假发记者和鸭舌帽愣在当地，他们像录像带卡住了，一言不发。两名护士出现在门口，她们给歪小姐打了一针。按说，这档节目的部分录制结束在女病人歇斯底里、符合预期的发作中，算是画上一个圆满句号。就在四个人松下一口气，准备退出房间时，歪小姐拔出了针管。牛奶般的液体溅出来，有一滴飞向假发记者的下颌。他感到脖子上一凉，某个部位发出吱吱声，像是没有盖严实的食物储存罐发出警报。一股液体注入他的咽喉，他的食道，他尝到鲜甜的味道。血往上涌，呛进他的口腔，又从颈部那个洞里，滚滚而下。当他痛苦地弯曲身子，倒在地面上时，假发没有脱落，还盖在他高高的极富智慧的脑门上。护士和鸭舌帽围上来，他们变得模糊不清；但未关闭的镜头记录了一切。最后一个镜头是歪小姐那张白得像京剧丑角的脸，以及她扔下没有针头、混了血水的针管，从四面紫色墙壁倒塌的瞬间消失。

马兵　山东大学文学院教授，文学博士，青年评论家。中国作协会员，中国现代文学馆客座研究员，山东省作家协会首批签约评论家，大益文学院签约作家。

有一个寓言，正捏着生命的痛处

马　兵

本雅明曾经说过：“寓言在思想之中一如废墟在物体之中。”因为寓言“不仅要说出人类生活的普遍实质”，而且能够“在最自然、最堕落的官能性质上说出个人的自传式的历史性”，出于这一点，本雅明认为寓言是“我们这个时代的得天独厚的思想方式”。也许同样出于这一点，本雅明在卡夫卡那里找到了与自己最为贴近的人格，他们都属于“不能生气勃勃地对付生活的那种人”，对绝大多数面对生活的庸常无动于衷甚至表现出一种近乎冷静的“坚毅”而感到惊讶和忧郁。本雅明说，卡夫卡之所以习惯不惜笔墨描写变形，“正是由于，只要曾经存在的事物还没有被看穿、被承认、被完全泯灭，伟大新事物和解放性事物就表现在赎罪形象上”。而那些变形之处，也就是寓言的栖身之地，正是它们“捏着生命的痛处”。

虽然不免大而化之的风险，笔者还是要说参与本期对垒的两篇小说也具有很强的寓言性，并且也都聚焦在孤独个体的生命之痛上，尤其是斯洛伐克小说家巴拉的《分手前》格外传递出一种卡夫卡特有的“佯谬”所带来的噬心般的咬啮感；而杨帆的《欢乐宾馆》则以维也纳分离派画家克林姆特的几幅画作为背景，在歪小姐和对先生的奇幻之旅中，思考疯癫和理性的界限，以及德行和情欲的错轨。

先来看《分手前》。这个只有四千来字的小说，像卡夫卡的很多短篇一样，有意削减情节的丰富性和人物塑造的饱满，而致力于描写“生存的变形”。小说是从“米莎发现公寓里有什么东西”开篇的，这东西隐藏在客厅的电视机后，给米莎的生活带来“惘惘的威胁”，她向朋友求救，朋友却劝她去看精神病科的医生。读到后来，读者发现，这个不能命名的东西不是横来的，它一直潜滋暗长，不但在米莎家里，也在她的闺密索娜家里，在他们的父母家里，在当地所有人的家里。就像鲁迅《狂人日记》里的那个狂人，米莎是唯一对这“异在”之物做出明敏的心理反应的人，是唯一清醒的人，而她身边的人包括她的丈夫、父母和闺密却早已经对这异物习以为常，甚至她的丈夫看到了异物之后，觉得它的出现“让客厅比老早更舒服了”。“那个东西”弥散周遭的巨大吞噬力令人惊心动魄，更令人震惊的则是被吞噬者的顺从、默认，甚至掩盖是非，甘之如饴。

那么，“那个东西”到底是什么？它何以可大可小，无形又有形？何以与人对视，甚至咄咄逼人？何以绝大多数的成人对其视若无睹或讳莫如深？小说没有明言，但想来读者的解读会大致相似而又有关联个体切身体验的侧重。比如，考虑小说的题目以及米莎和丈夫亚诺的关系，可以将“那个东西”理解成婚恋中的倦怠或庸常，毕竟小说开头部分，米莎是在同远赴亚洲的丈夫通话的时候，被疑心所扰，对“那个东西”的感知才越发强烈的；在米莎与索娜的对谈中，索娜承认她和丈夫皮托是在相处六年之后第一次发现“那个东西”的，还有她提到的克罗帕奇夫妇因为“那个东西”而搬家、移民、离婚；以及结尾处米莎感慨的，“在平静的放弃和安详的恐怖之间”，女人依然需要一个伴侣，等等，这些情节似乎都在暗示，或早或晚，人们的婚姻生活总要出些问题但又无可奈何，因为“那个东西”就植根在我们每个人的人性和情感内部，就像卡夫卡说的那样：“绝望就是从这里发出来的，却没有地方接纳。”这样说来，人们对“那个东西”的迟钝或掩饰何尝不是一种绝望下的自我保护？然而这又是多么反讽的保护啊！因此，笔者更倾向于将“那个东西”视为生活自来的残忍力量，是我们每个人身上都会有的那个不断累积的、令自我异化或同化的疲倦，或者还是用卡夫卡的话，是“为陌生、同情、肉欲、胆怯、空虚所迫”的“一起生活的劳累”。每个人的成长都将是一场被生活自身所体制化的苦旅，这当然不意味着人的成长是一个空虚的时间形式，而可能经历了无数为了确定自我而进行搏斗的战役，但绝大多数人在这场战斗中会失掉原初的自我，而不断对那个日益膨胀的异己力量妥协，成为生活的被囚者——如小说中这样写道米莎的心理感觉“看着对面高楼、看着那些跟她自己相仿的牢房般窗户之间”。

可以说，“那个东西”巨大的“确定的不确定性”在本质上就是卡夫卡式的。值得注意的还有小说的结尾，洞察到真相的米莎似乎无法把自己从那个令她感到不安和恐惧的生活秩序中真正抽离开来，“你还需要一个伴侣，替你扣上项链的搭扣，而你需要一条项链，来找到一个伴侣”，这像是一个悖论的循环，一个失去谜底的谜面，引诱人们进入却给不出出口。米莎是在“那个东西”的虎视眈眈之下继续保持敏锐的紧张，还是像她的父辈或朋友那样与之达成默契的共存，甚或成为“那个东西”的一部分呢？答案也许就在上述的悖论中。前面说了，米莎就像鲁迅笔下的“狂人”，而我们知道《狂人日记》真正的结尾并非“救救孩子”的呼声，而是日记正文前的文言小序中提及的狂人已“早愈”“赴某地候补”，即“清醒”的“狂人”被治愈成为吞噬他的社会秩序的一部分。米莎对别处生活的渴望，其结果恐怕也将如此。

与米莎相比，《欢乐宾馆》的歪小姐也面对着到底是她精神疯狂还是她在试图抗拒生活体制的判决，比米莎更不幸，歪小姐被丈夫和父母送进了精神病院，但她没有束手就擒，而是继续用绘画抗拒着外界对她身体和身份的编码。《欢乐宾馆》显然有更丰腴的故事和饱满的人物，作者天马行空，借梦境与画作给歪小姐安排了不少奇幻的旅行，但也因此稍微稀释了小说欲要传达的寓意的精警。

在歪小姐的成长中，她一直是个被规训者，母亲说她读小学时迷上画画，不专心读书，被她爸爸把画册、画板全扔东湖了。在目睹了丈夫的出轨后，歪小姐重拾画画的爱好，并且以画笔和画布作为对抗周遭的倚赖。她是克林姆特的粉丝，也因此，小说在后半部分着意安排她与对先生一起去看克林姆特的画展，并对克林姆特的几幅画，如《生命树》《吻》等作了细致的描绘。事实上，从歪小姐进入精神病院起，小说的叙事语调就与开头部分的戏谑拉开了距离，虽然仍然带着讥诮的口吻，而歪小姐和对先生从旅馆到文化宫的那段相伴是小说的华彩部分，而对克林姆特绘画的解说成了华彩中的华彩。坦白说，对这些画作的解说有一种强制楔入的劲道，甚至可以说作者甘愿在冒可能导致叙事无法自洽的风险，毕竟，她太急于把克林姆特和他的绘画嵌入到小说里了。但是，读完整个小说，读者或许就能理解作者的苦心，克林姆特的绘画不但构成小说的情节因由，作者还希望借助他的几幅代表作的意义在绘画与小说间建立跨文本的互文关系，以强化小说对女性之规训和惩罚的思考。

旅法的画家尉任之说过，在“马勒、克林姆特或他们同时代的艺术中，往往存在两股相对拉扯——也就是‘向上飞升’与‘向下坠落’的力量，前者透明、纯净，是对天堂的向往；后者华丽、繁复，代表人类欲望的一面。这两股相对的力量，反映在艺术中，便形成一种怪异的审美品位”。《欢乐宾馆》中提及的《吻》就是如此，“金箔和沥粉在漆黑的夜空闪耀，跪在悬崖边、被金色植物缚住双腿的女子，看不见脸的男子向女子俯身亲吻，无数流沙堕入深渊”——这多么像是小说里歪小姐和对先生啊！对先生在大雨中咆哮说：“她是我的病人！我要带她回去。”可到底谁是谁的病人呢？

在小说的结尾，歪小姐拔出了治疗她疯癫的针管，在护士和记者的围堵中消失，终于有一个人没有像狂人或米莎那样，回返到迫害她、宣称她有病的那个僵硬的旧秩序里。在寓言的意义上，歪小姐对自以为“对”的世界做出了她最后的拒绝。她执着地画画让我们再次想起卡夫卡的话：“这生活中不能生气勃勃地对付生活的那种人需要用一只手把他的绝望稍稍挡在命运之上——这将是远远不够的，但他用另一只手可以将他在废墟之下所见记录下来，因为他之所见异于并多于其他人，他毕竟是在有生之年已是死了的啊，而同时又是幸存者！”

小说 Novel ///

严前海　苏人后代，生于厦门，曾求学于上海戏剧学院，现为教授、东莞理工学院图书馆馆长。有小说、戏剧、影像与学术作品多部。大益文学院签约作家。

前往苏北的告别

严前海

现在，刚劲、凌厉又信心百倍的奥迪Q7，沿着G15高速路，穿越苏通长江大桥。

每过长江，他的眼前总要浮现渡江战役，浮现他童年和少年时代，从搬板凳到踮起脚尖，往柜子里的最上层摸，拿下来，偷偷地打开他父亲珍藏的布包，在那些勋章之中，就有一枚沉甸甸的渡江战役纪念章。上面有帆船，有几条曲线代表滔滔长江，有战士，这个战士站立船头，抓着一把枪，侧身向前。这让他产生幻觉，好像此时过江的不是他而是他的父亲。

宽大的车体内独自一人。宋敬树，东华戏剧学院的教授。他内心大陆正在遭受没顶洪灾的浸泡。过不了多久，嫉妒他的人终于有了嘲笑的口实，恨他的人终于确信报复自有天命。他六十九岁，经过近一年偶尔低烧、时不时乏力、间或冒汗和夜间惊醒的困扰之后，四天前他走进医院，查出在他体内的一个部位，在它的边缘，生长出致命的组织，它们以毫无征兆的方式行军，直至他决定要正视一下身体了，才发现它们已经脱落进胸膜腔。

呼口大气。面对这个组织向血液发起的进攻，人的抵抗似乎找不出太多的卓有成效意义——如果生命的意义只在延长生命，那么生命中的那些超级密码们，诸如创造中的自由，诸如意识的黏合胶、时间与空间的非连续性这些概念游戏还会那么富于魅力吗？按照现代医学和进化论合谋后的结论，人类的身体进化是以万年为单位，可是工业和科技直至娱乐和注意力经济发展得太快了，人的身体进化还没有适应过来，于是疾病丛生，宋敬树就是这样的一个失败的活体组织。

但从他的外表，就别想看出什么，他的脸色依然红润，眼神看人依然有种居高临下的劲头，粗壮的眉毛让人联想到罪犯藏身的森林地带，高耸的鼻梁好像急于向人证实他是康巴人的后代——谁能知道呢，他的身体依然有种蓄势待发的冲动，在过长江的大桥上，他还想过在江北的一座城市里，购买与陌生异性短暂相处的刺激——性嘛，照道理应当是主食，但常常沦为甜点。也许这种刺激还算得上一次非正统的抵抗。不过，由于天色犹明，那些诱惑人的灯光还不到发出百丈光芒的时刻，于是他的Q7还是雄赳赳地越过那座临江之城，发动机低沉地踩着自己的节奏。

望着窗外，他读出苏北大地的苍茫，而他脑际浮现出苍茫这个词时，他对这个词并不信任。苍茫已被驯服。

医生半是建议半是命令他要住院了。他关心的是他如果待在医院里，还能活多久。纵然从概率上讲超出医生判断的时长绝对会有，但医生给出的时限大致是没错的。认真地配合治疗，他可以有一年半到两年的时间。如果突然来了并发症，诸如心肌梗死什么的，算例外，而他的心脏时不时地不舒服也不再是什么秘密。

住到医院，所有的努力都是在和死亡抗争，但实际上却在说：我去死亡。

待在住宅里，听上去死亡会来得更快，因为没有那些设备的帮助，没有戴眼镜的医生和来来回回的护士走动，但效果却是：死亡在哪里？为什么见不到它？

这位当年还是研究生刚毕业不久的姓单的医生，治疗过宋敬树母亲血中淀粉酶快速升高的急性胰腺炎、胆囊炎、间质性膀胱炎，伴有呼吸急促困难和意识障碍的肺炎——每次他母亲住院，医生都要对他说，你母亲这么大年纪，恐怕不行了，顺应天命吧。他母亲总能越过死门关，紧紧地抓住生命的绳索，向上攀登。外表上，他看不出母亲有什么顽强坚韧的行动啊。宋敬树和单医生没有建立起深厚的友谊，这是他做事不到位，宋敬树想，我为人刻薄，命该如此，至于您嘛单医生，您也大变样了，您恐怕看不成多少年病人了。单医生鼓励他说，这一年半两年的治疗，会比较辛苦，但谁的岁月，不是争取过来的？只是我们的身体没意识不关注这件秘密罢了。十多年不见，单医生哺育出一个尖尖的头顶，在医院那冷峻的白炽灯下闪闪发亮，见过他以前长发茂密、标准国字脸的人会为现在的相遇想到喜剧小品。

嗯，这一年两年嘛，宋敬树可以嗤之以鼻。他已经不太在意此类的得失。他看到太多的人在这种时间上徒劳无功的可怜相。他也要加入这支走向虚幻的大军吗？悬而未决。

如果真有得失的话，很可能是，他还有什么大作没有完成吗？波托茨基伯爵那时知道自己快不行了，赶紧隐居起来，用他人生最后两年修订完成《萨拉戈萨手稿》（最后还是有点匆忙了）。他只是不想想得太多而已，稍微比较一下他就会打个战，相比于麦尔维尔、曹雪芹、《卢克塔尼亚人之歌》和埃斯库罗斯，说都不用说，他算是彻底地辜负了时代啦——在写作上，他越过的时代是多么的独一无二啊，如果用他发表作品的时间算起，他已经用笔和这个时代相处了四十年！

好吧。他抵抗此类对自己过度不利的联想，诸如艺术创造，就是勇气的试金石，一个人若有勇气，他必定会激发起神也要惊叹的才华，莎士比亚并不知道他会不朽，你要去碰啊碰啊。不，不。他不想亏欠。清账的时刻到来了，他极力逃避若有所失这种应是人类有闲之后精神阑尾炎病症的追猎。

他独自驾车回苏北一趟，就是想跟他的父母道个永别。

他的父母已经浅埋在苏北大地上，埋的还是他们的骨灰，不是他们的肉身，他为此总觉得愧疚，进入泥土的腐烂好像才是死亡应当的本性，只要骷髅还在，人就不是真正的消失。道理上讲，死亡之后人的一切实在不复可以求证骨灰与骨头之间有多大的不同，毕竟烧成灰也不是末日，古希腊的英雄们像赫克托耳死后就是在干柴烈火中被追忆的，骨灰干净而且易于携带，还可以放在嘴里品尝它平和的味道。

他的父母生下五个儿子，他是最小，他的四个哥哥也都在自然伟大进化的导演之下，一一死去，按序谢幕。他送走他最后一个哥哥时就知道，该轮到他了。上苍正在收走他的时间。不过，到来的时间比他预想的要早上十多年也许二十年。他曾经以为母亲只能活六十岁，可是她跌跌撞撞竟然活到了九十八岁。母亲的寿命曾经是他无限的信心。不是母亲欺骗了他，而是他没有分清事实与假设。如果他活到明年，七十岁，死时的岁数在兄弟中要算他是最小的了，哼，以一串并不骄傲的数字了结嘛。

这个数字没有值得深究的价值，哪怕他是父母膝下五子之家死亡光临时光阴累计的最小数，但基本上可以肯定，他是他们中见识最广的人。最终，人毕竟需以质取胜，本来数量就是一伙为质量牺牲的将士。

他走过二十几个国家和非国之地，亲眼看见北极熊拍死晒太阳的环海豹，享受它的肥厚脂肪时转过头望了他几眼的场景——那是不屑于交流的目光，为了去南极，他顺道去了秘鲁、智利和阿根廷，站在马丘比丘上俯瞰过乌鲁班巴河谷，看到历史另一种愚钝的真实面目，其中在英国待的时间可以用年计，在布莱顿海滩寻找格林小说中平基杀人的地点，在法国布列塔尼的漫长海滩上，虚妄地倾听法兰克人和撒克逊人矛与盾强烈的撞击声，他坐过十四小时枯燥的车从乌干达首都坎帕拉出发，在基德波谷国家公园见识过象群像群山一样地移动，被这种沉默的生命现象深深感动，他也无意间赶在ISIS之前，进入过巴尔米拉博物馆，草草地浮掠那些希腊人、阿拉伯人、犹太人、罗马人、波斯人留下的雕塑，而当他听到因为退休的博物馆馆长哈立德·阿萨德拒绝说出珍品藏匿之地接受了斩首之邀时，感触自成风景，美国城市他待得最久的是芝加哥，在那里，他们把芝加哥剧院称之为芝加哥“无畏的心”，更别提甘肃的张掖黑水国和敦煌飞神乾闼婆和紧那罗，目睹过藏人丧葬场景，钻过贵州和云南神秘遥远的溶洞，他还可能是一起上过床的女人数目的家族纪录保持者（他无从证实，他很有可能小看了他那些彪悍的侄子们，他和他们中的大多数几无交往，侄女们的印象也不鲜明），同时，他也是可以将大脑中的奇思乱想的东西优美地付诸文字的家族的能干成员，中国有名的男女演员还会大声地在舞台上根据这些文字虚张声势，虽然那些文字过几年大概率事件是再无痕迹可寻，更不会有几个人去关注，但它们依然是生命昂扬的风貌，难道不是吗？纵然它们没有达到他预想的生命高度，纵然还找不到一部可以打动两代人以上的作品，纵然不能有《等待戈多》那样在哲学、宗教与文学边缘滑行的界碑，可仍然在生命不必考虑死亡的日子里，被赋予了非同一般的光晕，是的，魔术符咒，既是他保护自己的铠甲，也是他征伐世界的武器。他怀念他大哥谈到他文字时那种得意的微笑。

是啊，他离过四次婚。这个经历在他的家族中，也显得咄咄逼人。他竟然有个傻瓜一样的侄子动不动就对人说，我那个叔叔可厉害啦，结了四次婚，女人一个一个地受不了！他们知道肉与肉之间的抽送和繁衍，他们哪里关心一个人心里真正在想什么，哪里去顾及他的感情人生其实伤痕累累。

至于在东戏，好吧，就让它情况另有不同！这个以次数为王的婚姻成绩在那所著名大学的小校园里依然被津津乐道，特别是当他身影进入知道他底细的师生视线里的时候。要知道，那是所风流倜傥的大学，如果一天不听到绯闻，空气和未开发的沼泽地一样有毒，世界反常，艺术枯萎。绯闻、笑料、失败、成功，有了这些养分，空气才会清新，人们的精神为之一振，艺术期待油然而生。他也曾经深深受益，不是吗？这个地方他是躲不过的。那是他生活和工作的地方，不仅仅是饭碗的问题。他为学院提供的笑料，要比他的作品更为人所传颂。身为剧作家，他看得透别人表情中的含义，尊敬的时候、嫉妒的时候、赞美的时候、恶毒攻击的时候、嘲弄的时候，他都看得清。他火眼金睛。这也没有什么。那些在台上说宏词巨语的大人物，大家全看得透，只是不愿或没办法捅破而已。别人不在他面前捅破，就是相安无事。话说回来，四次婚姻，何尝不是教师队伍中一项庸人永远不可企及的壮举呢。他艺术上的成就何尝不拜托于这婚姻带来的沉甸礼物。

私下里，他还是算得过来的。他是到过塞万提斯的故乡，可是他没有上过塞万提斯的那艘船，更没有与土耳其人打过仗，掉过胳膊，被关进牢里，就在牢里写起和打仗一点关系也没有的骑士探险的好笑文字！更不要提他的苏北老乡吴承恩——从物理空间上讲他的奔赴也是向他靠近啊，《西游记》的见识与要害，是怎么将堂吉诃德的剑、矛加上塞万提斯的火枪，都扭曲成儿童玩具的啊。吴承恩，宋敬树念叨着，故意让自己激动起来，让一种艺术性眼泪涌上来，放肆地让敬佩的波涛淹没他，以此拉下身体里那些令人悲切的酸性生产线的电闸门。

天色已经完全暗了下来，他想在海安县找个地方住下。

他的四位妻子，照前后顺序，俞愚、谢娟、梁樱樱、胡婷婷，听到他死亡的消息，谁会笑谁会落泪，谁会怅惘与茫然，他还真拿不准。由于他长年累月写剧本养成的对戏剧性、大反转追求的恶习，他对人已经有点丧失确信。他的一个亲生孩子，远嫁美国，她是一个非常有想象力的女孩，懂得怎么勾搭上澳大利亚堪培拉的一个高大白种男人，跑到加州圣芭芭拉落脚，而对这个爸爸的死亡与生存，大概率上她是并不抱太多的关切的，但他知道，她的妈妈谢娟，会通知她的，电话中告知一声，或者在例行亲情通话的时候，突然沉默片刻，说，宝贝，妈要告诉你件事，你爸，是，你的那个老爸，去世了。我没去送他，谢娟会继续说，然后，嗯，她们母女俩应当会再聊起其他话题，她们会聊非常感性的话题，关于如何穿衣搭配，关于在什么时节应当吃掉什么东西，虽然在美国“节气”（中国独特话语）与饮食很少有必然的联系，而她们也不会深谙食物与人类基因之间的关系，她们根本就不会去讨论中国人的稻米历史与中国人气质之间的关系，而这个话题在他看来，要比吃本身更有意味啊，如果她们开放一点的话（他已经很久没有和谢娟联系了），她们更应当谈谈牛肉或者三文鱼对一个男人性欲所起的作用到底是怎样，以及素食对男人或女人的性欲是否有影响。他现在想起谢娟高挑的身材，细腰、长腿，那还是年轻时的事，现在她的体重说不定已经超过八十公斤。

一个黑色的身影贴近他的侧窗。交警向他招手，示意他摇下车窗。交警告诉他，此处不能停车，他说他打了双闪，正在寻找旅馆。交警开出罚单。宋敬树热血涌头。“我是离死亡很近的人。”他将罚单扔出窗外，一加油门。他的声音很平静。他在回味自己平静的声音。他想，要是有人录下音，对他的声音进行解读，解读出其中炫耀的成分，并非无中生有。

他的女儿后来跟了谢娟的姓，叫谢烨，好吧，闪闪发光。他母亲去世的时候，他破天荒地给谢烨发了个短信，说奶奶去世了，请万里奔丧，言下之意是女儿应当知道父亲提出的这个要求是他最重大的要求之一，有几分感知能力的话她知道他是怎样的对奶奶依依不舍。过了两个小时，她的回答是：“我很抱歉您的母亲去世了。

我在准备毕业论文，不能成行。望保重。”

收到短信时，他坐在他母亲身旁，正在等殡仪馆的车来将母亲的遗体带走。他支走其他亲人，关上门。他凑近母亲的脸，凑近她的唇，想亲一下他的母亲，可是母亲嘴里散发出的恶臭逼使他跑到洗手间干呕了一阵。如果有第二个母亲，他就懂得不应该去凑近死人的嘴，但这样的经验，一生只能一次。是啊，在他的一出戏里，夫妻两人闹得不可开交，当妻子大骂丈夫有一张比死人还臭的嘴时，观众不会知道，这种骂法是人从母亲那边得到的。从洗手间折回母亲的房间，他把母亲的头垫高了一些，这样，母亲的嘴就不会半开着，想象中的臭气就不会慢慢地泄出，而的确房间里好像有股那种气味在弥散，只是在香火的烟雾中被中和了，加上最低度的冷气，也压制了正在腐烂变质的分解进程。虽然母亲在生前睡觉时嘴的确是半张着的，一开一合，掉光牙齿后的嘴唇仍旧绷得紧紧的，整个脸因为没有肌肉的支撑，只剩下满是皱褶老皮在拉扯。他解开母亲的衣服，将母亲的乳头含在嘴里一会儿。母亲的乳头变小了，乳房瘪扁了，就像是只剩下一层皮，其实还在几天前，他给他母亲擦身子时，那个喂养过他的乳房虽然下垂但还是可以成形捧在手掌中的。他的二哥、三哥进来，告诉他，殡仪馆的人来了。

“宋敬树，我为这样的离开感到莫名的遗憾。”

谢娟就是这么对他说的，像个美丽的躯壳飘到他的桌边。

在备受歧视的副教授职位上停顿了多年之后，为了评上教授，他有三个月埋头于撰写布莱希特的理论，是对布莱希特理论的反理论。当时他只有两三个剧作在剧院勉强上演，有个剧还让制作人丢了一套房子，制作人一家只能到处打听适宜的租房，甚至都打听到他这边来了，也不埋怨他，是啊，当时他自己的前途也是迷雾重重——当他向历史上了不起的剧作学习时，只能水土不服，当他压低身段过于讨好市场时，又往往谄媚过当。他为不喜欢布莱希特而写布莱希特而痛苦了。他越来越讨厌布莱希特这个人，是由于他越来越了解了他的底细，他的那些思想货色，可是他的戏剧理论却多多少少吸引了他。为了对抗布莱希特，他发明了“面具戏剧”这个词，然而这个得意之词却被谢娟的声明击打得粉碎。她很直白，她说她爱上了悉尼的斯蒂芬。

“你认识他的。格里芬湖边上的霍普特曼剧团经理。”

“斯蒂芬。”

他的眼前飘过那个长着洋人少有的宽脸、灰色眉毛、灰色眼睛、嘴角总挂着讥嘲表情而唇线的确优美的大个子男人。

“谢娟，你发热了。你会冷静的。这几个月，我为了评上教授，我在拼命写书，他们说没有专著是不能成为教授的。我也觉得有道理，所以，我没有时间陪你。我不会责怪你的。等我把这该死的布莱希特写完了，我会给你时间的。我知道你喜欢坐在香格里拉落地大窗前，望着黄浦江上来往的船只，对岸的万国建筑，窗外脚下来往的世界各地游人。我会补偿的，再给我半个月，怎么样？”

宋敬树为了那本《面具戏剧》的书，搬到学校里向某个大牌教授借来的房间，虽然他的面色和身体显露出营养不良的迹象，他仍旧可以腾出精力专心致志。谢娟就是这时候闯进这个房间的。

“斯蒂芬家在悉尼的郊外有庄园，有小迷宫一样的酒窖，还是奔富的股东。”

就是说出这样的话，谢娟的声音也是异常动人的。她虽然是没有走红的演员，在舞台上的形体并不那么收放自如，可是她的声音让大部分懂声音的男人都情不自禁地爱上，更何况声音的窝巢边上的嘴唇形状迷人，总是天然的红润。

“你看上了这些！你是怎么勾搭上他的呀！”

当时他怀着巨大的悲痛，似乎想从源头溯起，扭转乾坤。

“你这个剧作家呀。你没有机会的。忙你的布莱希特。”

“我恨他！讨厌他！”

他心爱的女人，演过他剧作的女演员，就这样飞到了澳大利亚，带走了他们的女儿。那时她还叫宋烨，还在上小学，听说要去澳大利亚，非常兴奋，跟班里的同学炫耀，她妈妈为她找了个澳大利亚的新爸爸啦。

她还给他寄过她和斯蒂芬度蜜月的照片。当时，他心如刀绞，泪下脸腮，还不得不假装大方、大度，而且真诚地回复那些看似平静而客套的祝福语。还能怎么样，谢娟跟他睡了几年，生下个孩子，他不争气，财富与名声遥不可及，而人生大部分时间里经不起预测与希望。

她不能为他白白葬送了美丽的身体，再说当时他其实也差不多基本绝望。

他看了一下表，八点一刻了。那么，也就是说，此时，在上海，穿过夜幕，走进剧场，他编造的一个主人公，已经走到舞台右侧的沙发上坐下。那是一个饭馆。这个主人公，这个舞台上的男人，他的背后，走来他的妻子和他妻子的情人，就在他的旁桌坐下。这对夫妻背对背。妻子跟情人的谈话正传进当丈夫的耳朵。丈夫是听到妻子的声音，才意识到他背后坐着的是他的妻子。他原先并不知道自己的妻子有情人，从此时几乎贴背而坐的妻子的话语里，他猜测妻子不只是只有这个情人了。

是的，他编写的一出戏此时正在上海兰心剧院演出。他并不热衷于自己的剧本。他上演的十七个剧本，有十一个，他是没有进剧院看过的，而这个《无情可谈》就是其中的一部。

他的车子拐进一座大院。导航服务优良，免掉小费。这是一家私院式的旅馆。一个服务生马上跑来为他开门，并询问是否帮他把车开到车库里，车库会免费洗车。另一个服务生帮他卸下行李箱。

房间的舒适缓解了他的不安、焦躁带来的比病痛本身更多的压力。当年到上海参加研究生复试，他依旧记得，他住的大通铺，他都不敢脱衣睡觉。啊，此生可以满意的地方，如果世界上还有公平可言的话，就是他的才华与能力，终于可以让他在上海获得一席之地，可是，现在，也是不能再糟糕。他天性敏感，是啊，他的才华与能力，使得他对即将到来的死亡有超负荷的情绪，有对黑洞的期盼，对世界诸多甜蜜未尝的气愤与懊丧。好吧，如果硬要将苏联大清洗时巴别尔他们的遭遇来相比较，他的幸运是他可以自然死亡。当年，床靠、被子、枕头、席子实在是太脏，上面的污痕让人感觉生命的另一面是多么的丑陋。

好在他熬过来了，而且还出乎意料的风光。是啊，芝加哥市民剧院，田纳西·威廉斯《玻璃动物园》首演的剧场，也将他的《假期》推上舞台。走过那个立柱粗壮豪华气派的前厅，迈上暖色反光的长长大理石台阶，看到在芝加哥大学读书的中国男孩带着他的美国女友，来到中国，进入他的家庭，卷入了他的未婚妹妹堕胎的家庭事件。

走向洗手间也是浴室。他，在娱乐与严肃之间飘摇不定的剧作家，还曾经是令人闻风而动的教授，受困在疾病与精神的时空中，而这是坐在剧场的观众永远不会想到的事件。他写过病痛，而病痛在舞台上必须是有笑场的。正是舞台可以让病痛的人狂笑，让死去的人在上面跳起探戈，让临死的人在优美音乐的紧密跟随中安然离开，舞台不是才值得留恋吗？生活的真实冰冷且坚硬，有什么好留恋。

是的，他现在从学校退休了，学校、学生、同事，都不再需要他了。他并非独一无二，这是他退休时发现的。他原以为自己曾经是时光的宠儿，是命运海洋上驾着三桅船的舵手，现在想来不过是自己的一阵莫名其妙的膨胀式感觉罢了——好吧，我们需要这种膨胀，没有这种膨胀，请问生命意义何在，而且，那个正在溃败的组织，那些顽强地占领了他体内某个组织的队伍，迅速扩大，正在越过一个器官，再越过另一个器官，恺撒越峡攻打不列颠（那时叫不立吞）、忽必烈的军队的崖山海战，不见得有那么壮烈——身体没有壕沟，器官、汁液、软组织息息相关，其亲密无间的关系细究起来多么的令人感动。它们有怎样顽强的战斗力啊。它们通过血管，就像将武器运上高速公路，兵力源源不断地进发，F16低空飞行，B52战略远航，到处轰城掠地，以超音速还疾驰的快捷，以自带的强大发动机的推进能量。它们没有意识。它们没有想象力，不会认真地考虑，当它们占领了一个地方，守住它是最好的策略，当占领了这个身体主要的部位之后，它们自己也要死亡。它们是无意识的。它们扩张。扩张。不扩张不是它们自己。

宋敬树似乎一下子跳出自己的身体之外，竟然对它们生起怜悯和敬畏。他想告诉它们真相。它们是那么的愚昧，只知道扩张，只知道满足，只知道繁殖、加倍地繁殖，却并不计后果，不计未来。既然它们如此猖狂，他想，他也准备向它们摊牌了。从某种角度上说，当一个人准备向他的生命摊牌的时候，未尝没有英雄气概。

他下意识地抬起头，看到镜子中的自己。就是这个影像。这是个影像。影像在走动。影像有感觉，有知觉，有想法。感觉知觉和想法，都是影像的奢侈品，是它的附带物，是影像的影像。他从行李箱里取出内裤。嗯，他忽然想到，到那个时候，他还有没有能力选择自己穿什么样的内裤离开这个他停留了七十年的世界？可是它们，它们一定有它们不为人知的目的！

这里是海安。他的父亲一定跟他提起过海安。他不记得了。他母亲来过海安吗？可能性不大，但不是一定没有。是的，他父亲的脚步在这块土地迈进过，还在这里杀过人，杀过很多的人。他指挥机关枪手扫射。退休后，他的父亲讲起机关枪，依然有着振奋感，好像历史总会回过身来敲击他、调戏他。但这些现在都不再有机会去证实了。父亲那个洪亮的声音，恼人的声音，令人绝望的声音不再在这个世界上回响。父亲在与别人拼刺刀的时候，把刺刀深深地扎入对方身体里的时候，会不会也像和他相处时那样的发声呢？他陷入对父亲声音的搜索中，竟然搜不出来。他打开热水开关。水声替代了一切。那场战斗是在海安发生的吗？

他父亲的晚年陷入极大的苦闷之中。这种苦闷是他带给父亲的。那个曾经杀过许多人的父亲并没有为他的杀人行为苦闷，毕竟对方也杀了不少他的人，有人知道他是不是非常想念战友，但他不会为战友的死亡而苦闷的，人的苦闷来自当下，这与人的性欲最相似，他愤怒与苦闷的是末幺的言行，这个他投入了最大和最多爱的儿子，处处与他作对，就这种作对的内容（它们是那么离经叛道），如果时光可以移置，早该就是他当初可以杀掉的对象了，如果不是可以杀掉的，那也是在某个年代狠狠整治使之残废的陌路人。俞愚张着嘴，朝宋敬树喷过火。

“你是杀人犯！”

“我该杀死你！”

是啊，她真应当杀死他，当初，他把性病传给了她，让她深受其苦，整整治疗了六个月，为此掉了快三分之一的头发，人憔悴了十几岁。虽然她确实也是反应过度，好像到了世界末日，而就感情而言，这倒是真的。他胸部上的伤疤就是她一怒之下给他的礼物。他把致命的病毒（在历史上曾经是）传给她，他当然是杀人犯。他年轻气盛，禁不住诱惑。这不是理由。她手持利器朝他冲过来的情景，至今仍令他心动。她从他的简陋珍品柜里呼啦一声就打开面盖，扬出他从巴格达买下却只能邮寄回来的心爱的大马士革防卫短刀。那珍品柜里其实还有拉卡马斯公司生产的更加锋利的手刀。但是俞愚哪怕在愤怒的时候，也是直觉地抓起一把看上去更漂亮的刀具。他是多么的爱她。她是多么热情的一个女子。她是他遇上的最热情的女人。那种内心像火一样的女人，而不是性格。可是他辜负了她，把性病传给了无辜的她。她说他不爱她，如果他爱她，他应当控制自己的性欲，不与那些把自己当成泄欲器的女人们纠缠在一起，而懂得克制自己，从而爱护她的身体。

“你是最无耻的教师！那些无耻的教授还不敢把性病传给学生，你拿你妻子的身体发射你带病毒的子弹，你拿你妻子的身体当你快乐的练习靶！”

她离开上海，回到武汉。他当时还是小小的讲师，到处受人挤压。知名教授在路上对他爱搭不理。看戏只等别人赠票。每天打的菜钱要经过剧烈的思想斗争。只因为他的真切，俞愚才嫁给了他。他是配不上她的。

他试图加她的微信，可是她没有通过。他是通过多少的努力，才获知她新的电话号码的呀。他从搜索引擎上得知她后来去了南方大学，离开那个她受不了的武汉家乡。博士生导师——行内人知道这个名号的轻重。她的著作累积起来有膝盖骨那么高啦，当然啦，她研究的领域是她现在待的学校里的独门单户，不见得受到多少的待见，可是她无所畏惧，一个女人就是有别于一群利益牢牢捆绑在一起的男教授们。她气质高昂，而她身旁的教授们因为对名声和小小利益的贪婪，猥琐而精明。是啊，在他看来，只有他，现在的他，才配得上她，不，现在的他更配不上了，现在的他，如果她是他妻子的话，就是她的负担了。可是……他下载过她的论文，读得出她的行文变得大气而沉稳，犀利而前卫。

兴许她现在还因为他得知了她的联系方式而换了新号码，但他也就打扰过她那一次。他是不是要发一个短信，告诉她，她的愤怒终于有了令人满意的回报？当死亡横扫一个她曾经咬牙切齿的人时，她那经过时间埋藏的恨将有多么的孤独。那个恨的形象绝不是俞愚，而是一个古老的形象，包括为了报复另寻他欢的伊阿宋而杀死自己孩子的美狄亚。她的恨如今想来也该锈迹斑斑了啊。看到网上搜索出来的她的照片，有几次让他掉下眼泪。她是不会知道他有不下十个以上的夜晚梦见过她，至少有一次是在梦中落泪而醒的，在那个梦过后的白天，他就沉湎在对她的怀想当中，自以为她也会偶尔想起他。

他想找个人来聊天，但这个念头马上沉下去，就像身上那些细胞的死去而人毫无知觉一样。没有人会知道自己还有多少的时间可以用，就是知道了自己的时间长度，也不见得就用得好。该活的依然活着，该死的理应死去。那一天绝不会缺席：他昏睡过去，没有了时间感，接着就走向永恒。这个过渡是温柔的。

天地是温柔的，如果不是发生那种剧烈的活动。剧烈的活动，他的父亲经常跟他谈起拼刺刀的事。海安防御战。主力部队打了多天了，要休整了，可是李默庵的整编65师、整编21师，后来又来了整编25师。父亲说，团长开会回来，传达了中野首长的话，第7纵队的4个团，在海安以南运动防御，让主力休整。坚持多久，听命令。父亲说，全团知道，这是以几个团的小命换野战军的大命。

打了四天四夜，父亲说，他拼刺刀。他拼出来了。那时父亲多大？二十五岁，二十八岁？二十五岁后来还有很长的时光。他现在是多大？快七十岁了，如果他愿意，他可以用药与体内的毁灭者拼刺刀，但就是拼出来，日子还是屈指可数，已经不再有神秘性了。单医生尖尖的脑袋闪着幽默的寒光。

他父亲拼刺刀的结果，为自己赢得了余下近六十年的时光。在他刺刀下惨叫的人，时光戛然而止，命运不再垂顾。剧烈的活动，现在发生在他的体内，就像当时父亲将刺刀插入对方的腹部接着是胸膛时那些人的感觉，现在他感受到了那些人的感觉。扎。扎。扎。扎。扎。惨叫。惨叫。被扎的人因为年轻气盛而使痛苦加倍放大。不会立即死去，它会延续几十秒到几分钟。那几分钟的分量。这个世界，这个宇宙的分量全在上面了。但因为人承担不起这个分量，人就要虚脱死去。血流尽的虚脱，心脏无血的虚脱，大脑感觉不到疼痛了。刺进去的进程那么迅速，通过棉袄，通过皮肤，通过肌肉，遇上骨骼时可能滑过更多的是撞断与深入。有的进入胸腔，有的进入腹腔，有的进入盆腔，有的进入颅腔。胃、肠、肝、肾被暴力打破了秩序。一条看不见的人体通道在刺刀的开辟下形成。

俞愚的刀撕开他胸前的肌肉时，他持续地感受到痛的延伸，延伸到后来的日常与人生中，包括由于不好洗澡浑身臭味连绵，总觉得心脏也受到损伤，两根肋骨组织永久性损坏，咳嗽时肺部突然泄气。

剧痛抓住了那些年轻人，然后快速地死去。父亲还说刺刀质量不好，没有日本的三八刺刀又坚又韧——那种钢必须硬，但又不能脆，必须韧，但又不能轻易弯曲，炼钢时的铁和碳的组合比例在没有计算模型的过去，要经过多少的经验积累啊，真正的千锤百炼——很快就用钝了，有的用得弯向一头。大家都用钝了，那就捅、撞吧。这个感觉是多么奇怪啊，在大气层的包裹之下发生，悄无声息。

他用大声地喘息来回应那些刺刀下的亡灵。他想起父亲的目光。幸运者的目光。没有让对方刺刀扎进胸膛的幸运，而很有可能是他的部下掩护了他，而他的部下却被扎了。脸色铁青的父亲。

噢，天哪，他发现，他从未看过父亲有过怜悯的目光，是啊，哪怕父亲此时站在他身边，看着他痛苦的样子，也不会有怜悯的目光；噢，这个假设并不成立，因为他父亲从未见过这样的场景，他最爱的儿子，在那些细小细胞的攻击下，脸部肌肉正在扭曲。他睁开眼睛，他知道，没有什么场面是父亲不能直面的。不要说父亲，就是他的母亲，他的妈妈，也无所畏惧。他们都见证过什么样的场景啊，炮弹下的断腿，脑浆，武斗时戮下的眼球，反吊打断的手臂，是啊，他亲眼看到他的妈妈试着将一个被砍刀划破肚皮的人将他的肠子塞进那个拒绝再接受溢出之物的肚子。他只是远远地看着，看着母亲跪着的身影。他事后才知道母亲在干些什么，而他当时只是听到有人在惨叫。如果现在有人过来划破他的肚皮，他会反对吗？他想如果痛苦再持续下去，他就要吃上几颗安慰药了。他受不了了。水。好了，好了，好了，妈妈过来了。

是啊，那个三十二岁的保姆有五六分姿色，脸色红润，牙齿像排列齐整的多肉植物，洁白，性情开朗，当然，她的身高略有缺陷，一米五五左右吧，而且，有些过于丰满，是她那个阶层难免的毛病——这种说法容易惹来指责。她深得他母亲的喜爱。

他母亲坚持要回到她的七十平方米小宅不住养老院，宋敬树很为难，他很难一下子为他的母亲找到新保姆。征得养老院同意（只要交管理费即可），他正式向保姆提出请她到家中照顾他母亲的请求。三十二岁保姆很热情地看着他，身上像是冒着热气，满脸笑容，偶露齿龈。她提出的条件中前面几条他都可以答应，如：她必须有一个独立的房间，因为他母亲一到夜晚，就喜欢无缘无故地叫唤，叫人无法合眼；加工资百分之三十；她的女儿和儿子随时可以来，可以在这里做饭炒菜小聚；要有一台三十二英寸以上的电视，她的电话可以随时打；等等。还有一个条件宋敬树就难以做到了——她要求，每个星期，他要跟她上床一次。这最后一个条件，是她郑重其事地耳语他的。她的身体很好，力气大，对付他母亲就像对付小孩子一样，他母亲确实很享受上卫生间啦、洗澡啦、上床啦，她抱起她时的感觉，人老了也许需要一种年轻母亲般的怀抱，自然就欲望旺盛，这是不好辜负的，人生如春光，春去秋来。

他母亲狡黠地盯着他与保姆的谈话。他母亲一直坚信，宋敬树来探视她是假，真实目的是来跟保姆睡觉。他不知道为何母亲会有这等坚硬的印象。他每次与母亲在一起，差不多形影不离，可是母亲说得头头是道，似乎宋敬树绝不会放过一星半点的哪怕转身的机会。老母亲对这种欢快的事并非反感或气愤，她只是道明一个真相，他到来的事实真相，只要指出这个真相，她就满足了。他越不承认，她越不满足。

母子两人往往为此暗斗。开始时，宋敬树也觉得好笑，而且很高兴母亲有这么好的想象力，这么花哨的想法，可是后来母亲因为这事很不待见他，他就慢慢地受不了了。几个月之后，这个说法让他的委屈无处发泄，他又不好大声吼叫，气得捶打床单，他母亲更不妥协，看着他歇斯底里活该。

另外，他震惊的不是保姆的要求，而是保姆对他的态度。她根本不把他当作有身份的人，一个名牌教授，一个剧作家，一个对《俄瑞斯特亚》、《安提戈涅》、阿里斯托芬、《玻璃动物园》、皮兰德娄、桑顿·怀尔德、《情痴》和托尼·库什纳熟悉程度远甚于他身体内部结构的专业人士，一个只要他愿意（一般他不愿意），他可以成天泡在和她比起来她原来不过是东南亚丛林中的野蛮人的漂亮女人堆中的花花公子，一个银幕上屏幕上舞台上令多少人着迷的女星们都是他朋友圈中人的收藏大师——虽然说到底，她们中的大多数并不是他真正的朋友而只是熟人或几面之交，一个对芸芸众生随时都可以有几套看法的半吊子哲学家，包括只要愿意他可以把眼前的这位保姆刻画得比她真人更加令人难忘的一位魔术师。好吧，哪怕她知道了，她也不会把这些东西当回事，在她的世界里，一切都要服从于减法，能添上的几条产品说明，只不过是这个老人的儿子比较会赚点钱而已（也看不出大富大贵），举止故意装得和常人有一点不同而已（包括笑都要思考一下才挤出），余下的跟其他男人没有什么两样，比如跟她的丈夫并没什么区别，都是送老人来这里的，都是两条腿的动物。

母亲的小宅也是他的家。他的住宅和母亲的住宅挨得很近，就是隔壁的小套楼房。他父亲死后，他卖掉福建的宅院，他拿出存款添上大头，给母亲另买了小宅，以保持自己的清静。保姆谈判时他答应了前面的几个条件，睡觉的条件他未置可否，他对保姆说那个事她可以自己解决，她的丈夫可以过来看她。他还带保姆视察了现场：他的家很宽敞，房间也不缺。保姆对现场满意，但对他没有全部满足她的条件当然是那个生理需求有几分不悦。正巧她家里出了事缺钱，而他开出的价格确实也诱人，就跟着他母亲来到小宅。

可是周五晚上保姆的丈夫，一个外表非常猥琐的男人，到这个时代还补了几颗金牙，又黑又瘦——如此骨架，有可能是保姆吸收过猛所致，那么，让宋敬树来充当一阵子被吸对象，丈夫可以借此进入休渔期，不能不说是一种真正的体贴——大声喧哗地走进家门时，他的母亲不乐意了，大哭大闹。这让保姆的丈夫再也不敢进门，而宋敬树就是理性上想满足保姆的欲望，但在行动上是决然实现不了，哪怕这个时候正是他与梁樱樱离婚而与胡婷婷并未相识的空当时期。

于是第二个月拿到工资后，保姆坚决要走人，加薪也不干。她的眼睛盯着宋敬树，那意思是，怎么样，你跟我来那事，我会好好地服侍你的母亲，你也知道，十几个保姆从你母亲这里走开了，你母亲可能是世界上最难服侍的老人之一。你也看到了，你的母亲在我这里，吃得下饭，笑得出声，不再整天提防保姆如何偷走家里的钱，拿走家里的东西。不再将保姆指挥得团团转，不再对人使各种密码难解的眼色。你是个不识相的男人，我都故意让你看过白花花的屁股了，你还躲得远远的。

保姆还是走了。宋敬树陷入了巨大的麻烦之中：寻找新保姆，在多个家政服务公司之间奔波，母亲无人收拾的屎尿——噢，要是人能不吃不喝该多好！人类的未来如果不被食物所控制，人类的精神会有多么大的跃升！看到母亲拉在床上的大便，如果不是无力就会是绝望。作为剧作家他不能不将这种异常逼真的人生片段从我们的剧作中省略掉啊——给老人洗澡后，他就筋疲力尽了，这时，像是人间开的庄严玩笑，剧场来电话要求他修改剧本，奥尼尔的研讨会催促他赶紧到场——和惠特曼对美国的无尽赞美不同，奥尼尔把人生描述成无穷无尽的灾难，不小心闯红灯就接受一张又一张罚单……

——那些麻烦就不详述了，虽然那时他还有三个哥哥活着，可他们没有一个愿意真正照料母亲，他们说可以呀，就扔在我这里吧，只要你不嫌我们不可能像你那样对妈妈就好了，再说，我们也老了。他们是也老了。天哪，反正那是十七年前的事了，半年之后，他的母亲断了气。算起来，他父亲与他母亲先后去世的距离也有十六年之宽。

风暴突然静止。多么奇怪啊。皮囊之下，微战争如火如荼，又突然风平浪静。疼痛，生命消失的序幕。死亡的序幕已经拉开，死亡的剧情以一波一平的节奏轮番上演。

他从床上缓慢地爬起来，好不容易找到了宾馆送的印有“海安”字样的棉拖鞋。他拉开窗帘，遥望海安城。千篇一律的建筑让他好生失望。一座遭受网络吐槽的几十层黄金砖建筑让他想起拉斯维加斯的一直亏损的特朗普黄金大楼。他有些怀疑他的父亲是否能够凭借他的眼睛观看他的所看，如果不能，那么血亲血脉的意义又何在呢？他父亲那个短促眉毛下的三角眼，那对绿豆般大小的眼珠，好像时刻在表明父亲是一个多么孤僻与促狭之人啊。错了。那是他老境时的眼睛。手机里有，你看看，他三十多岁打败了蒋介石军队后那种意气风发的样子，眼睛明亮而硕大，笑起来依然看得到眼球的啊。谢天谢地，他的眼睛承继了母亲的大眼仁和大眼珠，虽然明年就是七十岁了，依然炯炯有神，哪怕他性情天生促狭（还不是父亲的遗传），可看上去大度而豁达。

明天他是否要去那个苏中七战七捷的纪念馆呢？他去那里干什么呀，他不会在那里发现他父亲的踪影，那座27米的花岗岩刺刀能让他联想起父亲的什么？海安防御战，不过是他此时唤起的记忆罢了。在他与他父亲的几十年针锋相对的生涯中，那个四天四夜的战斗偶尔提及，只不过是片言只语，他的父亲也从未坐下，与他长谈战斗细节，他还是后来到网上搜索，才知道他父亲属于中野。他早就知道他的父亲是新四军，也许记住这个名称跟他少年时代看的电影和考历史时必背的皖南事变有关，他才能了解一点粟裕和李默庵，而他们父子的相互折磨，相互攻击，相互谩骂，相互斗殴，却是他们生活的主旋律，是日复一日的功课，是命运暗暗写好了脚本的戏剧演出。

只在窗前站几分钟，他就觉得疲乏了。好像怕自己会摔倒，他扶住半圆形的木质椅背，让自己重重地顺势滑进靠背椅中。靠背椅不禁发生了一次小小的位移，本来它矗立在印有类似阿拉伯精美的几何图案的地毯之上。他的臀部感觉得到柔软的海绵带来的惬意和舒适。

他突然沮丧地感觉到此次奔袭苏北，要去与浅埋中的父母告别，是一个糟糕的选择，是一次缺少深思熟虑的莽撞行动—— 一如他总是避免与扮演他剧本人物的演员们见面，因每次见面他都很不满意那些演员的举止或者形象，而且总是当着导演和演员的面说出自己的真实想法，所以他为了避免众人面前的口无遮拦，他选择了不进剧组，但是，死亡的到来没有经验可循，他要是知道回到苏北与自己死去的父母告别，会渐渐想起父子的冲突，会想想父亲的种种恶行，他还是会谨慎思考，以免自己跟自己过不去。

现在，他就要告别人生了，依然发现自己无法原谅他的父亲，他父亲对百姓的凶恶——在他任职的那个县里，顽灵喧闹的孩子听到他的名字，都会突然安静下来，悄悄地走开，因为他抓人和枪毙人（反革命），绝不心慈手软；几次粗暴地打断他的恋爱……

他勉强走进浴室。两天没有沐浴，没有浸泡热水，他已经闻到自己身上透出的浓浓的体味，别人闻起来一定掩鼻难当，他却自我得意，嗯哈，闻到你啦，闻到你啦，又有点自我厌弃，嗯，不把你当成亲爱的人都会皱起眉头，味道的冒犯总是令人难堪甚至厌恶呢。他体力有些不支，考虑明天是不是要找个代驾，让代驾司机送他到苏北——想到自己走进浴室，是不是正要暗合代驾司机的感受，让对方不那么难受，他生起自己的气来，接着又为自己的生气感到恼火。

他慢慢地脱掉穿在身上的衣服。他赤裸地站在浴室的大镜子前。在他赤裸之前，他已经预料到自己会将目光聚焦到私处，于是他尽量不去看它，而是注视自己的眼睛，最终还是被身体的几何中心处吸引去了。他吓了一跳。它变得皱巴巴的，而且那么微小。这真是前所未见。他愣住了，不知道发生了什么，让它变成这副德行，就像秋天一种向内卷曲枯萎的树叶。他听到了梁樱樱发出的嘎嘎笑声。是的，如果其他三位前妻见到它如此坍塌，会发出笑声，但她们知道他老了，发出的是同情的善意的笑声，唯有梁樱樱的笑声和嘲讽、挖苦、鄙夷如影相随。所有带“樱”的女人，后来他发现，外貌都是多么的温柔妩媚呀。

他此生失败了吗？如果真有失败这回事，那么在性生活上和梁樱樱一番较量后的结果就是铁定的一件。是的是的，谢娟走了，梁樱樱来了。如果他早知道梁樱樱是欲壑难填的女人就好了。只要一上床，梁樱樱就寻找它，用脚爪，用手指，用饱含热气的大口，头发和耳朵有时也轮番上阵，上帝也想象不到他设计出的各司其用的器官会另作发挥。

他对梁樱樱说，你能不能留点力气给我自己，我要写剧本呢，剧场等着演出呢，结果呢，其实不是结果，而是早就如此了，梁樱樱和别的男人在床上的样子让他抓了个现行。啊，想当初，他一个大学教授，一个剧作家，竟然跟着那个上梁樱樱的男人的妻子背后，奔赴通奸现场。多么丢人的举动啊。在后来非常长的一段时间里，他也在想如果不是去抓现行，他和梁樱樱通过交谈，应当也是可以分手的。

梁樱樱不是坏女人，她展开的胸脯，是所有的女人中最温暖的，那种呼之即融、吸之即化的热气，深深地培植过他身体的感知维度。唯有那丰满的身体，那丰硕的乳房，才能积蓄那么多的能量，并有向外奉献的冲动。那是多么深厚的宇宙力量啊。是啊，那种小说和电影里一再呈现的场景，终于赤裸裸地呈现在他的面前，参与的主角就是他的妻子，那个鼓励他成家成名、那个拿着他的剧本到处宣扬他、那个处处时时在他人面前为他感到自豪的妻子！一个任性的妻子。

以她为原型的那出戏《夜晚不停留》，连演了五十六场，话剧艺术中心告诉过他，明年它还会再现舞台，话剧艺术中心哪里知道，那时他可能已经不在了，就是关于一个性瘾女人的故事，一个被本能驱赶的人，他当时是以怎样的怜悯之情刻画了她，那已经不再是梁樱樱，不再是每天都有笑声的梁樱樱，是他硬生生地将她刻画成一个可怜的人，一个自然的畸形产品，一个道德上的橡皮人。但是导演将那个人指导成一个喜剧人物，一个几乎可以人见人喜的热情女郎，一个只不过会犯下粉红错误的成熟女人，一个失手也会留香的让人发笑的现代女性，一件上天设计好的人肉作品，一个会放出从低沉到高亢不同音调响屁的高档女士。是啊，梁樱樱和他离婚后，还找过他，几乎是强行进入他的房间，要跟他在他们熟悉的沙发上活动起来。是啊，梁樱樱有一天邀请他到浦东丽思卡尔顿酒店，房间里已经有两个男人还有三个女人，他们群戏已经在上演，要他参与进来，为伟大的剧本的诞生体验生活。是啊，和她比起来，他是落伍的。他接受不了她的方式，可是又不能否认她的好奇心。他给俞患带去的伤害一直警醒他小心身体。身体也是带毒的组织。漂亮而致命。

噢！他和导演吵了起来。演出公司说，版权已经买过来了，合同上明明白白地写着公司有改编的权利。他没有和梁樱樱聊过《夜晚不停留》。那是梁樱樱不能在别人面前大肆炫耀的前夫的作品。再说他的剧本其实完全可以解读出三种格调：好笑的、可怜的和不温不火的。不论是他写下的那个让本能驱赶的可怜的女人，还是演出公司排演出的喜剧中可爱的女人，谁成为这样的女人，并在众人面前展现，都是伤害，对梁樱樱的伤害。演出一场，伤害一次。——但是梁樱樱真的会在意吗？每一次票房的胜利，都是对她的欢呼呢。不，不。人可以理所当然地做出格之事，却不愿公之于众。

是的，他好像胜了那个巨大的回合，建立起了胜利的王朝，但是，那出戏之后，那出喜剧落幕之后，他的空虚吞没了他，就像他吞没了自己。那种斯特林堡式的疯狂报复并不适合一个中国剧作家。瞧呀，这就是报复，他站在镜前，看着坍塌，想象着死亡。梁樱樱笑在了最后。这个最后只是他的最后。时间的幻觉。是的，如果可以选择，他宁愿没有遇见过梁樱樱，他与她的三年婚姻，带给他多少的烦恼啊，可是这些烦恼和他的父亲带给他的，又算得了什么呢？梁樱樱导致了他的阳痿，可是离开她后，病就治愈了，而父亲，恶魔般的父亲，深爱他的父亲，浅埋中的父亲……放水。他感觉凉意。他去打开浴池的水，再回到冲洗玻璃间内，让俯冲而下的热水给自己加热。等浴池里的热水满了，他准备好好地泡澡。他需要热水拥抱他。

当他跨入象牙白色弧形的浴池，他知道，跨入死亡也是这样，容不得一条腿永驻在空中不动，那些生命中美好的事物也一样，不会停留，不会等待，不能凝固。一切顺滑无声。他是小心地扶着半滑的池沿、弯着腰、谨慎而有点狼狈的样子进入浴池的。一个将死的人也在用行动保护自己，这本身也是死亡的力量在支配着他。

但是，到了此刻，这个大限将至的前期，他为什么还是怒气冲冲啊。当清水不是温暖而是带着烈意的温度淹没了他的头之外的身体，他问自己，为什么还怒气冲冲啊。

他越走近父母的那座假坟冢——它真的埋藏着他们的骨灰，但埋骨灰而不埋尸体的坟冢是真坟冢吗？——他的怒气就越发不可遏制，而他即将到来的死亡也挽救不了他的坏心绪。

他倒是期望身体内的痛楚此时来袭击他，用那种最为原始的痛楚来解救他，而不要这种精神之怒。他告知自己这个怒气已经不管用了，再也不管用了，难道它还要催生他写出剧作不成，在这个生命的最后时段？他从未为此做出准备。哪怕他真的写出了父子间的无边的隔绝与割裂不了的连接，又有哪个观众会感兴趣？因为人类的相处模式，特别是父子间的相处模式已经发生了翻天覆地的改变，充斥着理解、细腻的关爱和精心的诡计，当一个父亲为他的儿女们的前程而谋篇布局时更是如此。

如果不是因为母亲也埋葬在苏北，他还会来吗？就算他们是他的父母，他们之间到底发生了什么，是一种什么样的连接，他真的了解吗？他们之间绝不是世俗意义上的所谓爱。爱在他们之间，就像他们身下坐着的石头块，并不起着什么绝对的作用，是一种固体性的东西，而且爱，在他看来，很有可能是人类自我设置的一个语言陷阱，是一个空虚的框架，试图描绘出的天堂情境；虽然他为了迎合观众，在他的剧作中，还是暗送秋波地以爱作为一个轴心，小心地运转，小心地偏移。

噢，天哪，人类根本就不是以爱为纽带，人类一直以伤害为纽带，不管是家人，还是群体，还是国家与国家！他对此已经了然，只是不想在剧作中向公众公布这个秘密而已。他知道，如果他公布了这个秘密，他的剧作就不再受欢迎，可是现在，他反正是这样了，他也不必再去迎合什么漂亮和愚蠢的观众了——有时写剧作眼前就会浮现他见过的观众，他们和他交流过，向他投来钦佩的目光，是啊，要是他不知道自己死期将至，他还会迎合下去，现在好了，一切真相大白了，他再也不需要掩饰了。他甚至都不想在医院中死去，而想孤独地在家中，一个人静静地痛苦地了结自己。至于尸体嘛，它想怎样就怎样吧，那已经不再是他的事了，到时它也是他厌恶的一堆东西。他仿佛看到自己腐烂的尸体在他熟悉得不能再陌生的房间里迅速地膨胀、爆裂，这个情景让他生出几分快意。

他划动了一下浴池里的水，似乎那些哗啦一声的水势，也在应和与赞赏他的谵妄。一切美好都是为了伤害。这不是他的发现，这是他的经历。当他从小一直深爱的父亲，当父亲一离开家他就念念不忘的童年和少年甚至十五岁开始的那个青年，就在他父亲，当时的公安局长，枪毙他的青少年好友卢鸿远的那一天，他生命的真实大幕不是悄然拉开而是砰的一声揭开。

是的，在此之前，有多少人向他暗示过他父亲的凶猛与凶狠，他还暗暗得意，或者虽然略有其他想法，可是他还是爱着他的父亲。他父亲带来充足的粮食，充足的海鲜，充足的猪肉，而这些，是他的同学们日思夜想的。是啊，他成为剧作家，难道不是因为父亲保证了他的衣食无忧，他才有机会有精力读书看报。而想想他的同学们，他们只为一日三餐辛劳。噢，在他小学二年级时，当他在田野中玩耍时，看到他的同班同学挑着看上去比他的身材还大的粪桶，歪歪斜斜地在田埂上挣扎，他震惊得蹲下身体，想把自己躲起来，不让同学察觉到他在看他。他天然的羞怯感，他一直小心地保护自己的羞怯感。

他醒来时明显感觉到体力的不支。也许那股突然而来的愤怒破坏了睡眠，更何况病和年纪一道饱饮他的力气，留给他勉强动弹的躯壳。

挂在墙上的钟表指针表明自助餐厅的早餐仍在开放。

自助早餐永远是那些东西，红薯块、苦瓜条、荷包蛋、蘑菇、芹菜、小河鱼、炝锅腐竹、炸明虾，五花八门的糕点，单独的面线摊位，面包桌上的面包机、牛油、奶酪、果酱，诸如此类。他的胃口不好。他只想用些水果果腹。他扫了一眼分区的餐厅，似乎没有比较好看的人，这让他扫兴。吊灯打出暖色的氛围，简美风格的橡木桌椅故意与外部世界拉开距离。他想快快了事。

现在最要紧的是他对父亲的怒火让他恼怒。是的，他几乎每天都要想起卢鸿远，就像那些孝顺的孩子们每天都会想起死去的父母一样，一闪而过，比闪还短，只是几十年来，鸿远的样子一年一年下来后不再那么令他揪心而已，但是因为要去与死去的父母告别，这个情绪竟然复活了，而且这么强烈，这让他出乎意料。他四肢无力，想在床上与自己一同沉入荒原，可是想到他在床上只能和自己的愤怒，那种对父亲的愤怒躺在一起，他就受不了了。

结账的女服务生专心地结算，他死死地盯着她俏丽的侧面。她不会记得他，而他这么卖劲的视觉摄取也将在转身之后遗忘得一干二净。服务生已经将他的车开在大厅门前。服务生一脸收到他递过来的小费出乎意料的表情。

他从未想过要将鸿远的事写下来，同样，那是没有人会看的。他已经几十年没有写过小说了，要用起它来他怕会变形，是的，会将鸿远变成另外一个人，一个再也不是他记忆中的人。他相信鸿远的故事经过处理，所谓的添枝加叶，也许勉强是一个电影故事，但他已经没有精力去打磨一个好的电影剧本了，再说在那个故事中，视角是一个巨大的难题，是要以他的视角来回忆那件事呢，还是要以鸿远的自我陈述来完成。他知道，那个以他为视角来陈述鸿远故事的想法就是一个陷阱，一种电影庸俗化的陷阱。是的，也许用鸿远活着的和死去（像是活着，而且一直在跟随着宋敬树）的视角来讲述他自己的故事，也不是不可以。但他不想写。

恍恍惚惚中，他下错了高速。他开往射阳方向去了。他将车停在路边，这一次他也期待警察过来，他预料他的期待会落空。果不其然。没有警察在意他这个行将就木的人。继续上路，继续前行，继续奔向理应之地！

他忽然笑出声来。他的四任妻子，没有一人听他说过卢鸿远，那么，她们再也不会知道了。这当然无足轻重，对她们来说，法国谁当总统、英国谁当首相、委内瑞拉谁当首脑都无所谓，何况一个叫卢鸿远的人，与她们的生活从未有过交集。她们与他的生命的关系曾经那么紧密，卢鸿远却远远地隐遁，这是多么有趣啊。他看过一本小说，那个没有名字的主人公的妻子竟然从没见过主人公父母的面，就因为主人公的父亲是植物人，而他的母亲住在疯人院，那么卢鸿远不曾进入俞愚们的耳朵又有什么奇怪呢?

再说，他早就不太相信这种紧密了。这是松散型的紧密。这是合同关系下的紧密。她们也许从来就不是他的灵魂伴侣。她们曾经是他的生活伴侣，离婚时的诉讼是最好的明证：人人都想获得更好的生活资源。他从未有过需要灵魂伴侣这种创意。但他与父亲的紧密就不同了，有一种命定的判决，谁说不是呢，反正没有他就没有他，正反来说都一样：儿子由父亲生下，而父亲由儿子构成。

卢鸿远说想到宋敬树的家中玩玩，他想看看一个公安局长的家里是什么样的。当他站在宋敬树的家中，久久地四下凝望时，显露出失望的表情。这是一种非私人化的家居环境。卢鸿远的父母睡的是十径血檀大床，坐的是黄花梨麒麟纹圈椅，还有一对朱漆描金山水花卉太师椅，摆在楼上的会客间。宋家的床是杉木拼成的板床，蚊帐搭在支起的麻竹架上，坐的简易的松木板拼成的沙发。卢鸿远呵呵地坐在沙发上。他的直觉很好，一坐就坐在宋敬树的公安局长父亲惯常坐的那张沙发上。它向阳且伸腿方便，另一张摆在墙边，前面还有饭桌稍稍挡住了视野。

卢鸿远喜欢冲他笑，嘴一咧，牙齿一露，眉毛一扬，接着就是一声“切”。他会搂着宋敬树，他不反感他那么做，因为他长得棱角分明，身上还有一股草刚割过的气味。他不知道这气味是哪里来的，就像他妈妈，从来没有喷过香水，有时也几天不洗澡，但依旧闻起来甜甜的一样，鸿远的香味是青春的秘制。

宋敬树盯着他看时，总是把眼睛停在他的眉毛上。他的眉毛黑而浓，有趣的是，在他的右眉上，突然豁出一条杠，刀削般简洁和美丽，露出眉下洁白的肤质。他一直没有问过鸿远那是为什么。他怕鸿远说反正他生出来就是那样的，那就没有传奇色彩了。

上小学时在他生活中偶尔出现的危机在上初中时他就要直面挑战了，那就是他是一个外来人，北方人。闽南人称为“死北”。

一开始，所有的同学甚至很多的老师都对他抱以敌意，就因为他的父母是北方人，他们是来吃南方人的饭的，还盗抢了最要害部门，他们深怀不满。不满不是这些本地少年人的自觉，是他们的父母传递给他们的，他们醒悟的事实：确实，那些北方来的杂种们穿的衣服，还有表现出来的体力就是不一样！面颊是红润的！而本地孩子大部分都是瘦黄的！

他们欺侮他，拨他的头，骂他的父母，朝他吐痰，他们朝他扔石子。他们在他上厕所时故意堵住他，让他尿湿裤子一大截。他和领头的干架，可是被群殴了一顿。他们在他上学的路上拦截他，要让他不敢上学，告诉他，上至老师下至学生，人人都讨厌他，因为他是北方人，他要滚回北方，不能抢南方人的粮食、啃南方人的鱼肉。

他有两天装病，真不敢上学了。妈妈说他病好了，为什么不上学。他背上书包。他们追着他，在田野里。他们追过地瓜田，追过无名小溪，追上尽头是海滩的稻田，最后在太阳的威逼下，他们停下疲劳和不听话的双腿。他也回去了。上学他们拦截，放学他们拦截，他要绕过街道，绕过复杂的地形，才能悄然到达学校。他讨厌他们的拦截，可是对他们的追打，他开始分离出一种逃跑的快乐。他有时还会故意放慢脚步，让他们离他更近一些，好让他们有信心继续追下去，有时还不顾他们扔出的石头可以击中他。

他开始想办法分化他们。他给他们中的人好处。他们是穷人的孩子，经不起好处。他开始组织起一个帮派。群架打开了。他这一边的人比较少，处于下风，好处是对方不像以前那么嚣张了。

他们是在打群架时认识的，也许是鸿远的加入，他的这一边才占据了上风。鸿远为什么加入他这一群，他从来没有问过。这种问题从来就不上档次。

宋敬树不好回家处理身上的血迹，如果他父亲看到他脸上和身上的血，说不定会带上枪去找人。他记得他妈妈说过，他大哥三岁时得伤寒，父母抱着他到一个医生家，那医生是国民党，不治共产党人的孩子，父亲把驳壳枪顶在医生的脑袋上，打针，打你的青霉素，要不我就扣动扳机。鸿远就建议到他家擦洗。

他家有四个兄弟，比宋敬树家少一个。但他们家的四个兄弟都住在一起，而宋敬树家呢，只有他跟父母住，他的哥哥们全都工作去了。他是父母的意外产物，是他母亲绝经前血色赠予，如同白垩纪生物大灭绝前的一次成功的生机逃亡。他没有想到鸿远的家就是他许久以来经过无数次想探究又不成的一座建筑。

那是一座独一无二的建筑，也许你在全世界都找不出那样的布局。它挺在市场的中央，很像一座孤岛，矗立在洋流之中，而洋流就是汇集了四周几十万人口前来赶集的人群。赶集日到，它圣殿一样接受所有人的目光；平常日子，它寥落寂寞，像一位年老的元帅，低下脑袋，沉沉入睡，倚梦街市，无人搭理。

他家的前厅有人在打四色牌，宋敬树猜想那是在赌博。他知道公安局隔三岔五就要抓他们这样的人。他们有人抬起眼收了一下他们的身影，对他们的模样并不惊讶，马上低下头照顾自己的手中游戏。

宋敬树本来站在老镜子前擦洗，卢鸿远走过来，拿下他手中的一块黑布，靠着他，帮他洗了脸上的血污。鸿远的眼睛很明亮，牙齿洁白，五官端正英俊。他离他这么近，身上的电子讯号传到了他的身上。他感到很舒服，身上的毛孔张开，迎接着鸿远的气息。

鸿远一直呵呵笑。他要宋敬树像他一样，帮他擦去身上的血迹。宋敬树感觉得到自己身体微微地颤动，有一个不听使唤的开关兀自打开。这是他的身体第一次发生这样的颤动。他不知道这是为什么。这么贴近一个美少年，他身上的皮肤、汗毛、小黄痣小黑痣、朝气蓬勃的头发、喉咙里发出的声质、鼻孔里进出的空气，都有一种可怕的吸引力。

鸿远没有带他上楼，他也不好意思提出自己的想法，虽然他望了几次楼梯。他也看到了宋敬树的动作。嗯，脸上和手上的血，看上去差不多都洗干净了，但是头上和太阳穴边隆起的地方是没有办法解决的。鸿远笑笑，无事地站着，宋敬树知道到了告别的时刻。他领他从他家的后门出去。不过，那叫不叫后门是另一回事了，因为市场是围绕着他家旋转的。

他变得很想见鸿远。他在学校里差不多碰不见鸿远。每天上午或者下午，他都会到他的班级外头逛荡一回，看是不是能遇上他，瞟到他的影子。他不在。没有。当时就是那样，来不来读书学校也管不了太多。他到他家去找他。但是他的家门不好进了。他的哥哥把他堵在门口，说鸿远不在家。他猜想他会在楼上，可是他哥哥的口气坚定，他就没办法了。他哥哥好像知道他是谁的儿子的样子，对他是一种防备的目光。后来他知道，那是他的二哥。鸿远排第三，他还有一个弟弟。

“你找过我几次，敢是？”终于见到他之后，他轻松地问。

那时他简直要哭出来了，好像有满肚子的委屈，又像是满身的激动。见到他那副潇洒的样子，他就不好吐真言了。不过没关系，他已经被幸福感淹没了。

他到处跟着他，就是他掀开不干不净的粗布帘子，站在木桶旁撒尿时，他也跟着进去。他对此是嗯了一声，也没有多说别的。他没有嘲笑他的举动。大木桶里的尿臊味刺激着他的鼻子，他也不觉得不可忍受。那可是混合了他的哥哥、弟弟、爸爸、妈妈和其他人黄的透明的浑浊尿液的大木桶。是的，就是因为他要撒尿，他才能跟着他上了楼上。

楼上有三个房间。当时他觉得每个房间都很大，但那是他当初的感觉，现在想起来，应当是狭小的。他父母一个房间，他的小弟弟也在他父母的床上睡，靠西的房间是他大哥的，据说就要结婚了，算是婚房，他和老二在中间的房间。他们家有些奇奇怪怪的东西，那是宋敬树家没有的。局长是军旅出身，家里简单透顶。局长似乎非常痛恨多余的东西，甚至大冷天的，床上多一抱被，他都不能容忍。

他问他这些天他跑哪里去了，怎么不去上学了，他嘿嘿一笑。他说他不一样，他不喜欢上学。他说他也不喜欢上学。噢，他回答，我们两个对上学的想法不太一样。他没有继续往下说。他说他去外头了，有事情跑，不得不跑。宋敬树说可以带带他呀。他又笑了，他说，即便他带他去，他愿意去，可是他的家里不见得愿意他这样。想起父亲的严厉，母亲的严重附和，他的说法很有道理。他说的是，那么多次到他家里，他都不在。

他说不必失望，他们是不一样的人，也不用太在意。他说没有不一样的。他不说话了，他把这个沉默理解为不屑于回答。他的沉默很有风度，比声音更有言外之意。

回想起来，在少年阶段，就懂得用沉默的，可是少之又少。他继续向他倾诉衷肠，告诉他，有一天天还没有亮，他就到他家，等着他，一同上学；还有一天晚上，因为白天他没有上学，他要知道他是不是生病了，到了他家，可是他不在，他家里人说他会晚点回来（看来生病的事就不重要了），于是他就等到半夜。他听了也没有表示什么，就问他愿不愿意礼拜四跟他到古雷走一趟。

他的秘密一出发他就知道了。他是去买卖黄金和白银，也包括玉镯。这在当时是违法的，如果被抓，投入监狱不必说。他以为他会开玩笑地跟他说："我被抓，我们两人要一同遭殃。你是局长的儿子，铁定很快放出来，哈。"他没有这样说。他对谁是谁的儿子好像没兴趣。他必须靠自己生活。

做买卖时，鸿远也会向对方问有没有书，他的朋友想看。他指的朋友就是宋敬树。鸿远会带给宋敬树一些在学校和一般人家根本见不着的书，你在那些地方至多可以看到领袖人物的语录选集，他神秘地带给宋敬树线装书上的裸体简笔画，转告宋敬树书主的看法，穆桂英生擒杨宗保后的花烛夜怎么过的步骤（不懂），1945年土纸版《红与黑》解释少妇比少女更有味道（不懂），樊梨花和薛丁山婚姻危机和薛丁山骑马痔疮和前面硬不起来的原因（宋敬树并不知道什么叫痔疮，也不知道硬不起来为什么显得可笑），《水浒传》里的潘金莲的精美玉足为什么会勾魂（宋敬树认为裹过的脚非常难看，他的妈妈就是半裹脚，脚指头扭曲变形，死虫一般）。

他跟他去过几次古雷。

他跟别人在交易的时候，他有意站得远些。不过这个距离好像是鸿远默许的。他记不得了。他总是有距离地看着他跟别人在讨价还价，总是面带微笑。有一次在交易中，像是有人举报还是通风报信，他们撒腿跑开。他跟着鸿远跑，后面有人在威胁。他跑得比鸿远快，这得益于他的体质。他们翻墙的技术也是令人惊讶。他不知道为什么在那个时候，那么高的墙就那样轻轻地翻过去了，鸿远很镇定。他们蹲下身子，落在败落的墙的一边的草丛中。墙的另一边，是追逐人的喊叫声。他虽然心里有些紧张，气也喘得厉害，但是他知道，他要是被抓了，他报上姓名之后很快就会出来，他也会把鸿远拉出来。而且这样的事，学校根本就不会知道。他侧过脸盯着鸿远。鸿远此时正盯着一条被他们惊扰的黑色毒蛇慢慢地游过草尖。他看到鸿远眼中弥漫阴郁的迷雾。风平浪静之后，鸿远带他到他的一个远亲家。事后他知道，鸿远是想见蔡素凤。

只要想起蔡素凤，宋敬树仍旧怦然动魄。他在戏剧学院看到过太多的美女啦，他也有意无意和那些美女们拥抱和贴面过啦，为什么蔡素凤从来就不可淹没？和她联系在一起的东西，都是得天独厚的东西，别人无法拥有。

那座郁郁葱葱的山峦，她的家就在山泉水涌出的地方。

大海，花上小半天，翻过旗鼓山，就是坦荡无比的太平洋。

冒险，他跟随卢鸿远的金银交易，在当时就是犯法的行为。

路途，他们从县城而来，要骑上七十公里的自行车，穿过六个公社（现在叫镇）、三个农场；天气，靠近县城的天气还算稳定和熟悉，越往海边，那里怪诞的风沙要起脾气，会把自行车从沙路上掀翻。

通往古雷路边的树木愈发茂盛，或者孤零零地站在沙地，或者三五成林阴郁地大笑。

光不是从天上，而是从时隐时现的大海上发出，整个大地就像倒悬的空间。

古雷的人的脸面没有一个不像是历尽风刀光烤，粗糙而豪迈。

她呢，身体像大海一样起伏不定。

她的肌肤像是得益于清澈山泉，她的声音像是得益于碧绿树叶。她的眼睛，她的牙齿，她的胸部，她的屁股，她的身高，都凝聚了这猛烈又富饶的海水与生气勃勃的山林的精华。唯一不足的，是她那双过大的脚，它是长期裸足在柔软的沙地上行走塑造的形状。嗯，胡婷婷有完美的脚弓。

他经常听他的父母提到射阳，可是他不知道他们提它干什么。永远的谜。反正这儿没有他的兄长。五个兄弟以1949年为界，以前的三个生活在江苏，以后的两个生活在福建，是的，他后来到了上海。他的父亲养大一个踢掉一个，十五岁就开始踢，到十六岁他们可以工作了，恨不得他们不要回家最好，他们真的都不想回家了。到了他这个末子，踢不出去了，那就折磨他吧。是的，他们兄弟全齐在一起的日子是在他父亲的葬礼上。

这也就不难理解他对宋烨，不，谢烨，可以置身天外而心无牵挂的基因了。谢烨反过来也是一样。冷漠的基因依然在世间遗传。

他点了三套鸭、大煮干丝、平桥豆腐羹和梁溪脆鳝。

他母亲是厨房里的豪放派，这是往好里说，往不好里说，他母亲从来就不会做一道真正精细的菜，再好的原料，到她那里都是葱花油盐一锅端。脍不厌细的大煮干丝啊。

一个凶暴的父亲和一个粗粝的母亲生下一个写剧本的儿子，一个在讲台上讲奥尼尔和《谁害怕弗吉尼亚·伍尔夫？》的大学教授，一个在高中时读到《西厢记》时几乎不相信自己的眼睛遇到这么美丽的语句的多愁善感的男孩，这是怎么回事啊？是啊，他们两个老人已经被时代和经历严严地限制在了筐箩里，谁也没有尝过其他异性的味道，他听他母亲说过姘头有什么意思啊，女人还不都是一个样，别的女人又没有多长洞。

他们的儿子就不一样了，离了四次婚。他并非没有感情，比如，他确实很疼爱胡婷婷。她比他小整整二十岁，但这是他爱她的真正理由吗？他不敢完全说是。

他是爱胡婷婷，可是与爱听上去有种绝对的性质相反，任何爱都是具体的、个人化的和相对的。如果说素凤是那种女神一样的存在，胡婷婷则是田野里叫人安静幸福的一片紫色的小叶花朵——他想起他上初中被人追打时，他们退走了，他蹲下身静静地看着垄下叉草白色的微小花瓣、马缨丹橙红色的花束，耳边田野的风一阵一阵吹过头顶。

她算得上娇小匀称，穿上高跟鞋也会让人一惊，相貌是你必须细看的那种。她不惊艳，可是耐看。很奇怪，她的眼睛乍看并不大，可是你注视久了，它就显得越来越大。她来自贵州，是个苗族姑娘，到上海很一般的大学里读计算机专业，大学毕业后找到的工作报酬，只能顶上房租和饭菜。他后来猜测，她能够读完大学，也必须偶尔靠自己的身体到外头接受消费。

他到人民广场的博物馆看展览，她在广场地铁出口当志愿者，走过她几十米了，回过身，他给了她当晚的一张戏票，是他的戏，并告诉她，如果她喜欢的话，他可以把他不想看的戏的戏票送给她。在不同的剧院里看戏，那可是白领才能有的资格。她很享受看戏的过程。她沉迷剧院，那也不完全是可以远离她没有出路的工作，而是那些戏剧大都好玩，以及可以近距离地看到在平常只能在电视或电影中看到的演员。

他提出和她结婚的建议，她想都没想就答应了。她说一年又一年，她的周围还是一片汪洋。他的建议一出，陆地就出现了。可是，这难道不是一块危险的陆地吗？哪怕那种非常本能的友谊，不也是饱含危险吗？他和鸿远的友谊，真的如父亲事后所说的那样，是一种危险的关系吗？

鸿远没有向素凤太多地介绍敬树，他只是说他是他的同学。敬树感到略微的不满。

如果鸿远向素凤说他是公安局长的儿子，他相信素凤会向他送来更多的笑声，那双奇异的南海一样颜色的眼睛分配给他凝视的时间就会增多。他无法相信随后他看到的素凤的父母和兄妹会是那么的令人失望，他们要么就是虚胖，要么就是肺痨者的塑像，要么就是惊慌胆小的神色，格外表明素凤是一个天外来物，处事待人那么自信——好像她更是城里人而他们两个才是乡下人，公正——你看她，端水给他们时不是一次一杯，而是倒好了两杯，一块儿给，大方——她该做什么就做什么，外头的鸡跑进屋里来了，不慌不忙的声音温和地把鸡轰出去，一点顾此失彼的动作也没有，哇哇——而这正是宋敬树与生俱来的缺陷——她是造物主行走在天路上时因为路途突然颠簸遗漏下的宝石，也恰恰是鸿远身上那种不同凡响的活力与气魄、古代年轻将领式的英姿、不畏生死的身手、不惧对手的镇定，与素凤是那么般配，他们才应是人类的始祖，而不是亚当与夏娃。

回去的路上，鸿远告诉他，她是他的未婚妻，不是正式的未婚妻，是口头上的未婚妻。

从鸿远的口气，他探出了一些秘密。素凤对鸿远有好感，可是她的家里人对他半是同意半是反对。不是认为鸿远靠不住，而是鸿远做的事情不正式，鸿远倒卖古董、倒卖金银，他时不时亮手的螭纹楪形玉佩、玉羽人骑飞马、神人首、玉舞人、红山玉猪龙、皇后宝玺，让人怀疑他有多少的陈仓暗道，这要是给政府抓住，半数不会碾头也要剥去半层皮。鸿远说素凤爱他，或许仅是吹牛！

他们一人一辆脚踏车。开始两个人还自如地踩，时而这个慢点，时而那个快点。过了浔阳公社，有一段长坡，他们两人不知不觉就比起腿力来，完全不把那些柴油烧烤的机器当回事了。识趣的人在坡下早早地就推着自行车往上走，拖拉机到这段坡就突突地狂吐黑烟，让人惊讶它的肚子里怎么会有那么多叫人恶心的臭气，汽车虽然没有那种要炸裂的狼狈相可是也不敢逞强，到半坡上，人只要不费劲地小跑，就能赶上它，除非是空斗的解放牌大军车；如果是客车，还可以跟车里的人打招呼。有人想在这里上车，司机大半是不愿意的，起步太难了，那铁挡嘎吱嘎吱响，让人觉得那根钢做的东西要断了。

他们的屁股离开坐垫，车子像个小玩具在他们的双脚下左右闪晃。他们交替领先。鸿远侧过脸看认真的人那样子，嘿嘿笑，敬树本能地反射出笑容，可是他们的脚却是一刻不能放松，接着，好像是友好的笑容也削弱了他们的力量，他们干脆不再理对方了，所有的力气包括那挤出笑容的力气也要省下。当他们在坡下时，青石山在他们的南边，等到快到坡顶时，青石山已经在他们的西边了，而本来不见眉发的乌石山，在几公里开外，慢慢地裸露出它强硬的身姿，傲慢而孤独，好在有人看不惯它的傲派，在它的山体上开出一条路，破了它的身体，不过它的脑袋，那几块巨大的石头，仍旧咄咄逼人，除非真把它们炸滚了。到这个时刻，营养起了作用。鸿远投机倒把的确是斩获不少，但那是种辛苦的奔波，这一顿也许好，下一顿就是凑合，有时还得空上一餐，而敬树则不同，他差不多三餐的营养都充足，鱼和肉就没有从饭桌上躲闪过。可见的坡顶不到三米，敬树就奠定了他领先的基础。

这可是他们友谊这么久以来，他，宋敬树，在两个人的关系中占了上风。从脚底浮涌上来的胜利喜悦像打开的香水味在他的体内散开。这种喜悦非常奇怪，新鲜，有力，通透。

敬树停下来，想休息下。鸿远也停下。

“还没完呢。”

敬树喘着大气，望着也正在喘大气的鸿远。

“看谁先到坡下。冲啊——”

噢，天哪，下坡的坡道比上坡的要长一倍，那是一条快接近五公里的俯冲，只有快到终点的地方有个不起眼的起伏，其他的一路向下，从天堂到人间的过道也不过是这个样子，再加上弯道又多，在这里丢命的司机三三两两，不是刹车失灵，就是转弯的地方撞上山体，或者速度没有降下来躲闪不及地撞上迎面来的车辆。隔那么一阵，就会听到事故的传言。可那些死去的人大都是没有见过面的人，但总免不了忽然传来消息，某个认识的人在这里受了重伤或者头轧扁了或者身首异处。

敬树的信心来自于他的脚踏车比鸿远的要新，刹车黑胶也是前不久刚换上去的。他不利的条件是，鸿远对这条路更熟悉，虽然也没有熟悉到可以放开手，发出哟哟的快乐叫声，而这是他在平路上的拿手好戏。俯冲不光是俯冲。首先是车流。你要避开前面的来车，还要防备后面汽车毫无忌惮的速度，还要对付前面慢慢下坡的有的在主车道、有的在无沙道旁的各种车辆。这些可以对付的话，最难对付的就是路上的沙子。有的地段沙子少些，车子不会飘倒；有的地方沙子一多，单薄的轮胎在沙子上打趔趄就像在大海浪下的人根本就掌握不了命运。他们都闪了几次，也都没有滑倒，可是谁也不能保证下次人就不会从车上飞出去，撞上路边的木麻黄，或者直接扔到深深的坑里，或者让后面冲上来的汽车轮胎滚压出血浆。

敬树看到了另一种快感，迎着他打开的快感。

风鼓起他的黄色的的确良衬衫，吹直他的头发，剐蹭他的鼻梁、脸颊和耳朵。穿越空间的阻力的刺激现在想起来，就像他在某部电影还是科普作品里写到了正在进入虫洞时的呼啸，是的，他似乎在进入另一个空间，从子宫到人间，从人间到未曾知觉感觉的世界。此后的几十年他回想起自己当初的感觉为什么那么好，都是因为那种难以控制的危险转动起了激动人心的狂喜。天空越来越远，而跳跃的土藿香、羞怯的酢浆草、嘤嘤叫的白背叶、闪腰的变叶木、浓妆的带迫子、打不起精神的重阳木、兴奋过头的铁海棠、顾影自怜的白桉和找不到心绪出路的相思，散布在山上和路旁，加入到快感增加的通道中，一拨一拨的。一个弯道，是亮光耀眼，下一个弯道，太阳被山体或者高高的树林无情地遮挡，道路慷慨地投来天堂一样的阴凉。

蓝中泛银的天空突然失控，消失。一同突然消失的还有停泊在空中的透亮迷人的云翼，它们接受了太阳的漫射光，优美、轻盈、清丽。

莫名的稍许的惊慌和陌生的新奇还来不及被意识采纳。

宋敬树已经经历过死亡。

宋敬树甩出了十几米远，甩在木麻黄树下。脚踏车甩到了沟谷里，埋在长势不同、长短不一的狗牙根、铺地黍、三叶鬼针、金纽扣、鱼眼菊的草丛中。鸣蜩、黑蚱蝉、蟪蛄和鞘翅昆虫躲在草丛中或者跳到小树枝上鸣叫。

卢鸿远鹰似的从脚踏上飞出，豹子一样跳到路中央，拦下一辆正在下坡刹车片磨得吱吱响的解放牌大卡车。

当他的Q7进入他父母的家乡时，他向西望去，太阳停在几座大楼的间距里，当车移动脚步，太阳和大楼发生撞击，空气于是发生微妙的颤动。他非常累了。

现在，他将车直接开到父母的坟地，还是来得及的，可是他现在最大的渴望就是有个地方好好躺下。他不想看后视镜中自己的脸。那将是脸部的噩梦般书写。能够有个地方躺下，没有发动机的震动，没有再好的隔音玻璃也隔绝不了的外界响动，“是那么珍贵。”他自言自语。——珍贵，他再也没有了对它的渴望和感觉，以及这个词引发的人生意义的联想，嗯，它将被从内部横扫一空。报警声告诉他，汽油指针落到了红线之内。

加油站里传来的人声唤醒了父母的灵魂，他们来到他的面前。这些人声跟他父母的发音那么相像，他不得不提示自己悲伤的事实，虽然他们的腔调与话语并未消失，在不同的脑袋上张口，撒落在不同的身影之后，尖骂声、赞扬声、惊讶声。人寄生在语音语调和词汇上，人是这些看不见东西的显形。

那束照在加油员脸上的阳光，就是人造的太阳的影像，赋予它生机勃勃的意义，那是人的感觉泛滥的产物，犹如人的贪婪出自同样的基因。现在就把车开到坟地，他明天就不会再去了，也就失去了和他叔叔见最后一面的机会。是啊，没有比见到他叔叔更让他吃惊了，父亲的动作和神情像病毒经过衰减复制到另一个人那里，有点像却又不是。好吧，他想他最好是先住下来，明天一大早再去拜会叔叔。可是叔叔到底会不会跟他一起到坟地，他没有把握。他无法确定他们兄弟之间的情感到底有多深，尽管他们的脸部轮廓顽强地表达出表面上的相似性。

他用高德搜索酒店。前台的一个女服务员用对讲机在与什么人对讲。他和胡婷婷离婚后她依然在他介绍的希尔顿酒店工作。酒店里的男工作人员很多，他知道她不可能找其他男人了。她就是不能和男人在一起，他们才离婚的。

他递给女服务员身份证。身份证的号码表明他是闽南人，住址表明他是上海人。

“先生住几晚？”

“两天。”

胡婷婷也是这样无数次地问套话的。她是一个平常的女子。这是赞美意义的平常，就像他的母亲一样。他的母亲其实是个大老粗，不识字，一生做不出几次可口的饭菜，她的饭菜做得好吃全凭肠胃传导过来的强烈饥饿感。可是他的母亲有一股英雄气概。她一个人抚育三个小孩、一个老人还要和一个吊儿郎当的夫弟周旋，乡亲们责备的目光，还乡团、国民党亲属发自本能般的仇恨。

烈日当空，她一个人种几十亩地。过度的劳累，她发烧，落下象皮腿的终生病症。一个女人得象皮腿！他绝不可能想象他会和这样的女人睡觉。可是那是他的母亲。他母亲是部史诗，可是他再也没有机会写她了。舞台剧是写不了的，他要重新学写小说。是啊，席勒也写过小说，不过只能说写得一般吧。小说和剧作写得都呱呱叫的要数贝克特。

她生了九个小孩，活下五个。她的弟弟差不多是死在她丈夫的怂恿之下。但别人家的弟弟、哥哥也在丈夫的动员下上了前线，送了命。恨他？他愿意自己内弟牺牲吗？

“你命大，活下来，再也不用担心肚子啦！”她的丈夫对她的弟弟这样说，“不用喝这个臭臭的塘水。”

她的父亲受不了地主的欺负，和地主干起来，寡不敌众，血流满面，在家躺了半年才可以下地。丈夫在外面打仗，每个战役下来，她都要和乡亲妇女一道步行几十里上百里去认尸收尸。她送儿子去参军打仗，这会儿子打的是六十年代末的抗美援越战。她和丈夫承受丈夫被批斗、全家遭冲击、遭打砸抢的另一种灾难。嗯，末了，还有丈夫的死亡。相比之下，胡婷婷多么风平浪静啊。可是他隐隐地感觉，胡婷婷身上一定有他母亲身上的那种正气，否则她不会主动提出离婚，主动离开他，抛弃她接下来几十年也许是一生都可以安逸生存的条件。

“需要帮您将行李送上去吗？”

“好的，谢谢。”

送行李的大男孩推来一辆小小的行李车。它还有个弧形的镂空车顶。一辆金色的车。

大男孩身材矫健，一点也不像是在这种不见阳光的地方长年累月工作的人。也许他刚来不久。换一种眼光，这是多少大妈们喜爱的身材，如果他的身后是一群大妈，一定阵阵窃窃私语。他无法替代女儿的目光。那个目光已经很陌生了。他为什么会对女儿这么冷淡？也许女儿知道他和胡婷婷的事，一个比她还年轻的女孩上了父亲的床。问题当然不是出在这儿，他们的关系早就不好了。她妈妈不会白送好话。

“你走不出穷酸命！”穷酸，这个词一定是从谢娟那儿借用来的。那次之后，他就无法与女儿建立起亲密的关系了。他疏远了她，越来越远。他是一个把自尊看得超乎一切之上的人吗？自尊带来的悲剧？他写过一出戏，一个父亲如何面对一个失恋的女儿，它叫什么，噢，《父亲食堂》。那是一出迎合观众食欲的舞台剧。食物疗法，各种各样新奇的菜谱，甚至抖出了人肉为什么不好吃，做不出美味佳肴的秘密。一头牛、一个人和一只老虎在一个逃不出的空间里，老虎会把人和牛都咬死，之后，它吃的是牛肉。一部庸俗的深受欢迎的喜剧。那里有他亲女儿的身影吗？没有。换成胡婷婷，她会喜欢这个男孩的身材？她不太会。她是一个你不挑逗，她便把欲望雪藏的女人。也许那是苗族人的基因。苗族男人不会有这样的好身材——当他们离开山区，改变饮食结构后，他们也会英俊起来。电梯到了，一张英俊的脸。

一个星期前就有行刑的消息传来。宣判大会在运动场举行。这是激动人心的聚会，它给波澜不惊的生活带来不安、期待、刺激、新奇和恐惧。好事的人们会大声小声地宣告，县城里的人、城镇里的人的内心骚动会大于乡村里的人，农民们无动于衷，你告诉他哪里要枪毙人了，他无暇顾及，他肩上的手上的活已经够他应付，要紧的是他的肚子和家里人的肚子而不是刑场上倒下几个人，街道上的攒动人头影响了他的活计，为了避让人粪桶里泼出一股屎尿才让他真正的懊丧。

县城里的每个角落确实像是都骚动着不安与好奇，连那些在臭粪和死鼠上的苍蝇都表现出一股庄严的肃穆，它们飞起马上就又飞下、停止，不去搅动人间的波折。

铁海棠艳丽的花朵，开在它粗壮的长满硬尖锥刺和泛白大茎上面，有一排就簇拥在运动场的入口，观看小学生嬉闹的身影和某个中学生敬畏的表情。见过世面的中老年人已经对这样的宣判和接下去的枪毙结局感觉麻木，其中有一对中年夫妻胆战心惊，因为他们的父母辈因为是国民党的公务员，在肃反中一下子被连排镇压八个人，倒是新鲜感留给对高音喇叭不适应的孩子们。人们把宣判大会当作节日来过。街道热闹起来了，运动场人山人海了。

穿过县城的324国道和县道交汇地上的那棵凤眼果树开花了。

它的小花铺满了郁郁葱葱的树身，远看只是绿树有点变色，近看才辨识得出那些星星点点密密匝匝数以亿计的粉红小花是那么的可人心意，如果不是即将到来的枪声会让人惊悚，盯上它们几眼，一天的好心情都不用愁。凤眼果树下和路旁荒地的鬼针草到处散长，像是不入眼界，可是一遇上关节疼痛、毒蛇咬伤，就派上了小用场。

两排威武的三轮摩托车开道，接着是两辆绿色吉普，吉普过后，是荷枪实弹的战士站在一辆大卡车上，刺刀比他们的身子还要高，之后，就是行刑车了，受刑的人靠紧大卡车的驾驶舱，有的头让抬，有的头不让抬，全看押着他的战士是怎么执行命令的，命令是怎么下达的。有五辆行刑车一一庄严开过，屁股冒出灰白的烟雾，让站在街道上的不停转头的市民窒息了一阵。市民明显察觉得到平常欺侮他们的街头小霸王，今天和蔼可亲起来，说话变得有分寸，瓮声瓮气。年纪大的市民知道这是他们的临时表现罢了，过几天他们的声调会慢慢变高，拳头又硬起来了。

刑车开向了凤眼果树那边，鬼针在军车巨大的车轮搅起的尘风中前后左右地晃荡，很久才静止下来。

有人向宋敬树描述过刑车开过时，高高在上的鸿远脸上讥讽的表情。他求证的结果是得到一张照片，鸿远被执行后的黑白摄影。他趴在地上，背着被绑的双手，脸微微上倾。他知道，这不是他的动作。这是摄影师为了拍摄下证据而让他的脸部侧倾的结果。很有可能，鸿远在那最后一刻，已经无法左右他的表情和他的动作，直接将脸埋进地里。可是摄影师不能拍下一个没有脸部的人。他必须把他的头转过来。不知道当时是他叫人转还是他亲手转，是用手转还是用脚去踢。

鸿远那时表现出他生前从未有过的淡定与冷漠。枪决地点是在一个土坎下。

那个照相机不好，曝光不均衡，阴影太重，实物反而不如阴影带给人的冲击强烈。无论如何，这是一张交差的照片。

“您到了，先生。这是您的房间。”

让房卡感应。好了。推开。服务生将行李搬上低矮的行李柜，这样他打开箱子就容易多了。

“先生，我不打扰了。”

又是空荡的房间。

夏楠一进这样的房间先是将她带来的东西抢在他前面往前有利的地方一堆，马上进入浴室洗手间。她最会对浴室洗手间评头论足。开阔、豪华的浴室洗手间会让她赞不绝口，如果再加上独立位置的浴缸，她就会哇地叫一声，马上放水。

是的，他差点和夏楠进入婚姻。她是他功成名就后认识的湖南女人。

她的泡澡方式花样迭出。如果浴室里没有相关的投料，她就会打电话到前台问人家要，前台要是派人送来卫生盐，她先是奚落人家一顿，然后再接下来。在家里，她好像有点舍不得天天泡，哪怕宋敬树开导她这个花费并不怎样，她仍旧听不进去，进了宾馆，她可以一天泡三次。

她是他认识的最迷恋泡澡的女人。他一出差，她就要跟他出去，当然更重要的还是怕他在外头自由几天就会有歪点子花心肠。她总要跟着他，到国外也一样，有时主办方不好为她出机票，她倒表现得挺大方，可以让宋敬树买。

到了宾馆，他到外头参加活动，她就待在房间里，浴缸里放上水，如果宾馆里有音响系统，她就点上自己喜欢的歌曲，让整个房间充满音乐，她呢，躺在浴缸中，发现自己身体湿了，就撒上生姜片或姜粉，再加上桑叶（它可以散发清热），按照她的说法，桑叶可以慢慢地减轻皮肤的粗糙感，还会让皮肤变得娇嫩。她还会加上葛根。于是整个浴室，弥漫着一股中药铺的味道。

当宋敬树回来，对浴室里这股味道表达不满后，她就会打开排风机，放掉水，重新将温热的水注满浴缸。这一次，她会投进海盐，她说，这会减轻宋敬树写作看书打字的肩颈压力，还有一定的消毒作用。接着，她会从她早已准备好的花包里取出经过精美包装的干玫瑰叶丛（有时换成薰衣草），撒入冒着热气的水中。接着，宋敬树就知道了，她要他和她一块儿在里面泡澡了。

这个习惯养成之后，他们变得很少在床上做爱。

宋敬树也不拒绝这种有意味的身体创意。因为夏楠在浴缸中的面容和肤色，的确要比在干的地方更好，她粗糙的小腿变得湿滑而富有弹性，她在水中的洞穴也比在陆地上更加的紧密、敏感和红润，她的满足的叫声和着上升的水汽，也有一种水中仙子发出声音时的雾状效果。

这也正是夏楠的魔力所在，他想。他有一天发觉夏楠不是泡澡就是美食，在她的嘴巴里，吐出的这些词汇。他受不了这些词汇了。但是经验毕竟还是有惯性，一种直奔浴室的冲动，直到他和胡婷婷结婚。

与胡婷婷交往，他跟着惯性走，想在浴缸中与胡婷婷做爱，胡婷婷总是拒绝他，她说她在那里面，她喘不过气来，她不放松，她不舒服，她总想到沉下去淹死。是啊，这是基本的物质原理，因为夏楠虽没有梁樱樱那么高大，可以算是女中高手，可是胡婷婷则属于玲珑辈，她在水里非常的不自在，常常滑来滑去，有时还会喝上几口热水，有两次还是宋敬树把她从缸底抱上来，虽然他们马上哈哈大笑，但是这种阴影还是破坏了性事的流畅与长长的一气呵成。

于是好像不是胡婷婷而是宋敬树重新回到了陆上，又从水中的游行动物进化成陆上的爬行动物，找回很奇怪的既陌生又熟悉的记忆。

这会儿打开水龙头，让热水和冷水混合进入那个大大的空空的白白的弧形的容器里，并不是要回到谢娟那里，而是你在水中，你不会觉得孤独，你会在里面自言自语，你会想着往事，也不用在乎死亡。

事实上，难道不是在浴缸中，你总是要想到这是母亲的子宫吗？你不是渴望回到母亲的子宫里去吗？谁说我们奔向未来，我们是并不分明、不为人知地奔向过去，不仅从生死的方式上看，这并没有错，从我们的知识和经验，我们都是在建设过去，一个足够让我们献身和容身的过去。

他打开箱子，取出一件暗纹内衣和黄色内裤。他有一打胡婷婷给他买的藤黄色内裤。他不清楚胡婷婷为什么喜欢黄色的内裤。这些来自非洲的长绒棉织出的柔软质感实在太舒服了。他从来没有想到过一个男人的私处放在这种棉质的包裹里会有如何舒爽轻松的感受。那些棉有记忆，体贴人（而不是肌肤），但随后，它们变得焦躁，更像是讽刺。好吧，这不能怪胡婷婷，她并不想这样，她也没有料到会是这样，那就是，她不能接受他的无套要求。不是她的大脑和情感要求他戴上套，而是她身体对他的精液过敏，严重过敏。

他从浴缸中爬起来。空气有点冷。他的体力或者抵抗力严重下降了？他原来是不怕冷的人，手脚在冬天也是热乎乎的，包括高大的梁樱樱一到冷天就要找他的手（她表演出娇弱的样子，一个劲在地上跺脚，然后将双手伸出求援，嗲声嗲音，恳求堆满那张大脸），在床上时她冰冷的脚背直往他的脚心上靠，更何况现在是在室内。他没有将梁樱樱或者谢娟，也没有将俞愚的照片保存在他手机的收藏中，夏楠也是，但胡婷婷在那里。

和胡婷婷的离婚表明他是一个极端自私的人，一个不可救药的多余人。他从床上拿起手机，转回浴室，水回到他的身体里。他打开手机，打开照片夹，打开收藏。在这个收藏里，有他的驾照，有他的身份证，有他的几张银行卡，有他一张在芝加哥剧院的照片，也有胡婷婷。他可以给她打电话，但要说什么，他没有新的表达，现在没有好的想法好的借口从他的大脑中迸出。她此时会很忙，如果是她值班的话，她接电话时的招呼一向是轻柔的，他会闻出这声招呼里散发出的芬芳而别人只不过认为好听而已。这是他独有的秘密，他以记忆和感觉占有这声音的香味。他似乎跟她说过，但她一定把这话忘记掉，因为他在她那里实在是说了不少有趣的话，包括那些剧评。

他到了只能宠爱胡婷婷的年纪，他抓住了这次机会。现在回想起来，这真是最后的一次机会啊。他们看完德国人演的《俄狄浦斯》，外头下起了大雨。许多人冲进雨阵。嗯，这些看戏的人他都半熟不熟了。胡婷婷挽着他的臂膀。他们等着人散尽些，这时他的车才会开动。还是有人对老夫少妻投上好奇的一眼，可是胡婷婷不为所惧，但她也不是表现出挑衅的神情。她崇拜他这是真的。

狂风送来的阵雨打在车顶和车窗上，人终于躲进来，多么惬意的事啊。他闻到随着雨势进来的体香。那是经过淡化与调和的夜来香香水味，但在那里还是可以用尖细的嗅觉袅吸到她的体香。他感觉得到自己飘飘欲仙。

“它还不如你的戏好看呢。”

“你说《俄狄浦斯》？”

她点点头。他真想马上与她做爱，他想让她愉快到透背，每一根汗毛都迎乐起舞。还是回到家里吧。他知道她说的是真心话。因为他写的戏她看得懂，看得有趣，可是《俄狄浦斯》，好吧，也许她一生都不会理解，也没有必要去弄懂它。一出荷马过后又四百年编出的故事，离现在太久远了，它还不是她的周围人喜欢谈论起的传说，有一层看不见的东西永远挡住她投向俄狄浦斯困扰的目光。

古代的戏剧如果不进行现代的引申或假借，意义就会被遮盖。一个杀父娶母的故事，这怎么可能？因为当下现实的不可能，一张大幕就拉上了，真相不再显现。《哈姆雷特》也是这样。一个鬼魂启发和启动的故事，怎么有现实性？这就须要转换。当我们将鬼魂理解为一个真相揭示者，一个现实世界丑恶的揭示者时，我们就可以等同于哈姆雷特，我们就和他一样了，因为丑恶就在我们身边。为什么面对丑恶哈姆雷特会那样想那样做，而我们面对丑恶，却是这种泰然若素的样子？我们泰然若素到哪一天，哈姆雷特就会伴随着我们到哪一天。

这个晚上，他要像俄狄浦斯一样，自负地向胡婷婷揭示真相，即便那是永远也揭示不了的真相。他请她坐在沙发上，给她倒了杯水，对视着她含情脉脉的眼睛。“他那么悲惨，是他的光荣让神嫉妒（难道他和她的爱不是也让神嫉妒了吗？）。他解答了神设下的最难的问题，万人尊崇，王后高贵，儿女满堂。神不高兴了。一个凡人不能过于伟大，或者太过幸福，否则神会降下灾难，除非他生活在神看不到的地方。这是古希腊人的观念，也是他们对力量几十倍于希腊最后却失败了的波斯帝国的解释。这是我们对美好事物消失的最悲伤的安慰。人不能既自负，又幸福。”

他为什么会导出这个结论，难道不是有许多人真的既自负又幸福吗？

《俄狄浦斯》是对的，一个多月后的一个晚上，微明的灯光下他们达到高潮后，她喉咙肿胀，呼吸困难。她睁大眼睛，惊恐地吸气。

在救护车上他想起少年时一个干部据说与妻子睡觉时射精不止魂断香国，他年少不好追问细节，现在反过来，女方进入濒死状态。宋敬树紧紧握着胡婷婷的手，他想抱她，医生将他推开。

他又来到急诊大厅。以前他三次带他母亲来的。急诊厅还是原来的样子，宽宽大大，中空通透。患者的家属们急切地奔忙。有发出哭声的。有血流满地的。有的推进来腿挺得硬直，双目紧闭，脸色蜡黄，毫无表情，你不知道他是死了还是活着。

他看着她。同样的毫无表情。她的毛细血管极度扩张，血管壁通透性急速增强。紧急输氧已经不够。他们把她推进手术室。她的头后仰，乌黑的长发被裹进病患的半透明帽子里，但它依然裹不下，在肩部堆成一团。他们用环甲膜穿刺，并准备切开气管时，“稍等，稍等”，要切管的医生冷静地说，她的症状开始缓解。

他们给她用了氯雷他定。随后，他们从容不迫地给她注射利尿的药物。

她睁开眼睛后，看着他，好像刚刚跑步回来时的表情，也就是没有表情，但眼睛的神色是专注的。他抱着她，触碰到了她的体温，听到了她青春的吸气声，虽然她时不时地会使一回大劲，像是把没有呼出的气再吐出去，把没有吸进肺部的空气再吸进去。

他去办入院手续，就在走廊上他遇上了双眼流着血的俄狄浦斯，但他们擦肩而过。

他们用各种小针头往她的身体注射过敏源。

接下来的一天，他们排除了种种可能，最后医生恍然大悟地用非常好奇可以理解为喜剧性的语气告诉他，他年轻的妻子患有一种罕见的疾病，性过敏。他精子中的糖分、维生素、蛋白质和无机物，在她的免疫系统中遇到读解的障碍。它误解了它们中的一种也许几种，于是她的身体开始激活抗体，释放出抗拒他精液的化学物质，诱发她的变态反应（过敏）。

他们不能做爱了。医生不仅告知他，也告知胡婷婷。如果他们回家后坚持做爱，她发生意外，他就是谋杀——明知后果的故意。

只要父亲的红笔不在他的名字上打钩，卢鸿远就不会在严打运动中送死。

父子扭打了起来。桌上的钟表摔在了地上，那些铜丝和铜圈掉了出来（后来换成了挂在墙上的石英钟）。太快了，抓了之后就宣判。鸿远缺钱了，到前往汕头的长途汽车上劫钱。他的金银没有做下去，做起了假烟。假烟的质量远胜真烟。有一趟假烟在上海出事赔尽了他的本钱。他需要钱再启动一次，想到长途汽车上的快钱。他威胁旅客，他打掉了一个中年男子的三颗牙齿外加损坏了他的左眼。原因是中年男子气愤地站起来，大骂他们这帮人该死，不好好做一个合格的劳动者，跳到长途车上要无赖。中年男子有一颗白金牙。那是他把一颗好牙拔掉镶上的。那颗白金牙找不到了。很可能鸿远的钢拳让它飞出了行驶中的窗外。他的父亲在他四十七岁时生下了他。父亲大他四十七岁。尽管他从小是与同学打架成长起来，可是他打不过父亲，他差点让父亲打昏过去，若不是他是他的儿子，他的拳头一定打死他。也许是他母亲的叫喊才唤停了他父亲的野性。那是拼刺刀拼出来的力量与技巧。五十多年不用，仍旧那么明亮有力。他爬起来，差点跌倒在地。他扯下父亲挚爱的母亲的画像，那是他父亲怀念自己妈妈的标志，他扯下画框，扔在地上。父亲被母亲抱住。

“你们商量好了，不妨戴套试试。”医生建议。

这个建议他没有接受，她也不能接受。他们知道如何避孕，他们不用这种方法避孕。不要孩子这是他们结婚时谈好的条件。

他对生命的延续没有凡人们的热情，更为重要的是他不认为他生下的孩子会有他的幸运，啊，也许比他幸运，但他不想为此赌博。她呢，她不想怀孕不是不想要孩子，而是另有担忧，后来宋敬树知道了她遗传学上的担忧，虽然他认为那不见得有证据，可是在这件事上她有点迷信和执迷不悟，但那不是更好吗？省得为要不要孩子不欢而散。如果他老了不需要孩子来照看，那么她何必需要呢——这种理论上的推导是极其蛮横的，只是当时他握着她的手，直视她那双温柔到了令人要憔悴的眼睛。

“我不想要孩子，你要怎么选择？”

“我不敢生孩子的。”她平淡地说，却好像有股愧疚的东西躲在她身后。

难道是遗传学的原因吗？难道不是因为他多次在她那里灌输对孩子对后代的不信任对未来不看好的悲观世界观而暗示她做出迎合他的选择，却因为违背了她的本意，她最深层的生命冲动，进而在她的体内进化出一种对他精液抗拒的抗体？不论他怎么抚爱她，不论他如何将她的美丽的脚盘揉在手里，捧在怀里，不论他如何长久地长久地吻她，直吻到她完全融化像是昏迷了一般，在她的本能深处，一个不生育的女人就是一个人最大的奇耻大辱，那怎么能不产生抗体呢？他的这种蛮横没有引发她的歇斯底里，没有让她掉尽头发，她的头颅内不曾炸裂疼痛，就已经是万幸，犹如君士坦丁在米尔维安桥上的奇迹，胜利的标志就是她从他那里逃跑了。或者她有精神内伤。她虽然从未说起，她也许有过刻骨铭心的男友……精液的战争。

她的离开是她的胜利逃亡是她的觉醒反而是他的失败。他的精子头上戴着一副顶体帽，下面是它的线粒体鞘，最后是它的鞭毛，她不接受这个滑稽的东西。

“原理上，”医生说，明白了他电话中询问的意图之后，“任何人的精液她都不能接受。”

“如果我跟她说，我想要孩子呢？”如果他这么问。他不会屈从于所谓爱的压力。

“我不明白你的意思。”医生一定这么回答。

性，现代人不仅对它宽容，还将它当成信仰。它是一面旗帜，当它走过大街小巷，穿过广场和喷泉，人们都要为它的昂首阔步让开路，以免阻碍这面旗帜的通过，成为随后震天响步伐的牺牲品。性的延续力要比金钱更为强大，这是真的，我们现在的肉身都是性的结果而不是金钱的结晶，金钱、王国、建筑、雕塑、电影、绘画、政治、思想，它们都是性的副产品——这时候的性是生产的性。

还有些性，是空性，它既非生产的，副产品也少得可怜，但它是现代人的空气，愉悦，纯粹是耗费的潮汐。宋敬树与胡婷婷没有生育的任务，不具有物质的生产性，是空性，是的，是空气，至少是他的氧气，是他的神，为此，就像那些先知们（亚伯拉罕们）和恶霸们（阿加门农们）做的那样，为了它，可以献出自己的孩子，而他，宋敬树，不是可以献出自己的爱，对胡婷婷的爱，而是献出胡婷婷。

胡婷婷收拾她那些简单的行李时，他并没有阻止。她至今生命的劳动与奔波的所有报答只是在那个小小的行李箱里。而行李箱中的所有物品，就其单个价格恐怕还没有他从日本带来的送给她的这个行李箱高。诊断结果一出，她主动离开，主动开出离婚证书，在离婚合同中主动写下没有丝毫额外需求。

留下她似乎是对神圣教条的亵渎。神圣教条上写着：快乐啊，人们，如果你们不快乐，你们的生命意义何在？一生何求？快乐为什么成为生命的神圣教条？性的快感为什么就是快乐？这些东西的联结，难道不是现代文明一场瞒天过海的欺诈？生命就是为了快乐，就是为了在一张脸上堆满人见人爱的笑容，证明自己是被快乐蹂躏过的幸运的生物。性快感构成的生活核心确实超越了生育功能，但它对生命活动的限定难道不是暴政？我们注定反抗不过这种命定的暴政吗？如果生命令人厌倦，性同样罪责难逃。因为它的干预，把一个性情温和，努力去理解世界，待人诚恳，似乎永远不知道什么是恶意的边疆人（当然因此她也不可能成为充满谄媚与恶的艺术家），不会与人明争暗斗的女子赶走了。

为什么就不能将胡婷婷留下，恳求她留下？三次离婚换来的代价还不够他认识什么才是最宝贵的关系吗？为什么会被性模糊了明智，被它快意的外表迷惑？胡婷婷走后的三年，请问，哪一次的性生活后，他有天堂般的感受？那种深深的缺陷他竟然瞎了双眼，看不清它的真面目！宋敬树此时躺在水中，胸口发闷，虚汗暴出。他用浴巾擦去额头上的水渍，以备过几十秒后他用干手去擦拭时确证那是他流出的汗液，而不是这些温水蒸腾上来的水汽。

他从浴缸托架上取下手机。他已经多久没有给她打过电话了？

忙音。

不可能吧。他拨打了希尔顿酒店的前台。他是希尔顿的贵宾用户，存有它的号码。

“你好，我是胡婷婷的家人，她的电话可能关机了，请问她现在在吗？”

“胡婷婷吗？她辞职了。”

他失语。

“喂，先生，您好，还有什么能为您服务的吗？”

“没有了。”他挂掉电话。

他想起她的背影。

有几次，她要上班，他悄悄地跟了下去。

她穿起中跟鞋来顿时显得气质不凡，也许这得力于她那身从恒隆广场买来的绸缎纯色的立领衬衫和显出她美好小腿的乔其纱中裙。

颜色？

“你昨天穿的那件橙黄上衣明天穿着它跟我去看电影吧，《爱乐之城》，你看这海报，女主角穿的裙子就是黄色的。”

“昨天？我亲爱的剧作家，昨天本身体穿的是希尔瑞的中灰蓝。”

她的身影在只有他一人的公寓里萦绕，像香气也像幽灵。他有几次试图伸出手去捕捉那股香气那个幽灵。他不禁从桃花芯木的书桌旁站起来，走向卧室，走向幻觉，想象着晚上她一丝不挂的场景，手脚发热，心怦怦跳动。

他再也看不到她的身影了。他放走了她，默许了她的离开。

她的确是衔着代价高昂的自尊出走的。

她现在怎么办？她有个智障的哥哥和她的应当也是智力超级平凡的父亲在深圳的某个工地上苟且维生。她对她的妈妈没有印象，她说她三岁的时候她就死了。她哥哥大她四岁，而她的父亲，比他宋敬树要小十几岁。他如果不问起他们，她也不说。她说过总有一天她的爸爸在深圳干不动了，是要带着她那个离家三百米就会找不到家门的哥哥回贵州的山里的。那言外之意是，也许父亲的老境和哥哥的智障生活，她要负一定责任，但要怎么负她还没有头绪。推测起来，她现在因为她的父亲或者她的哥哥出了什么事了，她回去照顾他们了？

他的胸口有点堵了。他泡得太久了。他该起来了吧。他没有听自己的，他继续待在水里，还过去将放热水的水龙头旋开一点，让它细细地流。

热水似乎能减轻癌症前期带来的疼痛，虽然也极大地消耗了他的能量。不过他可以不太在乎能量的事了。如果可以，他更愿意就这样晕倒在这个浴缸内，让第二天过来的服务员发现泡了一夜水的他。人们会推测，他自杀了。东戏那个小园地里，会飘散关于他死亡的消息，大家轻轻地说出，随即当作没有发生的样子，像是他不曾在这个世界上存在过。

他还是顽强的，他想，他的戏以后肯定还是有人会演，至于版权的报酬，他就不必再关心了。到那时，人们提起他，已经跟他无关，只是一个名字罢了。现在谁再记得他的父亲，他的母亲，他的几位哥哥。他们曾经顽强地求得生存，求得和别人一样，或者有点不同。与他有直接血缘关系的，就是在美国的女儿了。

他们已经太久没有说话，已经无话可说。如果几年前他主动飞到加拿大，飞到美国，去看她，哪怕第一次让她赶出门，他们的关系也可能不是今天这个样子。但是如果时光真的倒回去，他真的会去渥太华或者圣巴巴拉吗？他不会。他永远是那个他。哪怕是女儿，只要对他表达过蔑视，他就不会再原谅她了。这难道不是傲骨的一部分？什么叫傲骨，就是人死后，那根骄傲的骨头还在，还死不悔改地矗立在泥土里（现在泥土都是隐喻了啊）。

她是他的女儿，并不意味他就必须给她爱。给她财产是可能的，他今天晚上没有在浴缸中淹死，他就要考虑他的财产问题了。他的房子。他可以将他的房子献给东华戏剧学院。他们不需要它。但是他们会在每年的财产清理时，看到他的名字。那个地方那么多的嘴巴一直说他的风凉话和坏话，可那个地方确实是让他名利双收的地方。不，他们不需要，他们还会笑话他。他需要的难道不是被人遗忘?

她不姓宋，改为姓谢。他闭着眼睛的时候像是被什么东西触动了。他睁开眼睛，那个东西就不见了。他是恶狠狠地睁开眼睛的。他的笑声略微嘶哑。声音突然变得嘶哑又触动了他另外的东西。他从缸里爬起来。

“沉不沉呀！”

那是谢娟的发现。他从没有想过，哪怕他自己事后清洗它时，他也并不在意这个。他们做完爱，一起起身往浴室，她就会托起它来，掂量掂量“好沉的呀！”她笑眯眯地说。

现在它不沉，现在它很轻，因为它没有充血，那时，充满的血聚集在那个小块地方，就像父亲他们当年在这里打的仗一样，堆满了双方的尸体，掂量上去沉甸甸的，血还未散去、回流。

谢娟要支配他生活的方方面面。他把工资全部给她仍旧满足不了她的胃口。欲壑难填。她甚至提前跑到话剧中心，跑到合作的公司，要他们预付他的全部稿酬。自由。他嘟哝了一声。他回望了一眼浴缸，意思像是，怎么样，我逃出来了，今天你是得不到我啦。

他走出宽大的浴室，进入内廊，抬眼看房间。

这是多么奢华的客房，用一个明确地感知到自己走向死亡的人眼光来看，它也不是没有意义。

那座模仿的壁炉，不仅表明这是一个全球化时代欧洲有钱人家中的标配也成为中国宾馆房间里的装饰（过时物件的时尚），并且它要比大多数的欧洲有钱人家的壁炉更加的精致（他们现在也用暖气啦），它占据着这个房间的中心，因为有两张沙发是因围着它摆放，好像真有人点燃了壁炉里的木头烤火。

壁炉对面的三叶草图案的墙布豪放地铺开，在大床旁停下脚步，让位给橡木墙面，那张皇冠般床头的大床敞开可以舒适地包裹客人的身体，安静地等候。卢鸿远父母的床当时是他看到过的最好的床。上大学之前，他年纪大的母亲一直让他羞愧，其他同学的母亲都是年轻的，唯有他的母亲是老的——她绝经之前的一次意外收获（他四位兄长中的三位都可以成为他的父辈，顺理成章地他的侄儿侄女也有比他大的）。

鸿远的母亲就不同了，她十七岁生了鸿远，所以当他们成为朋友时，鸿远的妈妈才三十岁出头，丰韵迷人，有一回她端着一个打好面粉的搪瓷脸盆从楼下往楼上走，脸上和身上、发上都有白粉末点缀，那是宋敬树近一年里都摘除不掉的面画。

他感觉得到鸿远妈妈看他的眼神远在看自己孩子的方式之外。她的眼神变幻之迅速（从鸿远的身上转到他的身上），就像钢琴和小提琴两种乐器协奏时变幻出的复调，他当时已经能够完全分辨和感觉得到。

他对鸿远父母的那张清式床浮想联翩。当鸿远告诉他，他的父亲回家了，他的心脏就像浸泡在嫉妒的酸液中。

是啊，是鸿远带他见了素凤，他看到了另外一个天地，全新的天地，那个天地原来也在他的身体里，土地生机勃勃，天空高远、辽阔，他再也不会迷恋鸿远的妈妈，一个褪色的遗忘的梦境。

现在，他要使劲将压在床垫里的被单抽出来，他不知道酒店为什么要这么做，或者他在这点永远觉悟不过来。

鸿远被逮进去的地方他知道的，那里没有床，铁丝床都没有，只让他睡在地上。

他也睡过地上，更早的时候，他的父亲是走资派（他——还没到上学的年龄，大大的头，眉毛还是淡淡的黄褐色，他发现所有的同龄伙伴都欺侮他——他不明白什么叫走资派，它只是一个音节，类似于“吐鲁兹”“阿贝辛勒”），在一个山里的一所没有学生的学校学习（父亲回来后，偶尔提起它，称它为“关我的地方”），迈着青嫩细腿步行三十里去探望父亲的时候，就和他一起睡在地上。

父亲会到外面寻找稻草，抱回来铺在地上，再在上面摊开草席。他父亲鼾声如雷，他们一人睡一头，只有几天他父亲的鼾声细小了，由于一个晚上他父亲身上的衣服被撕破了，看出身上哪里也不寻常，他只说了句“大人间的打架”——他第二天才联想到不远处的房间时不时会传来哀号声是不是跟父亲身上的异常有关。

鸿远就没有那么幸运，不会有人给他抱稻草。那条盖在他身上的东西，早已灰飞烟灭，他也不可能将他的所见告诉他人；宋敬树都不敢想象那会是一个毛毯，不管是什么毛的毛毯对那时的人们从来就是奢侈品，即使是破绽百出。他们能扔一条破被单给他就要谢天谢地。看守还可能故意不给，反正他是必死的人，给什么是个情面，这个情面今后也用不着了。

人都死了，自然不会将在里面的遭遇告知家人，所有遭受到的待遇，一片一片地缝合进幽暗的时间的河里。他见过用报纸铺地的做法，《人民日报》《参考消息》《福建日报》《文汇报》，哪一种？他可以躺在皱折过随着身体移动也将一直皱折的或者破洞的也会一直多出孔洞的新闻、社论和黑白照片上了。

鸿远在牢里的那段时间，想他想起几次？他一定会想他。他或许以为敬树会来救他——通过他的父亲。他或许会请求看守他的人，求他们能不能给他捎句话。鸿远有预感，如果他能够将话托到敬树那边去，敬树一定会打电话求他的父亲，他就可以减刑（他甚至想都想不到，几百块钱会要了他的命）。他哪里知道，没有一个犯人的一句话会飞出那几面高墙，因为那些看守的人谁也不想丢了饭碗还会受到刑罚。等到他知道自己被判了死刑，他就更加想他了。这时候，他想他，会痛恨他，痛恨他的父亲如此冷漠与残酷。

他会在想象的时空中，伸出手，掐死他，以作为报复。但那只是一只看不见的手，哪怕鸿远所在的那个时空恐怕也不知道，那只手的确是伸到了，将另一个时空（在弦理论中它是存在的）的敬树掐死了。

这个时空中的敬树没有死，他此时想到鸿远在临刑前的那个夜晚，一定会想到他。他会问起一个可能，如果他当初没有主动去结交敬树，他们成为不了朋友，他们就不会一同去古雷，他们就不会发生那次差不多要了敬树命的事故，那个睚眦必报的局长在此时恐怕就不会下如此的毒手。

他结识敬树，是人生的最可怕的一次败笔，他还为此丢了命。

随后，他会想起他第二天将要面临的一切。这时候，他想起他自己的形象。他要如何表现。他一向很看重自己的表现。他对水浒的那些英雄一向非常崇拜，那些人并不把死当回事。他从一百〇八好汉，从武松那里、林冲那里想到自己，想到自己是武松，自己是林冲，在这个时候，不，在明天，他会怎么样。

他已经见过多次那个架势，那种军绿色大卡车带着人经过街道，示范的架势。他在想，他会怎么抬头，怎么和路人打招呼。如果看到哥哥呢，看到爸爸妈妈呢，他们会站出来吗？那时，他的脸要显露出微笑。他看过，几次看过，军绿大卡车上大绑的人（后来改为小绑）的微笑，有的还吐痰。

这个微笑很重要，它会永远地印在爸爸妈妈，兄弟姐妹的心中。他们会说起这个微笑。他的老婆映花和两个孩子红森、蓝森不会说起这个微笑，他们还小，不懂这个，等他们大了，懂得世事后，对这个兴趣会越来越小——然后，忽然有一天，这个微笑会回来，回到他们的身边。映花改嫁？她不可能。她可以过上清静的日子，他不打她了。

宋敬树见过卢映花。圆圆的脸。鸿远的两个儿子，噢，他们也都五十几的人了。不见了，他连自己的孩子都不想见了。

他转身的时候，脚并没有跟着转过来，于是滑倒在地上。还好，有地毯。要是硬砖，就麻烦了。他发现他的思绪和他的身体开始分离，他要去摁抽水马桶的冲水按钮，却用脚去踩开了便纸器上的银色踏片。他的想法有时并没有传导到他的身体里，好像想法在颈椎处突然就消失了。他是要转过身的，可是脚还站在原地。

他爬起来，打开冰箱，取出一瓶杰克·丹尼威士忌。医生当然说不能喝酒。医学建立在惜命假设之上、基因指令之中。当人有反基因冲动，人才有可能走出阴影。他喝了一口就不想喝的原因，是这瓶杰克·丹尼实在不好喝，那位杰出的在开头和结尾都令人震颤的杰克·丹尼在哪里？

他关掉灯，慢慢地钻进被窝，听着中央空调送风的声音单调地重复，睁大眼睛，想着鸿远想他的那个最后的晚上。他现在还可以这么清晰地想着鸿远所想，此时，鸿远共用他的身体，和他一块儿呼吸，和他一样地睁大眼睛。他动了一下，鸿远离开了，他好奇鸿远在临刑前的那个晚上眼睛有没有闭上。他现在没有闭，清醒，几百天之后也是他的死期。但他可不愿意等那么久。他的心跳加快了，鸿远再次不声不响钻进他的身体，呼吸声明显起来，像是有什么发动机启动，频率性的东西略微加快。时光扭曲地折叠在一起。他的脸鸿远的脸他的眼睛鸿远的眼睛。

那要看他被关在哪间牢房。东排有二十四间房。北端的那几间，可以从狭小的窗口望见岗楼，望见岗楼上荷枪实弹的战士会把双眼盯在死刑犯的房间和它周围的响动。月亮照亮了岗楼上的黑瓦，黑瓦顶边缘上的琉璃反射出光亮，甚至都可以看到黑瓦顶上影影绰绰的草，它们在没有风的夜晚一动不动。房子外面是一片坚硬的沙子地，沙子地往前走，是一排轻刑犯人的房子，月光明亮地描绘出它生锈的铁门和低矮的门楣。月光躲开了卢鸿远的这间房子。他站在窗下，窗下幽暗，窗外浅檐下也是暗的，在白天，那里有稀疏的尖尖草。

七棵高大的杨树围起来的一个小土堆就是他父母的坟地。

这七棵高大茂盛的雌杨树过不了多久就要砍掉，原因是它的飞絮引起了环境污染。宋敬树想，怎么请人种下雄杨树就没有飞絮了。雄杨树长得像现在这么高大时，他在骨灰盒里构思的剧本人间是看不到了，就让鬼魂们上演吧，那里也不缺戏台。

他不自觉地拉起了叔叔的手。这双手跟他父亲的手长得像，只是没有他父亲的那么丰满。现在回想，他尚未见过比他的父亲手脚更高尚的造型了，它们是他父亲身上最完美的地方。但那只是造型的完美，他父亲的脚长年深受香港脚的困扰，还好，染上的不是水疱或者糜烂香港脚，而是鳞屑角化，他的足趾足缘上的皮肤粗糙和脱屑，于是他坐在天井中，在太阳下耐心地抠除那些鳞屑片，成为他生活的另一种特征，外人并不知道的特征。他说过这是他当兵长年穿胶鞋的馈赠。他为流浪的真菌留出了造型高尚的栖息之地。在他父母的坟园之外，是一大片七零八落的坟地。铺地柏、夹竹桃、栓皮栎、牛筋、马唐、狗尾和叫不出名的灌木一道蛮横地生长，吞噬掉那些没有园院的坟堆。

他们都是你爹妈的亲戚，有嫡亲，有远亲，有无亲无故，有敌人。叔叔指着几乎可以说是广阔如山野围地的坟场。宋敬树叫不出苏北黑鸟的名字，它们跳来跳去，或者隐藏在草丛深处，或者在林子上端乱叫，可是听上去很舒服，就像这是一块世外桃源。不管是嫡亲还是远亲、无亲无故，那些敌人，他们都恨你爹。爹的苏北发音，在北京普通话的音韵里找不到对应的词，经过叔叔的口，更像是从百年之久的老坛里穿透而出。

他们为什么恨我父亲？敬树问的时候，他眼前闪过的父亲是那个走路需要拐杖，暴躁，满脸怨恨的人，他正受着坐骨神经痛的折磨。致他于死命的高血压并没有让他那么痛苦。他常常是坐也不是，躺也不是，整个夜间都睡不着觉。但他没有叫喊，只是紧紧地睁着他那双黑亮的眼睛，盯着他所能盯住的物件，有时就是一片有斑点的白墙。敬树的母亲问他什么感觉，他说有时是被抓到火上烤，有时被刀急切地划开。

你爹四二年就参加组织，叔叔说，原来的村支书让还乡团杀死，你爹就当了书记。国共两党杀开来后，书记就不好当了。还乡团回来，你爹就到处躲，这个地方你爹也躲过，那时荒着呢。宋敬树想，父亲没有让国民党抓去折磨，老了，病折磨他了，不比让国民党抓去的轻，折磨了十年。

你妈和你的三个哥哥都没事，国民党不好杀他们，要是杀了他们，你爹回来后也会把他们的孩子老婆都杀掉。后来前线需要人打仗了，要动员年轻人上前线了，你爹就开展工作了。从那以后，你爹就招大家恨了。

你爹先是动员嫡亲上前线，嫡亲死光了，他再去动员远亲上前线，远亲死差不多了，他去动员无亲无故的乡亲上前线。他把十九个年轻人都动员送死了，大家不恨他吗，你外公也恨他，他把你十八岁的舅舅也动员去送死了。你十八岁的舅舅是二十里地最聪明的人，学什么马上会，象棋学了一个星期，阜宁县里没有人下得过他。他到部队才三个月，就当上了班长。一颗子弹打在他的脑门上。

你姥姥为你的舅舅哭瞎了眼。没两年心痛死了。你没有见过你舅舅，他比我大。你舅舅一死，你外公家也绝了种。你姥姥没有了后代伤心死的。你妈从没有骂过你爹吧？也骂不得。嫡亲的，远亲的，无亲无故的，都来骂你爹，都来找你爹要人。

大家指着我说，你把大家都动员上前线，你家的弟弟你怎么不动员？我那个时候十三岁，你爹二十八岁。你爹跟你妈说，我不能叫我弟弟上前线了。我自己要去了。你妈说，你有三个孩子，有十六岁的弟弟，有六十五岁的妈妈。全靠你爹。你爹说我死了，你照顾好三个孩子，我弟弟，还有我妈。

你爹就上前线了。跟他上前线的，还有杨集村的杨秀莲，是你爹的好朋友。他在淮海战役中牺牲了，是让炮弹炸飞的，他的老婆跟你外婆一样，哭瞎了眼。她是五三年冻死的，他们的一个孩子也死了，跟你大哥一样大，没有你大哥活得长，十一二岁得了白喉病。他家算是绝了种。

新中国成立后你爹在南京，让你妈和三个孩子到南京找他，留下你奶奶让我照顾。你爹走了就再也没有回来，你奶奶死了也没有回来。叔叔说到这里，很是生气。宋敬树也不反驳。他父亲房间的墙上，总是挂着他妈妈的一张照片，他父亲回到家，都要跟那张照片打躬笑脸。

坐骨神经痛之后，他就没有见过他笑过了。坐骨神经痛到后来，他的脊柱已经侧弯，他的小腿外侧和足背已经麻木。但是神经根对疼痛的传导功能却是更加的强悍和清晰。宋敬树记得他父亲和他母亲时常在清晨或者夜晚谈起那个苏北老妇时，他的父亲眼泪就会夺眶而出。宋敬树记得他母亲说过，他的父亲为他的妈妈早就备好了五寸厚板大棺材，他也为母亲的爹早就备好。他经常听他母亲说，他的外公经常摸着他的棺材，心满意足。

宋敬树没有向叔叔补充遗漏的东西，包括他父亲因为他妈妈的去世，往家里寄了钱。宋敬树依稀记得他的母亲向他提起过，他一岁时他的奶奶去世。他听他的父亲说过，他没能回去奔丧，是为了省下回苏北的路费。

父亲到死也没有再回过苏北。他怕面对他的那些乡亲们。那些人，向他要人。他们不说，也是在向他要人。现在，他活得好好的，在外头当官了，可是他动员的人大都死了，牺牲了，当兵回家的，也只是种田，能捡条命就是万福。那么多户人家，他那是去赔罪？那是他的罪？好像又不是他的罪，但他承担不起失去孩子的父母们的目光。有的目光都不见了。

现在，他回来了，儿子把他和他的妻子埋在这里了。当初他没有想到的是，他把他的父亲和那些恨他的人也埋在了一起。宋敬树给他的叔叔留下一小沓子钱后，就离开了苏北。他的叔叔将活得比他长，但他知道，那也长不了多少，九十多岁的人了，再强壮一个感冒就可以将他毁灭，只是不会像1910年在阿斯塔波沃车站患感冒死的那个人一样引起轰动，不要说他叔叔，就是他自己，他想到了自己，现在这么孤单，回到上海还是孤单，他死在家中，会有谁去给他收拾尸体呢？会有谁想到像他一样将父母的骨灰埋在他们的家乡（可是他没有家乡。他有身份证。身份证上的号码所在地，他也二十年没有去过了），想到自己的尸体腐烂发出的臭味，满地爬的白花花蛆虫，他大笑。笑声被紧紧关着的车窗密实地锁在车内。

此时他必须屈服于疼痛的侵扰。他不能将这股疼痛带到高速路上。也许高速路上的冲撞是个很好的解决之道，他目前还不想用这个方法。他在盐城下了高速。坐骨神经的疼痛最终倾斜了坐骨，他父亲在进入庭院的小台阶上绊了脚，摔倒。能不能不让他这么痛苦？他死去这么多年了，他还挂念着他的痛苦。他自己的痛苦他知道怎么解决。痛苦的力量越强大，他服的镇痛药水涨船高呗。

他没有脱衣就躺下。盐城尚美酒店的湖景房。过了几个钟头他醒来，是微痛刺激的清醒。这个轻微的疼痛也许是药物辐射的边缘。他看了下表，他也就睡去一个半钟头，半夜还遥遥无期呢。将是另一个漫漫长夜。奥尼尔的剧名还要再加上路迢迢。他不需要那么长的路了。在这个追求舒适轻松的时代，那种悲剧也只好以剧本的方式存在。好在他写下了。除非有人将它转化为一种喜剧轻松的形式，就像人们在《安娜·卡列尼娜》和《悲惨世界》上做的那样。人类的战车终于安装上了轻愉欢畅的悬挂。他上沐浴房沐浴，顺便排尿。黄黄又似乎暗红的液体，在强大的水流冲击下倏忽隐遁。

他坐下来，打开手机，查阅关于坐骨神经痛。那个遥远的痛。已经死去的人曾经发生过的痛。这真是奇妙，他对自己说，这是一个奇妙夜。在这个天体上，一个儿子想起死去的父亲曾经的病痛。没有病历，只有记忆。多么奇怪啊，他似乎没有这么关切过自己的父亲。难道他真的没有关切过他吗？坐骨神经痛的原因如下：一是内脏器官发生病变，比如，发生肿瘤，压迫到了神经。二是脊柱关节和它周围的软组织有损伤，传导至坐骨神经。三是脊髓脊椎神经发炎或者坏了。四是由于精神病，或者癔症。他把手机往床上扔去。手机弹跳起来，重重地滚落在米白色的地砖上。为它的破碎感到一种损失的意外吗？现在？

他对自己说，他在盐城歇脚，可能不是疲劳那么简单。这里是有暗示的。他本来是可以在来时就在这里歇息的，而不是等到现在。他从地上捡起手机。他找到了她。

“晚上好。”再加上一个微笑的表情包。

他发送过去。等候。漫长的等候。叮一声。令人兴奋。他与这种兴奋已经有些陌生了。他快到父母的坟地时，也有一种兴奋感，分辨起来，是另一种兴奋，带着伤感、宽慰、害怕的兴奋。当时他想，要是他是小孩子，能在父母的怀抱里等死就好了。这时刻的兴奋，却有种疲惫感，不是太情愿，可是依然叫人不想放弃。

“你一定找不到灵感了。”她回复。

“你猜我在哪里？”他在书写屏幕上划着，常常出错。他应当学年轻人，用拼音，单指，快若闪电。

“静安的某个夜场。”

他不想要滑头了，“在你的城市里。”

“你猜我在哪里？”

一旦动用到猜想，就可以任人摆布了。他这时忽然想快速退出。已经不是捉迷藏的时间了，难道不是吗？“打扰了。都顺利吧？”

“我在温哥华。”

啊。冷。“遥远的冷。令人绝望的距离。太平洋的波涛从未这样叫人畏惧。”这是他的本能，对文字的过激反应，超出他的情绪把控之外。

“我过去方便吧？”她写道，接着是，“现在。”

她不是在温哥华吗？她有一个儿子，上次见面的时候说过在温哥华读高中。他从来没有问过她丈夫的事。他不认识他，他也不想问他。她没有谈起过他。多么好的省略啊。现代人的省略总是这么简洁有力。她有可能去当访问学者了。访问学者是借口，见儿子是真。

也许温哥华是个笑话。他很少看朋友圈，也不知道她是不是会把她的行程发在朋友圈。他像是故意不想去探究。

“你发个定位给我呀。”她催促。

他发去定位地图，又发了个微笑表情。它是多余的。多余的礼节。它透露出虚假的信息：他是向往的。

噢，她没有丈夫了吗？离婚了吗？他此时突然想不理她了。

他真的疲惫了。他的心思不在她身上。现在已经不再是过去了。母亲临终时躺在医院里，进来给她打针的护士是刚换班过来的，他以前没有见过的护士，她那么俏丽、丰满，嘴唇像是一道上翻的伤口，蓝光的波长无法穿透皮肤到达静脉，于是她脸颊上有两条细微几不可见的蓝色曲线，以一种迷人的线路，占据了死亡对面生机勃勃的旷野。

妈妈几乎没有知觉地让她打完针。要么是她没有将液体打进血管，要么是母亲的血液已经相对静止了，吸收不了药水了，母亲的手肿胀了起来。她有可能是个新手。她没有表示多少的不安。她一直俯着身，抬起她的大眼睛望着母亲，看她没有什么反应，好像并不在意母亲的身旁站着她的儿子。她母亲怎么会有反应，她已经进入半昏迷状态，只有呼吸，没有意识，而他看着她将他的母亲处理成那个样子，那个增厚的胳膊，竟然没有质问她，不，连询问都没有，还在她收拾完工作器具，走出去的时候，他竟然抛下母亲，跟着她俏丽的身影，走出421房！

他几乎就要大声地对她叫道，我们走吧，扔下我的妈妈，扔下她！我现在就跟你走！我有大房子，我有大车，我还有一定让你快乐的雄起活儿，你可以让它浴火重生，不需要奥德赛漫长的海上折磨，就可以重新融入极乐的天堂！

不，这种疯狂没有了。那是不是因为她原本就不是二十出头的护士带来的那种犹如陌生的生命节奏呢？不，他对年纪并不那么绝对的敏感，他看到许许多多年轻的女孩苍老得不堪入目，送上门来他都不想碰（暗示的、秋波明送的、手脚过来触碰的、胸脯故意放在你眼底的）。如果那个护士再次出现呢？现在可能出现的，是一个研究戏剧的女博士，她带着一个在加拿大读高中的儿子，以及身份不明的丈夫——至少曾经有过一个男人。在最后的时刻，他屈服于自己的软弱而不是善意，将定位发了过去。然后他走出房间。房门自动带上。

癔症！父亲是个癔症病人！一个抛下自己年轻妻子、三个孩子和老母亲，奔向生死未卜未来的乡村干部，一个在战场上不知杀过多少人的下级军官，一个曾经的农业县的公安局长，一个勾画了儿子朋友死刑的权力人。没错的，他从来就不相信父亲是一个正常人。一个正常人。这真是一个难以说服一切时代的毫无意义的空泛叫法。

五百年前的人不会认为现在的人是正常的人，反过来也一样。但是这个客观的历史事实又能把我们的做人准则带到什么地方？在荒原上人定义自己？但这样说能使我们正常吗？敬树认为自己是一个正常的人才对，可是在戏剧学院，在许多人的眼里，他不是一个正常人，因为正常人不会离那么多次的婚，不会不去看自己的戏剧，不会当着学生的面突然说起一个自尽的女同学时放声大哭——他不知道当时是怎么啦，过后也觉得完全没有必要，也不会有一天突然对他的妻子喊着你去死好了！

是啊，他想当一个正常人，比如，他写过悲愤的剧作，奥斯本的《愤怒的回顾》跟它比起来，算是正剧前的小菜而已，可是没有人要，倒不是没有人欣赏，而是不会有想赚钱的有实力剧团要演他的那种叫人生闷气、叫当代人不知如何是好的悲剧戏，因为他们似乎更加正常，观众更正常，于是他需要像他们那样正常。

正常永远是不正常的。父亲曾经是一个杀人的人，他曾经是一个服从命令的人，他曾经是一个保命的人，但至于他真正的内心想法，天哪，他有内心想法的，否则，他怎么会有癔症！他的意志太强大了，不允许自己发疯，但是他的身体支撑不起他的想法，反抗他的意志，于是，置换了，象征性地，用坐骨神经痛来向他报复，不，回报，不，正反馈，月亮是夜晚出现的对太阳的置换嘛。

父亲终于不是悲剧中的主角，是因为他有足够的忍耐力，嗯，雷蒙·威廉斯的意思是，他的愿望和他的目的之间的距离还不够那么远，不够撕断他的神经。

电梯里的日本人。互不搭理。

嗯，他们的祖辈或许就是父辈在这块土地上和他的父亲们战斗过。

他听他的父亲说过他和他的堂兄弟们还有另外的乡亲集结在神道的旗帜下一块儿提着大刀土枪去找日本人。日本人原以为苏北的乡亲找他们上来诉什么冤情，可是让打来的土枪弹提个大醒，哇哇叫插上刺刀，列上阵势，迎接他们。

他的高大勇猛从陈集到孙河再到唐集无人不晓，力气无敌的堂哥的胸口尽其所能地吸收了三八刺刀的深度。如果刺刀刺进去，不是血流如注吗？可是父亲在叙述这件事时，却说他们后来把汉钊大哥抬回家时，三八刺刀捅出的洞深可见底。

他父亲说看到乡亲们就要被日本全杀时，国民党军队开始（赶紧？）打炮，把日本人吸引过去。尚未成家的父亲躲在坟地幸存下来，于是他有了五个儿子，包括这个现在在电梯里与日本人相遇的儿子，此刻表现出对日本人若即若离的姿态。

日本人窸窸窣窣在三楼停下。他们可能找吃的去了。

父亲说的坟地就是埋葬了他的坟地吗？坟堆替他挡住了日本人的子弹。子弹钻进坟堆的另一头像几只很不安分的钻地老鼠。

他十六岁的父亲趴在救命的坟堆下，在寒冬腊月呼气成霜的晚上，吓得浑身大汗淋漓。宋家埋葬完汉钊大哥后，他的父亲开始去寻找可以用刀杀敌的组织。按照宋敬树母亲的说法，她的年轻丈夫是一场赌博输了唯一一件大衣后，一怒之下不想跟赖皮的乡亲继续玩了，正巧新四军发展地下武装，招募了他。

父亲说他们偷袭了几次日本人。“杀日本人了吧？”他那么小，期望父亲给一个令人快意的回答。父亲说，大概意思是杀是杀了，付出的代价太大，武装部队倒跑得快，乡亲们遭大殃。他母亲说，她们那个时候动不动就“跑返”（日本人来了就赶紧跑，日本人走了，就返家）。再怎么跑，日本人最终会跑到前头去。她说，在逃难的路人中，日本人不知道她的丈夫是打他们的共产党，不然她和几个孩子早就被砍脑袋了。她对宋敬树说，你不怕死的二哥还上去摸一个日本人的一九式军刀。日本军官摸摸小孩的头，骑上高头大马大叫一声追杀大人去了。

宋敬树有股冲动一直想问他母亲，妈，当时你怎么没有让日本人抓走？是他的母亲很丑，日本人根本就看不上，还是他的母亲长得其实还好，但看在她带着几个孩子的分上（包括两个夭折的），日本人放过了她？

癔症。弗洛伊德。实验科学不会理会它的。癔症没有器质损害的病理基础，解剖学上无法证明其有无。当一个人无法解决他的内心冲突时，就有可能是癔症。现代医学心理学把它当作一种转换，象征性的置换，置换的结果就是坐骨神经痛。相信弗洛伊德，癔症就存在，如果不相信……嗯，纳博科夫不相信，贝娄也不相信。梅达瓦先生，您的意思很明确，进化假说、电子假说、相对论假说、量子假说、基因假说都得到了实验的证实，精神分析说就不一样了，一百年过去了，它没有得到任何证据。

梅达瓦先生，您很得意，您的后天免疫耐受理论就是得到了证实，还因此获得了诺贝尔医学奖。还有，布鲁姆先生，您干脆骂弗洛伊德是现代人的萨满教教头。梅达瓦先生，您说精神分析是二十世纪人类思想史的一件最大最悲哀的事件，至于我父亲的坐骨神经，那一定是有病理依据的，如果没有，那是因为我们全家当时没有全力去获得这样的数据，您的意思是，如果我们没有极力去寻找这个证据，反过来说没有这个现象，这就是刻意的隐瞒。

您认为，如果我们愿意，我们可以让父亲服用一些抗狂躁抗抑郁的药物。梅达瓦先生，请您和我看一眼这盐城的夜景。七十多年前，我的父亲一个人提着枪，在十二月的风雪之中，跳进大河，扑到对岸，逃避国民党军的追捕和射击。那时的冰冷与撞击，是否与他晚年的坐骨神经痛有关系？就像一个中国女人在月子期间的调理不足在几十年后才表现出长年累月的头痛与臂膀处无迹可寻的风痛？

“我汉钊大哥！”

他的父亲说起他的堂哥，充满敬仰之情，毫不在乎他没两个回合就让日本的三八枪大刺刀捅透的事实。汉钊一定做过几件了不起的事情，或者他为人豪迈、正直，让父亲事隔几十年依然满怀崇拜。如果不明白，他不久可以亲自去问他父亲了。

他暗笑。当面。两个老头，或者他依然是个孩子。他要选择什么样的年龄呢，在另一个世界的父亲面前。

他到大厅等她。他不会站着等。他找了个比较遥远的服务台对面的沙发群的一张单体上坐下。客人不多，和他刚进来登记时是两种情景。

他已经有三年没有见过即将进来的女博士。哪怕在三年前，他们的做爱经验也不多。是的，是他先去接近她。一次关于现代悲剧的研讨会，就在戏剧学院的佛西楼里。他去参加那个会议不是他受到邀请，而是他很惊讶为什么他后来的二十几年里的写作，一直不敢与社会上的各种势力诸如艺术派势力、消费派势力、环境派势力、残酷派势力、轻松派势力公开对抗，埋头进行悲剧写作。

也许他的内心是悲剧的内心，可是他回避它。也许不是。他想讨好人，讨好剧场，他有许多独到的技巧，技巧保证了他源源不断的额外收入，如果作为教授的收入是分内的话。她的出现让他惊呼生命的奇迹与不可思议。

她是素风吗？她坐在第二排，回廊边高挑的门窗旁，德国人遗留下来的红砖墙下。他故意走过去，看她的来宾牌，和素风既没有语音上的重合，也没有构词学上的暗示。他并不在意后来的会议集中火力猛轰戏剧的堕落无力与悲剧的关系，他等待茶歇，直接走到她的跟前。

他问她是否有亲戚在闽南，或者她曾经在闽南住过。她说她是地地道道的河南焦作温县人，北望太行，南临黄河，后来到苏北盐城工作。晚餐是他请她到美丽园酒店。他不想聊戏剧，但还是回避不了她对戏剧研究的关切，而她的关切主要还是关于论文发表方面的，她问他不知有没有关系帮她发表论文，她的职称需要几篇像样的杂志上的版面。她告诉他，她第二天就要走了，他提议这个晚上他们就在美丽园住下。她闪亮着眼睛，有点惊喜地答应了。她不是说好，而是笑起来，没有反对。

那个晚上他表现得不好，她似乎并不失望。过了几个月，她路过上海，他们又度过了一个晚上，那个晚上，他的表现好多了。很有可能那个晚上他们很好地讨论了悲剧。

威廉斯先生，我盗用了你的观念，你认为悲剧是人的能力的限定造成的，是一位英雄和一位受害者的距离，但在转述你的观念时，我开始变得不再同意你的观念了，因为我发现，悲剧都来自于假设，假设这个人有理想。我们赋予这个人有理想，是理想这个词给了我们某种美好或者信心式的东西。但是对此，我变得小心谨慎了。

我终于明白，我为什么不会献身于悲剧写作了。我对人们的动机的理想性难以信任了。这倒不是说我对人失去信心，这与信心是没有关系的。她入神地盯着他，听他的貌似激动的高论，记录了下来。她后来发表的论文他看了，里面有一大段是他原封不动的话。他很高兴她这么做。他很高兴他们的共同经历和佛西楼联系在一起，一百多年前德国人被法国人赶出茂名南路在美丽园建下的这个贵气建筑，成了他们不会再有太多时间厮守的沉默见证者。

她欺骗他的。她在温哥华的。也许她真的在温哥华。

好吧，温哥华。恨意与嫉妒。与她无关。和托尼·库什纳的相遇有关。那时他在温哥华，住在一个朋友的家中。这个朋友住在他儿子的家中。这个宅子其实是朋友儿媳的弟弟的，据说那个弟弟在米兰开公司，不想回了，现在就签个赠予合约。而他朋友儿子近期回中国交涉与前妻杂事。朋友得知他在波特兰、塔科马和西雅图之间晃荡，便邀请他到温哥华。

正巧，库什纳也在温哥华，这位有着磅礴之势的当代剧作家，带着他的一出新剧温文尔雅地到伊斯莎白剧院。

那出戏叫什么来着？他现在记不起来了。也许是他精神状态不好，头顶总有被东西盖住似的感觉，直到看完戏，他都没有提起精神。戏结束后，剧院大厅一侧里的库什纳正与观众交流。

库什纳戴着他一如既往的圆镜框，笑起来长长的门牙展现他身为一个感性人的形象。有人想跟库什纳合影，他笑着解释说合影的环节还没到呢，最好把流程走好，于是笑声四起。宋敬树，那时他的躯体身处温哥华，外面中国人感觉和印象中的那种夏天正在离开，他想，瞧，那就是那个《天使在美国》的剧本的写作者。那个用恶棍来连接起国家主题的美国剧作家，这个连接就是艾瑞克·霍布斯鲍姆这样的一流的历史学家都没有好好地想起过，他只是提到那个恶棍在病床上时里根总统和南希夫人发来慰问的电报，可是他死的时候，白宫不作声了。库什纳抓住了这个历史细节。他抓住了。他抱住那个恶棍紧紧不放，铸造了他剧作的擎天大柱之一。

库什纳先生，围着你的人着实不少，我还是想跟你谈到《天使在美国》里的恶棍。不仅是恶棍在我生活的地方层出不穷，还因为这也是个美学问题，就是那种人之为人的美学问题。善恶是我们发明的，要远远大于是我们的发现，再说，发明权不仅掌握在想发明它的人手中，还掌握在谁有话语权，商鞅如果是恶的话，那是他的恶，而不是纵容他的秦王的恶。

我这样说并不是要否定人类经过几千年的探索，终于有了爱、慈悲、自由、公正、平等这样的名义，并且在智慧世界而非野蛮世界或者蒙昧世界中，这样的名义的地位和重要性要重要于权力与党派，而是说我们面对的世界非常凶险，那些黑暗的力量，会装出友好与关爱的面孔，来到我们中间，攫走我们的信任，反过来再来奴役我们，让我们苦不堪言且无处诉说，而对待黑暗，光有善人没有恐怖的力量，善又是寸步难行。对不起，我们在谈论恶棍不是吗，我的意思是恶棍要比恶、黑暗更加的具体。

我们的恶棍不仅是掌握着巨大的权力且卖弄这样权力的人，也是那些不管他人健康而狂喜般地生产劣质产品的人。而且，要写出比罗伊·科恩更恶棍的人，对我而言轻而易举，有时，有时，有时就如同我的……当然我知道，他是生活交响曲中的一种旋律，是啊，我也不会傻到听不到其他美好声音的耳背程度——可是我被告知，舞台是不会让这样的人上去的，因为它要的传统是《西厢记》《牡丹亭》，这就使得我对你倍加嫉妒。短命的麦卡锡主义就使你神经嘎嘎作响，你真是幸运的人。我嫉妒的不是你的才华，我渴望你如在《天使在美国》中散发出的宏伟光芒一样，我嫉妒的是，你拥有这种写作的自在，愤怒的自在。

看着库什纳在他的崇拜者中有谈有笑，宋敬树默默从深红的地毯上走开，站在剧院外疏朗的天空下，不禁打起响亮喷嚏，心怀恨意地看着人行道上自己落下的鼻涕，硬气地拦下一辆出租车，跟司机说起目的地时，因为刚才喷嚏的缘故，声音变得稀薄空洞，好在经过一条铁路线时的震动，将他的声音像是调整回来，直到他朋友住的小镇，见到那幢让山毛榉、橡树和榆树暗影包围的房子，推开小栅门，走过前天才修剪过的草坪，登上陪伴着丁兰花丛的台阶，进入那个温暖惬意的家中，他的嫉妒与恨意依然嘹亮，像是处处堵在他的跟前。

他没有想到嫉妒会像泛滥的洪流，跟随着他，推搡着他走，好像不是出租车带他回来，而是嫉妒把他卷回来的。

刚才你看到我了吗，库什纳先生？我的意思是，纳博科夫前往斯坦福路上在大峡谷边缘读到曼德尔施塔姆在彼得堡写下的诗歌，羞耻袭击了他……良知是无辜的，自由和安全也有相同的品质。唤醒它的一定是别有用心的夜晚，一路上抬眼望不到头的星星。

幸运的是，你不需要知道这一切，这个夜晚是戏剧的，是你的。这没什么好羞耻。库什纳，你没有什么好羞耻的。你要羞耻，我并不反对。当我的剧作成功连演两个月，我对上海说，上海啊，原来你是为我而在。

他的朋友还在等着他。朋友是个孤儿。他的父母一九六九年一起自杀，扔下了他一个人。一九七七年他上了大学。他的人类学家生涯在随之而来的执着中宣告终结。他花了十三年的时间，写了一本书，论证中国只需要四亿或五亿人口就足够了，他的观点是只要对中国人施予最优良的教育，中国一定是最伟大的国家。为此，他学习数学，建立了自己的模型，不吝使用密度函数、分布函数，线性模型、指数模型。

宋敬树曾经装得似懂非懂地听朋友讲了半个上午的这种中国人口未来学。其实他更想与朋友讨论的是作为普遍的人类是否有高贵的可能，而朋友显然是把所有的中国人都放进去计算的。最后，没有出版社要用这种奇谈怪论式的书稿。

这位人类学家在部分同行那边成为反人类的学者，不受待见，勉强度过他的大学教学生涯。他的头发全白了。不过他的胡子是墨黑的。宋敬树也启用他的孤独，在这个面向起伏不定太平洋的加拿大陆地边缘，会合另一个孤独。他看到那个孤独的身影出来开门了。

他的朋友身材瘦小，和刚才看到的库什纳一样，也佩戴眼镜，不过这副眼镜是带着弧度的方形，还比较偏狭，反衬出他希特勒式招牌板刷胡的黑色与宽厚。胡子那么浓密，超乎宋敬树的视觉经验。朋友喜欢坐在帆布织的沙发上，他喜欢那张简单的木布沙发。

现在，苏北，他不会告知他朋友他身体分崩离析的事啦。有一天，他朋友到上海，可是电话和微信都联系不上，他到处打听，那个宋敬树埋头写伟大的剧作了吗？终于有人告诉朋友，宋敬树死了。朋友低下头。朋友一定会想起他在他儿子住宅里做过客。但如果他听到库什纳的发音，哪怕是有人提到特朗普那个一米九一的女婿贾里德·库什纳，他就会想起宋敬树跟他谈过那个犹太人，那个当妻子的男作家。

他们时常感到被剥光了衣服。外人看不到他们的狼狈，可是那些觉悟世界中的人相互看得到，他们也会说出真相，但会从其他人其他事说起，从不当面指责，他们相互怜悯。这就更加地令人羞耻。

那张模糊的脸一直在指责他。指责他写的东西给了他过分的名声，给了他充裕的资产阶级生活，给了他不被婚姻完全攻破的城池，但是他没有给这个世界应有的回报，没有给如同那些了不起的人给了他安慰的样式的令人惊喜的复制，那种……可怜的寄居在妹妹家的布兰奇，被妹夫强奸后，疯人院的护理来带她了，她听到了钟声，她说，钟声是这地方唯一干净的东西。那地方，新奥尔良，他去了一次。他再也不想去了。那个肮脏的地方。

从那里长出来的一张模糊的脸。那张脸吞下药瓶盖。那张脸就那样消失了。

一个湖，聚龙湖。

只要看到水，看到河，看到湖，他就会以为那是他父亲逃命游过去的东西。他扔掉了枪。

他父亲率领的连队打得只剩下他一个人。那个晚上倒下一个一个年轻生命，就倒在这片土地上，他们是他的乡亲。每次父亲说起那次奔逃，那个夜晚——他现在已经想不起父亲的表情了，连声音也忘记了。再往前，是他父亲跟他母亲说起他要到部队去打仗的夜晚，他不得不丢下她、三个儿子、一个母亲，外加一个游手好闲的小弟弟，也是夜晚。他的父亲和他的母亲都知道，如果他失败了，不管是他的死亡，还是他参加共产党的失败，他的妻子、三个儿子，他的妈妈，都将过上艰难的生活，就像宋敬树在童年和少年时代经常看到的地主富农家的遭遇，劳动改造、一切的歧视。

还有一个夜晚。他的父亲来到他的那个土味和霉味夹杂的矮小房间时，的确是夜晚。他的父亲不便于白天出现在这个破落的几座庙宇檐下，他选择了晚上。宋敬树看到鸿远受刑啃地的照片之后，没怎么说话。开学后不久，大学打来电话询问他的父亲，为什么不见宋敬树了。那个年代，庙宇是难得的藏身之处，他想不出他还可以去哪里，可以远离尘世又不至于饿死。他的父亲是公安局长，他动用了国家机器，找到了他的下落。他在广东北部山里。宋敬树剃去头发，穿上赤色袈裟。父亲找到他。他从床上坐起来。他已经浸染了非尘世的东西，不是那么吃惊。那本《大方广佛华严经》摊倒在床头。吴承恩用过的东西，他也可以了解。父亲试图与他对视，他避开了他的视线。

他的父亲突然跪下来，恳求他回到他的母亲身旁。他的母亲已经死了两次，都是在医院里救下来的。他父亲说，他不能永远叫人管着他的母亲，在一个只有一张床，一张椅子，一个屎桶的房间里。他父亲说，他还是回去与母亲告个别，如果他愿意，再回到广东北部这里的山上。人还是有基本的东西，吃饭、思想和与母亲道个别，就是基本的东西。那是一趟软弱的回归。看到他母亲的脸，他体量巨大的尘世性压倒了心灵中幼小的佛性。

疲劳感深沉地袭击他，夹杂着病痛的鼓点。

他想回到床上去，似乎他可以在那里更体面地对付自己的身体，可以和自己的细胞和神经在不被外人注目的难堪中更明火执仗地讨价还价。这是他的私事。他无须在大厅里做身体和表情的表演。表演他看得够多的啦。是啊，到时候，他大可不必去向医生描述他有多么的痛苦。所有人都知道，疼痛是无法验证的主观体验。他的部分痛苦已经献给了舞台，这是他比别人要幸运得多的地方，有多少人在透明虚无下的空间像是无痛地活着和死去。疼痛就是这样，不被证明，也不能反驳。哌替啶、吗啡、羟考酮、羟吗啡酮、美沙酮会是他仅剩下时光中的亲密无间相互融化的朋友。

一个似与记忆中的女人一样的身影出现了。她汇聚了水晶灯下华丽大厅的注意力。宽广的大厅像被一股魔力捏小了。

他不是一下子就认出她来的。她穿着苏莱曼大帝花押上的那种亮亮的钴蓝色上衣，而她介于卡斯蒂利色与猩红色之间火焰般的长裙，与酒店大堂既显得格格不入，也活脱脱就是一篇要与谁一争高下的醒目宣言。

托马索·兰多尔菲（Tommaso Landolfi，1908—1979），意大利当代短篇小说家、诗人、翻译家。

兰多尔菲一生写了大量的短篇小说、诗歌和戏剧作品。获过许多奖项，包括享有盛誉的斯特雷加奖和意大利文学最高奖项女巫奖。他的短篇小说集有三部英译本，分别是：《果戈理的妻子和其他故事》《癌症皇后和其他故事》《骚动中的词语和其他故事》。本篇《果戈理的妻子》由英译本转译，英文译者为弗兰·杨（Wayland Young）。

果戈理的妻子

［意］托马索·兰多尔菲
王朝军　译

现在，当我最终要讲述尼古拉·瓦西里耶维奇的妻子的整个故事时，感到犹豫不决。我是否有权透露迄今为止还没有任何人知道的，被这个令人难忘的朋友严格保密的东西（他对此有充分的理由），并且我确信这会引起各种恶意和愚蠢的误解。而且，这件事很可能会冒犯所有人的感情——伪君子，抑或老实人。但同时，谁知道呢？如果仍然可以在其他地方找到自然，那么自然就是真正的纯真。那么，由于我有时倾向于公开谴责事件和事实，我是否有权披露不适合我的事件和事实？

当然，现在，作为一名传记作者，我有义务让人们相信，得到天才的任何信息，对我们以及我们的子孙后代，可能都是有价值的。我将避免仓促下结论，在任何情况下，我都不能隐瞒未得到公正和明智裁决的事。而且，我们又有什么权利谴责呢？我们是否清楚，为了某种深远目的，为了普遍的最高利益，天才偶然也会做出一些在我们看来是龌龊的事情？答案是肯定的。因为我们对这些特殊的天性知之甚少。一位伟人曾经说过：“是的，我必须撒尿，但可能并非出于生理需要！”

不过，事不宜迟，我还是尽快讲出来吧。而且我敢说，我可以确凿地证明这个有争议的问题根本就不存在。我不会进行一般性推理，因为在当下对果戈理的研究中完全没有必要。

我要说的是，尼古拉·瓦西里耶维奇的妻子并不是一个女人，或者说她本身就不是人，甚至不是一个活的生物——无论是动物还是植物（尽管有时我们会得到此种暗示）。她只是一个气球。是的，一个气球。对于和大师关系亲密的某些传记作家来说，这也解释了他们长久以来的某种困惑乃至愤怒。他们常常抱怨说，虽然他们经常去拜访这位伟大作家，却从未见过他的妻子，“也从来没有听到过她的声音”。由此他们妄加猜测，这些猜测大多都很邪乎，似乎果戈理刻意隐藏了某种罪恶。仁慈的先生们，一切都比你想象的要简单得多：你没有听到她的声音，只是因为她不会说话。事实上，她只能在某种特定情况才会说话。正如我们将要看到的，在我与尼古拉·瓦西里耶维奇面对面交谈时，她张口说话了。不过，我们还是不要把时间浪费在廉价或空洞的争执上，而是应该尽可能马上展开对所讨论对象的准确而完整的描述。

果戈理所谓的妻子是个假人，用厚肉色橡胶制成。（或者像通常所说的那样，是人类皮肤的颜色）它一年四季都是赤裸的。但是由于女性的皮肤颜色不尽相同，所以我要澄清一下：她的皮肤相当轻盈光滑，这在某些黑发女郎中很常见。无须赘言，它或她，具有女性特有的性别特征。可能我应该立刻说，她的外在特征非常多变，但是不足以改变它的性别。她有时会显得很瘦，几乎没有乳房，臀部狭窄，看起来更像一个年轻的小伙子，而不是女人。有时，即使不是过度肥胖，至少也可以用壮观来形容她的体形。她常常改变头部和身体其他部位毛发的颜色，虽然不一定是在同一时间。她似乎还能在其他各种微小的细节上做出改变，例如痣的位置、皮肤黏膜的活力等等。有时甚至她的肤色也变了。对此，我们十分好奇：它究竟是谁？能否将它作为一个纯粹的人来看待？事实上，我们会发现，坚持这一点是不明智的。

正如你所知，所有这些变换都是尼古拉·瓦西里耶维奇本人的意愿所致。他给她充气，多一些或少一些，更换她的假发和其他部位的毛发，用油膏给她的皮肤擦上油脂，然后涂上口红，以便她的形象在此时此刻符合他的幻想。有时，他会凭借自己错综复杂的想象力，把她打扮得怪异丑陋。这一点很好解释，当她膨胀到一定程度或者始终处于高压之下，自然会扭曲、变形。

果戈理很快就厌倦了这样的实验，因为他认为这样对待他的妻子“毕竟，不是很尊重”。他一直以自己的方式（一种无意识的方式）爱着她，不管对我们来说是多么神秘莫测。是的，他爱她。可问题是，他究竟爱这些化身中的哪一个？正如我所料，我们的研究仅提供了对该问题的初步答案：是尼古拉·瓦西里耶维奇的意志支配着这个女人。从某种意义上说也许是这样。但应该指出的是，她很快就从一个奴隶变成暴君。黑暗的深渊由此洞开。或者你喜欢的话，也可叫地狱之门。但我们还是不要如此期待的好。

之前我说过，果戈理通过自己的操纵，或多或少满足了他的不时之需。我应该补充的是，在极少数情形下，他创造的形式完美地体现了他的愿望。用尼古拉斯·瓦西里耶维奇的话说，就是他彻底爱上了它。这足以让“她”在一段时间内保持外表，直到他不再爱“她”。这种放纵的激情，或者换句话说，是爱的愚蠢，在这位伟大作家的“夫妻生活”中不过出现了三四次（如果可以这样说）。顺便说一句，在人们称为“婚姻”的几年后，果戈理给他的妻子取了个名字：加拉加斯。如果我没记错的话，委内瑞拉的首都就叫这个。为什么会选择这样一个名字，我始终无法理解。也许伟大的头脑就是如此复杂神秘吧。

仅以她在“正常”时的外貌而言，加拉加斯绝对是所谓的大美女。各部位结构合理，比例匀称。她每一个细微的性别特征，都被安置得恰如其分。特别值得一提的是她的生殖器官（在这种特定的语境下，我想这样形容还不至于冒犯），它们由巧妙的橡胶褶皱形成。别忘了，各种装置和内部的气压让这一切变得很容易。

加拉加斯有一具骨架，尽管很简陋。也许是由鲸骨制成的。特别是胸腔、骨盆和颅骨的构造，都进行了专门处理。正如预期的那样，与皮下脂肪的厚薄相一致，前两个系统隐约可见。也就是说，脂肪简直是覆盖在它们上面。很可惜，果戈理从未告诉过我这件完美作品的创造者是谁。我一直不清楚他为什么要如此固执地向我隐瞒此事。

尼古拉·瓦西里耶维奇用自己设计的脚踏泵给妻子充气。你今天可以在任何汽车维修车间找到此类泵。肛门里有一个小小的单向阀，就像心脏的二尖瓣，一旦身体膨胀，更多的空气就会进入，但没有任何空气可以排出。放气时，拧开喉咙后面的塞子即可。

这样一来，就可以结束对该生物显著特征的描述。现在，我将只提一下装饰在加拉加斯嘴上的那一排排洁白的牙齿，还有她那黑色的眼珠，尽管它们一动不动。这是对生活完美的模拟，不是吗？上帝啊，这话听起来多么苍白！当人们谈论加拉加斯时，实际上是在谈论虚无！即使是这双眼睛，也可以通过特定的程序改变颜色。这是一个漫长而令人烦躁的过程。因此，果戈理几乎没有求助他人。

最后我应该说一下她的声音，我只听到过一次。在此，我觉得有必要研究一下果戈理夫妻之间关系的实质，否则我将无法确认事情的真相。凭良心说，我必须承认，我的记忆本身不可能如此混乱。

下面是我能想起的一些零碎的记忆。

我第一次，也是最后一次听到加拉加斯对尼古拉·瓦西里耶维奇讲话，是在一个晚上。当时我和果戈理坐在这个女人“居住”的房间里。她的房间位于整栋房子最偏僻的角落，严禁任何人进入。家具布置多少带有一点东方风格，没有窗户。我知道她会说话，但果戈理从来没有向我透露过在什么情况下会如此。现在，只有我们两个待在那里，也可以说是三个。尼古拉·瓦西里耶维奇和我正在喝伏特加酒，并讨论布特科夫的小说。我记得，我们偏离了主题，但一直在喋喋不休地讲述对继承法进行彻底改革的必要性。我们热烈地讨论着，几乎忘记了她的存在。就在那时，她突然发出沙哑、温顺的声音，仿佛端坐在婚礼沙发上的维纳斯女神，她直截了当地说：“我想大便！”

我一下子跳了起来，我以为这是错觉。然后我注视着她，她正坐在靠墙的一堆垫子上。那天晚上，她完全是一个温柔的金发女郎，衣着得体，身姿优雅。她的表情既精明又带着一丝狡黠，有一种孩子气的天真可爱。至于果戈理，他的脸涨得通红，他不顾一切地冲向她，把两个手指插进她的喉咙里。她立即开始萎缩、塌陷，脸色苍白。她又恢复了往日那种特有的茫然、惊讶的神态。很快，她就变成了一具松弛的橡胶壳，搭在一副简易的骨架上。出于实际的考虑，她的脊柱被设计得非常灵活，几乎可以折叠起来。那天晚上其余的时间，她都瘫坐在地板上抬头看着我们，极度沮丧。

果戈理很平淡地说：“她只是想开个玩笑，或者为了戏弄我。因为事实上她没有这种生理需要。”在别人面前，也就是说在我面前，他总要对她表现出某种不屑。

我们继续喝酒聊天。尼古拉·瓦西里耶维奇显然精神恍惚，心不在焉。他常常突然中断谈话，紧紧抓住我的手，大哭起来：“我现在该怎么办？”他大叫，“你明白吗？福玛·帕斯卡洛维奇，我爱她！”

我必须承认，加拉加斯的每一个造型都是独一无二、不可复制的。尝试重建被毁的加拉加斯的旧比例和她的身体圆润度简直是白费功夫。因此，从那时起，果戈理永远失去了那天晚上那个丰满的金发女郎。

事实上，这是尼古拉·瓦西里耶维奇单薄的爱情生涯的一场悲剧。我在上文说过，他什么也没解释，拒绝安慰。不久我就离开了。然而，这一幕让他彻底暴露了自己的内心世界。从那时起，他对我变得更加坦率，我们之间几乎没有什么秘密……顺便说一句，对此我感到无比自豪。

最初，这对“夫妻”的家庭生活似乎十分融洽。尼古拉·瓦西里耶维奇对加拉加斯很满意，定期与她在同一张床上睡觉。他一直遵守这个习惯。果戈理羞怯地笑着说，没有哪个伴侣比她更安静，也没有哪个伴侣像她那么烦人。但我很快就开始怀疑这一点，尤其是根据他醒来时所处的状态判断。几年后，他们的关系开始莫名其妙地恶化。

直说吧，所有这些，仅仅是一份说明性的示意图。大约在那时，那个女人实际上开始表现出独立迹象，或者可以说是自治的迹象。尼古拉·瓦西里耶维奇感觉到，她正在形成自己的个性。这可能无法理解，但的确与他的性格迥然不同。她不再是丈夫的一部分，似乎在躲避他。可以肯定的是，在她的每种外表之间都有某种连续性——在那些黑发女郎、金发女郎、红发女郎和棕色头发的女郎之间，在那些丰满、苗条、黝黑、雪白或金黄色的美女之间，都有某种共同点。在本章开头，我已经表达了自己的疑问：将加拉加斯视为一个生物是否正确？每当我看到她时，我就摆脱了这种印象：不管这似乎是多么不可思议，她基本上还是同一个女人。显然，类似的感觉促使果戈理给她起了个名字。

试图确定不同外观的共同属性究竟是什么，则完全是另一回事。也许，尼古拉·瓦西里耶维奇最具创造力的精神恰恰就体现在这儿。但是，不，如果他如此疏远他自己，如此厌恶他自己，那就太奇怪了。因为不管她是谁，加拉加斯这个名字都令人不安，甚至充满敌意。然而，果戈理和我都没有成功地对她的真实本性虚构出一个勉强站得住脚的假设；当我说“虚构”时，我的意思是用一种所有人都能立即理解的理性方式来表达。但是我不能忽略在这个时候发生的一件不同寻常的事。

加拉加斯患上了一种可耻的疾病——或者更确切地说是果戈理——尽管他那时没有，也从未有过与其他女性的任何接触。我甚至不想描述这是怎么发生的，也不想描述这肮脏的疾病来自何处。我只知道事情的确发生了。于是，我那伟大的、不幸的朋友对我说：“那么，福玛·帕斯卡洛维奇，你看加拉加斯的心脏里有什么？那是梅毒的灵魂。”

有时，他甚至会以一种相当荒谬的方式责备自己，他总喜欢自责。这件事对于已经错综复杂的夫妻关系而言，是一场真正的灾难，尼古拉·瓦西里耶维奇更加焦虑。他被迫接受了长期痛苦的治疗（当时就是这样）。更糟的是，这个女人的疾病似乎不容易治愈，这一事实使情况更加恶化。一段时间以来，果戈理仍然幻想重新找回未被疾病感染的前加拉加斯：他把妻子弄得七零八落，然后再拼接成各种形状。但没有任何结果，他败下阵来。

我还是简明扼要为好，以免读者感到厌倦。另外也因为我的记忆越来越混乱，不太可信。我将立即交代我的故事的悲剧结局。至于最后一点，我想再次证明我亲眼看见的以下事件和真相。啊，我要是不在现场就好了！

岁月流逝，尼古拉·瓦西里耶维奇对他妻子的愤怒和厌恶与日俱增，尽管他依然爱她。依恋和痛恨在他的灵魂中激烈地斗争，他变得非常痛苦，几乎要崩溃。他那双焦躁不安的眼睛，是如此富有表现力，有时能直抵你的灵魂。现在这双眼睛里闪烁着炽烈的光，显得异常亢奋。在他忙碌的灵魂中，伴随着噩梦般的幻象诞生了最疯狂的怪癖。他越来越频繁地告诉我有关加拉加斯的事情，控诉她的恶行。我无话可说，因为我和他的妻子只是泛泛之交，谈不上多么亲密。最重要的是，我没有他那么敏感。因此，我仅限于重述他的一些抱怨，而不提及我的个人印象。

例如，他会经常对我说："信不信由你，福玛·玛斯卡洛维奇，信不信由你，她老了！"然后，他会不知所措，紧紧地握住我的手。他还抱怨说，尽管他已明令禁止，加拉加斯却仍然沉溺于独自享乐。他甚至指控她对婚姻不忠。他说得越来越晦涩难懂，以致我无法继续传达。

可以肯定的是，最近一段时间，加拉加斯（可能确实变老了）已经变成一个令人不快的生物，爱发牢骚，虚伪，还有某种宗教般的狂热。我不排除在果戈理生命的最后一段时间，她可能对他的道德声誉产生了影响。这种声誉是众所周知的。一天晚上，当我和尼古拉·瓦西里耶维奇庆祝他的银婚时，悲剧达到了高潮。那是我们一起度过的最后一个晚上。我既不能也不应该试图说明是什么导致了他的决定。在这个时候，无论从哪个方面看，他都不得不容忍他的配偶。我不知道那天发生了什么事刺激了他。还是让我们转向事实，由读者自己得出结论。

那天晚上，尼古拉·瓦西里耶维奇异常激动。他对加拉加斯的厌恶似乎达到了前所未有的程度。著名的"虚荣的柴堆"——焚烧他的手稿——已经发生了；我不想说他是否受到他妻子的唆使。他的精神状态因其他原因而进一步恶化。至于他的身体状况，则更令人怜悯，这只会使我更加怀疑他受到某种兴奋剂药物的影响。尽管如此，他还是相对冷静地开始谈论别林斯基，后者有选择性地攻击他的信件，这给他带来一些麻烦。突然，他的眼里涌满泪水。他几乎哭了起来，叫道："不！不行！太……太……我不能再继续下去了。"他的话时断时续，晦涩难懂，似乎在自言自语。他双臂交叉，摇了摇头，跳了起来，迅速在房间里走来走去，再次坐下。当加拉加斯出现时，或者更确切地说，当我们晚些时候在她东侧的房间里见到她时，果戈理彻底失去理智。他的举止行为（请原谅我如此比较），就像一个不谙世事的老小孩儿。他不停地推我，眨眼睛，然后疯狂地重复："她在那儿，福玛·帕斯卡洛维奇，她在那儿！"与此同时，加拉加斯似乎在轻蔑地抬头望着我们。据我判断，在这些做作的行为背后，人们可以在他身上感到一种绝望的内心恐惧。

一段时间后，尼古拉·瓦西里耶维奇似乎鼓起了勇气。他泪流满面，但不知为什么，它们更像是男人的眼泪。他又一次绞着双手，握住我的手踱来踱去，嘴里念念有词："够了！我们不能再这样下去了。这是前所未闻的事。这样的事怎么会发生在我身上？怎么能指望一个人忍受这种事呢？"然后他疯了一样冲向我曾经提到的泵，把它攥在手里，旋风般飞向加拉加斯。他把管子插进她的肛门，开始给她充气。他边哭边像着了魔似的喊道："哦，我多么爱她，多么爱她，我可怜的、可怜的宝贝！但她会爆裂的！不幸的加拉加斯，上帝最可怜的造物！但她必须死！"

加拉加斯正在膨胀。尼古拉·瓦西里耶维奇汗流浃背，边抽噎边给她充气。继续往前冲。我本想阻止他，但不知为什么，我没有勇气。肿胀的加拉加斯看上去很丑陋，但并没有寻求任何帮助——她已经习惯了这种乐趣。但当她开始感到无法忍受的饱腹感，或者当尼古拉·瓦西里耶维奇的意图对她来说变得显而易见时，她才会表现出一种恐惧和困惑，甚至是恳求的表情。然而，轻蔑的微笑没有离开她的嘴唇。她受到惊吓，要求宽恕，但仍然不相信，不相信自己命定的必然，即她的丈夫将有勇气执行他的计划。但是，他看不见她的脸，因为他在她身后。我着迷地看着她，一动不动。

脆弱的颅骨无法承受过大的内部压力，加拉加斯的脸极度扭曲。她的肚子、大腿、嘴唇、胸部，还有我能看到的臀部都肿得惊人。她突然打嗝，发出一阵沉重的啸叫声。这两种现象都可以用压力的增加来解释，因为压力瞬间从她喉咙里的阀门挤了出来。接着，她的眼珠疯狂地鼓了起来，好像要跳出眼眶似的。她的肋骨向两边张开，不再与胸骨相连。她就像一头正在消化驴子的蟒蛇。一头驴，我说过吗？一头牛！一头大象！这时我相信她已经死了。但是尼古拉·瓦西里耶维奇仍然流着汗，哭泣着重复道：“我最亲爱的！我亲爱的！我的最爱！”他还在继续充气。

她出其不意地爆裂了。她的皮肤不是一片跟着一片破裂的，而是整个皮肤同时裂开。她散落在空中。碎片大小不一，下落的速度也有差异。我清楚地记得，她的脸颊上粘着一块嘴唇，挂在壁炉的一角。尼古拉·瓦西里耶维奇迷茫地看着我。然后他振作起来，又一次下了极大的决心，他开始小心翼翼地收集那些曾经是加拉加斯闪亮皮肤的破布，以及属于她身体的其他东西。

我听见他窃窃私语：“再见，加拉加斯！再见，我为你感到难过……”然后他大声说道：“火！火！她也必定要葬身火海。”当然，他用左手画了个十字。接着，他捡起所有那些皱巴巴的破布，甚至爬上橱柜和梳妆台，以免漏掉任何一块，他把它们直接扔到炉膛里，在那里它们开始慢慢燃烧，房间里散发出一股异味。像所有俄罗斯人一样，尼古拉·瓦西里耶维奇热衷于把重要的东西扔进火里。

他脸色通红，带着无法形容的绝望神情，同时也带着阴险的胜利，凝视着那堆哀惨的灰烬。他抓住我的胳膊，我分明感到他在颤抖。果戈理的目光一直注视着火中的灰烬，直到它们消失，他才又仿佛想起了什么似的，决定迈出重要的一步。他迅速冲出房间。

几秒钟后，门外传来他尖锐而沮丧的声音：“福玛·帕斯卡洛维奇，亲爱的，向我保证，你现在不去看！我进来的时候不要看我！”我不记得我是怎么回答他的，也许是想让他平静下来。但是他坚持，我不得不向他保证，好像他是个孩子，把我的脸靠在墙上，只有在他说我可以的时候才转过身来。小时候，我会面对墙站着，未经他的允许不会转身。门猛地一开，尼古拉·瓦西里耶维奇冲进房间，跑向壁炉。

在这里，我必须承认自己的弱点，尽管我认为在特殊情况下这样做是合理的。简而言之，在尼古拉·瓦西里耶维奇告诉我可以之前，我转过身来。但我束手无策。这时，我正好看到他怀里抱着一样东西，他把这样东西连同其他一起扔到火上，结果火突然燃烧起来。就在这时，渴望看到它的热情控制了我的大脑，于是我冲向壁炉。但是尼古拉·瓦西里耶维奇挡在了我和壁炉之间，他用力将我推开。与此同时，那样东西正在燃烧并散发出浓烟。在他表现出任何平静下来的迹象之前，除了一堆沉默的灰烬，什么也没有留下。

我之所以想看的真正原因：我已经瞥见了。但只是一瞥，也许我不应该允许自己在这个真实的故事中引入哪怕是一丁点的不确定性。然而，一个目击者的描述如果没有提及目击者不完全确定知道的事情，那就是不完整的。长话短说，那东西是个婴儿。当然不是有血有肉的婴儿，而是橡胶娃娃或模型之类的东西。从外表上看，这可能是加拉加斯的儿子。

我也疯了吗？我不知道，但我知道这是我亲眼所见，虽然不是很清楚。我不明白，我刚才的叙述中为什么没有提到，当尼古拉·瓦西里耶维奇回到房间里来的时候，他咬牙切齿地低声说：“他也是！他也是！”

关于尼古拉·瓦西里耶维奇的妻子，我所知道的就是这些。下一章，我将告诉你后来在他身上发生的事，那将是他一生的最后一章。要解释他对他妻子的感情，或者对任何事物的感情，那就完全是另一回事，而且是更困难的事情了。虽然我在本章的其他地方已经做过这样的尝试，并请读者注意这一点小小的努力。我希望我已经对一个最具争议的问题有了足够的了解，我已经揭开了神秘的面纱，如果不是果戈理，那么至少是他的妻子。在这个过程中，我已经含蓄地揭穿了他虐待甚至殴打他妻子的毫无根据的指责，以及其他类似的谬论。像笔者这样卑微的传记作家，除了为了纪念他所研究的那位崇高的天才之外，还有什么别的目的吗？

李晁 1986年生于湖南，现居贵阳。2007年起在《上海文学》《作家》《花城》《天涯》《人民文学》《中国作家》《当代》等刊发表小说数十万字，收入多种选刊及选本，曾获《上海文学》新人奖、“紫金·人民文学之星”中篇小说提名奖、《创作与评论》年度作品奖、《滇池》文学奖、《作家》金短篇奖等，出版小说集《朝南朝北》《步履不停》。

母女与蛇

李　晁

天太热了，热到院里的女孩汤离抓到了一条菜花蛇，是大中午的事，等传开了，汤家的那锅蛇汤都快被分完了。有这么粗，院里的光叔比了比自己的手腕，那蛇就缠在汤姑娘手臂上，一圈一圈，越缠越死，蛇头被汤姑娘一刀斩断，剩下那截水管一样在地上淌血哟瞎跑哟……光叔突然手松，让手臂吊在空中疯狂扭动，这渲染让院里几个踢球的小孩毛骨悚然，跟着才有胆子稍大的到大楼的侧边去寻，光叔说过，蛇头被汤姑娘扔进楼下臭水沟啦。

汤离的家在机电队大院二楼右手边的最当头，整栋楼处在一条盘山路的U形弯道中，二楼才与上学的大路齐平，多年前汤家就把墙打穿了一个洞，支起了一座由水泥预制板搭建的平台与大路连通，这样，汤离上学放学就不用绕道从院子里过了，除了上街，住户们很难看到女孩的身影。那条蛇是怎么误入平台的谁也不清楚，只晓得平台边有一棵两人环抱才能合拢的法国梧桐和一棵无花果树，这平台就被置于树荫之中。

这是周末的一天，汤离觉短，平日午后她要睡到快上课才会被闹钟吵醒，可一到周末，瞌睡竟自动消减。汤离在床上翻来覆去，有些不安分，隔屋的母亲韵芬听见说，平时睡不醒，周末又睡不着，你跟床有仇，还是床跟你有?

我跟你有！汤离闷闷地说，她也搞不懂这是为什么，睡眠也太阴险了，反复无常，有意刁难人似的，要不就是天越来越热，女孩没有一点睡意。太热了，我去买个西瓜。汤离留下一句就打开通往大路的纱门，门外不单单是一块水泥预制板，门口还搭有一个小平台，能容下两张椅子，几个盆景什么的，这是汤家纳凉、晒衣服的地方，也是汤离夏天傍晚吃饭的去处。平台用铁栏杆绕了一圈，却并不与大路齐平，这位置实际还要矮几分，显得更隐蔽，老汤用水泥铺出了一条七八级的台阶，眼下那台阶上落满了白刺刺的阳光。

那蛇就是顺着台阶下来的，许是地面太热，它有些晕头转向，越往前越不知该往哪去了，一下就跌到了平台上，汤离那双白跑鞋猝不及防，条纹运动裤陡然灌满了风，整个人险些没刹住，女孩爆发出一道短促的尖叫。那蛇这才抬起头来，好像惊人不是女孩的声音而是她浑身的热气像过了凉水一样变化多端。预制板被树荫遮挡，加上韵芬一早才在这里洗过一盆衣服，倒过水，多少还有些凉气，那蛇就懒得动了。

让汤离尖叫的倒不是害怕，而是猛然遇见一个什么东西，女孩很快镇定，屋子里却传来女人的询问，又怎么了?女该回答，没什么，你睡你的。女孩的目光不离那蛇，看上去是条老蛇了，见了人也不躲，简直有些呆。汤离本打算放过它，可它偏偏不识相，一动不动拦着汤离的去路，从这里去王老三的小卖部很近，沙石料场边已经搭出了卖瓜人的帐篷，女孩可不想绕道从院子里走，再说，这情况不处理，母亲出来还不被吓破了胆?汤离嘘嘘地小声喊着，想惊走这蛇，可蛇就像是聋了，也不管汤离在旁如何恐吓，就是不动。这让汤离冒了火，心里升起一个邪邪的念头，你不走别怪我啦。女孩说着顺手操起栏杆边母亲忘了收的撑衣杆，这撑衣杆可不是塑料的，而是老汤在工地上自己焊的，一个铁家伙，为了美观外层被缠了层红色胶带，一头的铁叉锋利无比，简直像把兵刃，一叉下去，蛇头正好卡在缝里，蛇身立即感到了不自在，可铁叉的力量无法摆脱，任是浑身扭动翻滚绞成了麻花，蛇头还是被铁叉牢牢叉住，动弹不得，直到女孩伸来一只大手。

汤离原本想把蛇一扔了事，可想到楼下还有小孩出没，也就作罢，但这么抓着也不是办法，手还沉，这蛇可不轻，很有些分量，再加上它在汤离手边不断故技重施，想尽办法缠绕上来，攻击性还不小，这么一来，蛇命就保不住了。

汤离用一把锈蚀的园艺剪剪掉了蛇头。

汤离一个人吃不了这锅蛇，汤煲好后，韵芬根据远近亲疏分送了几户人家，女孩捉蛇的事也当即流传开来，大家没想到汤家姑娘还有这胆量，这突发的谈资，正好佐餐。母亲韵芬更是震惊，没想到女儿手这么辣，等她注意到时，女儿正给蛇剥皮掏心，她一见，人都要晕倒，跟见了鬼差不多。

你是想吓死我？韵芬说。

蛇汤大补的，你不是老操心我营养嘛，这是送上门来的，又不要钱。汤离满不在乎，还嘲讽了下平日精打细算的母亲。屋里没有一丝风，韵芬却打起了寒战，简直要不认识眼前的女儿了，你，你从哪里弄来的？

门口，自己送上门来的。汤离对母亲的惊恐不屑一顾，她不明白为什么是个女人就要怕蛇啊老鼠一类的，她对这类东西从来没有感觉，如果它们不妨碍到她，她完全可以视而不见，可要是像今天这蛇胆敢仗着自己是条蛇（虽然它本来就是）而挑衅她的话，她也是会不客气的。

吃过饭，喝完最后一碗汤，汤离大喊一声，好爽啊。这次她没有抱着碗在门外磨洋工，而是端坐着和母亲一块吃，似乎有意等着女人的表现，韵芬果然碰也不碰那碗汤，目光每次都特意绕过它，只盯着桌上的一碗素炒丝瓜。

我看你明天抓什么，你要是这样，干脆去打猎好了。母亲还是耿耿于怀，更多的话她没法和女儿说，韵芬是个有些迷信的人，总觉得女儿把一条蛇杀了还拿来炖，简直凶险。韵芬的父亲就曾在家门口打杀了一条老蛇，转年追山就出了意外，摔死在溪谷里，那年韵芬和女儿一般大小。这事牢牢印在韵芬心里，族里老人说，这是报应，那条蛇是家里先人化身，打不得的。想起这，韵芬还一阵后怕，跟着是愤怒，这么想不是咒女儿吗？可报应的故事挥之不去，韵芬抵挡不住，心里都要发毛了，甚至吞一口口水都觉得像有条蛇钻了进去。

恰好这时候小卖部的连芳过来，人没进屋，只站在马路边朝门洞里喊起来，韵芬韵芬，有你电话，你家老汤，十分钟后打过来。

韵芬这才冲到门前，透过纱门对路上的女人说，好的好的，我就来呀。女人放下收拾的碗筷转身进屋，取出钱包，出门前对着排柜上的镜子稍稍理了理自己的头发和身上的连衣裙，是觉得自己胖了几分，可平时也没吃什么，怎么肉尽往身上堆？韵芬出门前对惬意地躺在沙发上看电视的女儿说，砂锅你给我刷干净了，我受不了，要是闻到还有一点味道——话没讲完，女儿就不耐烦了，跷着那双瘦精精的脚说，知道了，你要说几遍，接个电话就魂不守舍了？

韵芬想笑又憋住，想自己的心事都被女儿看穿了，真是大了。韵芬说，我有什么不守的，人家还在路上等我呢。

女儿哼一声，等你才怪，你自己看看。

韵芬歪着脑袋透过纱门往大路上瞧，果真，哪还有女人的身影，只有最后的夕照打在路边的林带上，显得林子更黑了。韵芬小声抱怨道，不晓得做什么，这么急吼吼的。

女儿冷笑一声，说别人，不晓得谁急吼吼的。

韵芬被噎住，一句话也讲不出来。

王老三的小卖部就开在砂石料场边，顺大路拐个弯走五六分钟就到了，自从装了电话后，小卖部就成了这一湾人的是非地，哪家的信息都瞒不过王老三。韵芬想着要不要和老汤说说女儿的事，她这样，自己确实有些担心，这哪像个女学生。

韵芬心事重重地走到小卖部门前，王老三果然歪在躺椅上看书，韵芬瞄了一眼，什么《孽海花》，看上去高深莫测的，都说这王老三爱读书能识相，没准儿能问问他。正想着，王老三一把将书摊下，目光笔直地射过来，这倒让韵芬慌乱了，王老三得意地说，吔，韵芬，蛇汤也不分我一碗的。

韵芬怀疑自己听错了，女儿的事怎么传得这样快？这让韵芬有些不高兴，眉头一扫，觉得这不是什么好事。她愤愤地对王老三说，还说，都是那死丫头弄的，搞得我现在心里还不舒服。

韵芬这么一讲，王老三像是捕捉到什么讯息，嘴角立即浮起一道笑，你不舒服什么？

韵芬无知无觉，还有什么，蛇啊。说着声调就下来了，这个没妨碍吧？

王老三嘴里嗯嗯啊啊两声，又问，哪样蛇？

还有哪样蛇，菜花蛇啊。韵芬不晓得这个王老三到底在想什么，她有些后悔对他说这个了。

王老三一笑，也是，五步蛇也不敢抓嘛。

韵芬听都不要听什么五步蛇，浑身一激灵，你还说，我都担心死了。

王老三还是笑，你家姑娘厉害的，才念高二吧，这胆识怕是要赶上穆桂英了。说着，王老三竟扯着嗓子唱了起来：天波府里走出来我保国臣……

韵芬不想听王老三唱戏，她担心的只是蛇的问题，菜花蛇，不要紧吧？

话音刚落，王老三就收了唱腔，闭眼想了一想，说，蛇嘛，不是说毒蛇就更厉害，一般蛇就没有什么怨念，不是这么分的。

韵芬说，那怎么分？

王老三仍微闭双目，还没张口，柜台上的电话突然响了起来，王老三圆眼一睁，对韵芬讲，先接电话，是你家老汤。

韵芬这才转向柜台，犹豫地揭起话筒。

老汤还是那样，话没讲先在电话里通了通嗓子，一阵吭吭啊啊的，跟着压低声音对什么人说：我就来，给婆娘挂个电话。等到韵芬在电话里喊出第二声“老汤”时，老汤才回了话，谭木匠要回来，我托他带了几斤干鱼，还有两包干菌子。汛期来了，土建的都停了工，好几个都请假回来了，我们机电的就不准请，要待命。若是往常老汤这么说，韵芬也会跟着恼火一把，现在她满脑子都是女儿的事，不晓得怎么跟老汤说才好，要怪就怪他这时候来电话，王老三还没什么说法呢，也不知是好是坏，韵芬的心就吊着，一边听老汤讲事，一边斜眼盯着王老三，生怕错过他的什么表情。王老三也看出女人的魂不守舍，他手一抬，示意女人先接电话，韵芬就干脆转过身去不看他了。

韵芬说，不回来也好，留到春节再请就是。平日韵芬可不会这么要求老汤，春节她通常让他留在电站上，那时候能多得两个钱，这个算盘韵芬还是会打的，只是今天这么说，老汤也没有注意到。

老汤说，放暑假带姑娘来电站玩玩，就快考试了吧。

韵芬不听还好，一听老汤提到姑娘，心里就炸了，你家姑娘，我是管不了了。

老汤笑，怎么了，谈恋爱了？

韵芬说，就你这张臭嘴，谈什么恋爱！这样的姑娘还有人要啊！

老汤哧哧地笑，你倒会开玩笑了，有进步嘛。

即便老汤看不见，韵芬也把脸垮了下来，进步个屁，你再不来管管，你家姑娘都不晓得要变成什么样了！韵芬想打个比方，一时又找不到可以比喻的，只能干着急。

老汤这才收了笑，问，到底啥事情？

韵芬停了停，啥事情，你家姑娘今天了不起，青天白日抓了条蛇回来，我还没看到，一剪刀就把脑壳剪了，下午还炖了一锅汤，我动都不敢动，她几下就弄了，吃不完还让我去送人，我现在想起都反胃……

老汤不吭声，耐心听着，等到韵芬没了下文才又哈哈笑起来，说，不愧是我家姑娘！说完又觉得不妥，跟着问，你尝了没有，蛇汤可以哦，清热解毒。

我尝？我是野人啊！清热？我现在一身的火——韵芬不忿，说了句家乡粗话，也不怕王老三能听懂，老汤自然听懂了，想笑，又瞬间收住。老汤说，是哪样蛇嘛，你这么怕？这话问了个空，不见回答，老汤就又说，只要不是毒蛇，一条蛇嘛，打来吃就吃了，有什么好担心的，你家姑娘又不是妖怪。

韵芬听不得老汤这么说，这时候他还有心情开玩笑，韵芬没好气地说，你才是妖怪！一个姑娘家家，哪像个女学生？传出去也不好听，家里是没饭吃了吗？要去吃蛇！

这话让老汤也皱了皱眉，好像他没养这个家似的。老汤说，你自己没问问姑娘什么情况？这话将了韵芬一军，她确实没问那么多，就连那蛇是怎么跑出来的她都没搞清楚，这让她有些被动，干脆丢下一句，我怎么问，我懒得问，你们都厉害，都不怕死，你下次自己打电话问问，看她什么心理……

韵芬这么说，老汤也不好再追问，得到解脱似的，跟着讲，过两天，过两天我就打，你喊她来接。

韵芬哼一声，说得轻巧，她要来！

老汤说，不来，我写信嘛。

韵芬觉得这倒是个主意，可一想到老汤的字跟鸡爬似的，没几个人能看懂，心里更冒火了，觉得男人真是没有用，当初自己真是瞎了眼。韵芬气鼓鼓地说，你自己看着办吧！

搁下电话，韵芬才掏出一张纸币冲屋里喊，连芳，收钱呀。

没有人应，许是不在家，韵芬又转身喊，王老板。

王老三竟不在躺椅上了，这让韵芬惊奇，他是什么时候拖着残腿跑掉的？待韵芬又喊起来时，王老三才打门洞里倏地现身，像是一直躲在那里似的，韵芬吓了一跳，不客气地说，钱我给你放柜台了。

王老三点头，也不讲话。

韵芬转身就走，王老三看着她，等女人走出了几步，才交代说，你回去把蛇头和蛇皮埋了，埋在家附近。

韵芬一听，连忙回头，埋了就行了？

王老三笑，还要咋样，你要请人做道场吗？

韵芬听了也忍不住笑，心里多少宽慰了些，仿佛就等着哪个人这么交代似的。等她走开时，王老三的声音又追了上来，对了，下回还是送碗汤来尝尝嘛。

韵芬头也不回，还有下次！

一路上，韵芬也拿不准王老三说的到底有没有用，她没有听过有谁要去埋一条残蛇的，像过家家，她担心王老三是不是想要她，然后到处说，看她的笑话。

韵芬走回去，在大路边就看见女儿坐在平台上吃一支雪糕，吃得那么悠闲，好像之前那蛇连（连，方言用语，表程度。例句：“这个人连没有意思”，意为：这个人很没有意思。）没有在她心里留下一点阴影。韵芬心一沉，匆匆走下去问，蛇头你丢哪了？

女儿狐疑地扫了女人一眼，明显流露出不快，她不明白母亲为什么要揪住这个不放，女孩说，怎么，你想玩啊？

这分钟韵芬越来越确定女儿真是随老汤，说出的话能把人气炸了，自己还不觉得。韵芬急得冒火：我问你话，你甩哪里了？

女儿翻了个白眼，又用白眼的尾巴示意了一下楼下的排水沟，不用找了，冲都冲跑了，你去江边找吧。说着女孩朝缓坡下的河谷望去，这里所有的水沟都朝着江水的方向。

韵芬心里一乱，快步踱到门口的垃圾桶旁，想看看蛇皮是不是还在，可胶皮桶是空的，还有被水冲洗的痕迹，桶底汪着一层水，干净得都不像一个垃圾桶了。

垃圾你也倒了？韵芬失望地问。

面对女人一连串的奇怪表现，女孩只是快速把雪糕的最后一块刮进嘴里，似乎这才是最最重要的事情，我不倒难道等你啊，你自己不是说闻都闻不得？都给你弄干净了，还要怎么样？说着，也不等韵芬认可，女孩一下起身，进屋去了。

你什么态度！韵芬觉得女儿连这个都要和她作对，平时懒得可以，今天倒这么懂事，懂的不是时候！韵芬恼火，女儿的主动表现完全打乱了自己的计划，正当她不知该怎么收场时，院子里突然传来一个小孩亢奋的声音，我踢，我踢死你这个大蛇头……

韵芬下楼了。

这个点正是院子里孩子撒野的时候，五六个小人围着什么东西兴奋地跑着，一会儿东边倒一会儿西边歪，沙土地上拖出了一道道痕迹。韵芬从楼道里现身时，一个稍大些的男孩正抬脚朝地上一个黑乎乎的东西猛然踢去，韵芬都来不及喊住，男孩就出了脚，一坨黑乎乎的东西立即起飞，韵芬根本来不及躲，胸口就像被什么东西咬了一下，韵芬“哎哟”了一声，等她反应过来，才发现脚下落着的那个血肉模糊的东西，不是个蛇头又是什么？韵芬蹲下去瞧，那蛇的双眼都鼓突出来，张开的嘴里落满了土，一些说不清是血还是黏液的东西附着在蛇头被剪掉的部分，韵芬这才弹起身子，觉得自己又要呕出来了，作孽哟。

男孩们没有动，韵芬就用兜里的手纸把蛇头包了起来，包好了，韵芬才开口问那排看上去傻眼的孩子，这东西哪里来的！

没有人吭声，还是踢了这一脚的男孩怯怯地指了指她家楼下的方向，水沟那里。

韵芬满意了，走之前还不忘教训一下这帮小子，蛇头不是用来踢的，你们不晓得去踢球吗？

为了不惊动女儿，韵芬把蛇头团在了手心，这样女儿就不会注意了。进门，女儿正戴着耳机端坐在书桌前，也不晓得是在听英语磁带还是流行歌曲，韵芬不动，这才听见女儿在轻声哼着什么，还是歌！韵芬忍不住抱怨，正经东西不听，一天只晓得听这个，你要考音乐学院吗？屋里的女孩没有搭理女人，脑袋还随着节奏一点一点的，很是自得。韵芬就不再说了，她手心里还团着那个黏糊糊的家伙，短短时间，那层手纸就被什么浸湿了，韵芬感觉整条手臂都要抖起来。

韵芬走到平台上，舒了口气，蛇头失而复得，是个好兆头。韵芬顺手把蛇头丢进了脚边的一个花盆里，她必须让手先空下来，剩下的就是找蛇皮了。

韵芬很快从屋里拿了一把火钳又拎上了门旁的垃圾桶，一路走得飞快，生怕人撞见。垃圾堆不远，在通往学校的大路边，与小卖部的方向相反，那里原是一处平房，拆了才成了垃圾堆。韵芬庆幸，再晚一点，天就要黑了。韵芬屏住呼吸，走近垃圾堆，她料定女儿倒垃圾肯定只倒在边上，死丫头才不可能给你掼得远远的。等走近，韵芬才傻了眼，今天的垃圾尤其多，看来几天没人清理了，一整座垃圾山上又分布着东一堆西一堆的小垃圾，根本分不清哪一堆才是自家的。

韵芬骂起了留守处那帮吃干饭的。

只能蛮干，韵芬放下了垃圾桶，拿火钳在一堆堆垃圾上快速翻拣，可没翻多久，后脚就有人来倒垃圾了，是隔壁栋的一个熟人，那人远远看见韵芬在垃圾堆边薅来薅去的身影，还没走拢，就略带兴奋地喊起来，哟，韵芬，什么宝贝倒掉啦，现在来找。这一喊让韵芬呆住，杵在那里都不知该怎么回答了，只好等着来人靠拢，说，一个小东西，没什么。那人觑她一眼，小东西才难找，要不要帮你打手电啊。韵芬笑说，你帮我回去拿呀。这么一说，也就过去了。来人还算好心，用力把自家的垃圾甩得远远的，这样就不妨碍在近边翻找的韵芬了，那人说，那你继续，我让你家姑娘来送手电。说完笑着走开了。

韵芬这才注意，天是有些发黑了，那些杂乱无章的垃圾渐渐变得模糊，难分彼此，韵芬只好调动全身更多的注意力，争分夺秒在逐渐收紧的光线中去翻找更多的垃圾，到明天，就更没戏了。

韵芬要把眼球鼓破了也没有见到蛇皮的半分踪影，这是韵芬第一次用心地把精力花在一堆垃圾上，如果她有心，会发现大家的生活质量都不高，这或许能给她带来些许安慰。可眼下，韵芬火急火燎，薅垃圾的动作明显变形，几乎只是用火钳胡乱地扫过垃圾表面，不是她多了一个心眼，朝垃圾堆外围看了一眼，她会永远错失自家那堆谈不上更出色的垃圾。

韵芬气得笑起来，死丫头真会倒，倒垃圾也没准头。韵芬在围墙外侧一丛斗鸡草边上发现了女儿倒的垃圾，那里有一堆裁衣服剩下的小碎布，不是自家的又是哪家的？怪道找不到！韵芬顾不上身边的臭气和嗡嗡作响的苍蝇了，快速在那堆碎布中挑出那些一面白一面已经发黑的蛇皮，短短时间，蛇皮特有的纹路就消失殆尽，看上去像一截截自行车胎皮了。

韵芬恨自己不能早早看这么一眼，不然哪会被人奚落。

韵芬做贼一样回到门口，来不及喘口气就思量起来，埋在哪里是好？总不能埋在路边林子里吧，这时候韵芬可不想钻什么林子，院子边上也不行，被人撞见又该怎么解释？韵芬没想到为了王老三一句话，自己竟折腾了这大半天，浪费了一个本来美好的傍晚，想到这，韵芬简直恨起自己来，为什么要听王老三的，都是自己作怪！恨完了自己，韵芬又恨起王老三来，这个瘸子不是个好东西，一个小卖部老板整天读什么书，想考状元吗？妖里妖气！跟着，韵芬又恨起老汤来，什么时候打电话来不好，偏偏这时候，不是冤家是什么！恨到这里韵芬也就找不到人可恨了，她独独把女儿放过了。

韵芬坐在平台上，看天真正黑下来，四野的虫鸣比往日更加汹涌，只是听来竟不觉得吵了，这时候起了风，风从河谷地带盘旋而来，带来了丝丝凉爽，韵芬突然有了些惬意，恨完了该恨的人，心中的气也就消了大半。她看着垃圾桶里的蛇皮，又盯着花盆里的蛇头，那包纸已经散开，蛇头黑漆漆地摊在那里，眼睛里死灰死灰的，再射不出光来。

韵芬一下有了主意。

那花盆大小合适不过，原先种着一株三角梅，说起来还是王老三的老婆连芳送给自己的，可韵芬对莳弄这东西没有耐心，一度花开之后就任那花自己死掉了，如今盆里连草也不长一棵，土也像是死了很久。

韵芬说干就干，花盆里的土果然板结得厉害，韵芬费了不小的劲儿，每铲出一点，就把土块碾碎，碾得那么用心，想让这硬成疙瘩的土活过来似的。等盆里的土快被掏空时，韵芬才把蛇皮和蛇头填了进去，蛇皮被韵芬卷成了圆盘，一圈又一圈的，蛇头就放在圆盘正中的位置，这么一来，盆里的蛇就像复活了一般，韵芬不经意也被吓了一跳，手中的铲子掉地，“当”的一声，屋里立即传来女儿机警的声音，谁呀？韵芬回答，你娘。

韵芬双手合拢，嘴里喃喃有声，要怪你就怪我吧，不要找我家姑娘啊。等韵芬把土一抔抔填上时，才发现碾碎的土竟多出了许多，韵芬索性全部堆了上去，堆出了一座小小的坟包的样子。

庞羽　女，1993年3月生，大益文学院签约作家，中国作家协会会员，毕业于南京大学。曾在《人民文学》《收获》《十月》《花城》《钟山》《天涯》《大家》《作家》《北京文学》《上海文学》等刊发表小说40万字，小说被《小说选刊》《小说月报》《长江文艺·好小说》选载。作品入选《2015年中国短篇小说》《2016年中国好小说》《2017年中国短篇小说》等年选。获得过第四届“紫金·人民文学之星”短篇小说奖、第六届紫金山文学奖、《小说选刊》奖等奖项。入选21世纪文学之星丛书2017年卷。已出版短篇小说集《一只胳膊的拳击》（译林出版社），《我们驰骋的悲伤》（作家出版社）。

说人话

庞　羽

嗨，朋友们，我一直想和你们说一说金泰勋的故事，但总是没法下口。金泰勋不是那种一句话能说完的人，一段话也不行。对，用古代文学课上的词语来说，他是一个“句读”，那种能让人的生命旅程做一个短暂停留的人。说来也巧，我也是在古代文学课上认识他的。

金泰勋的出场方式如同他的名字一样，耀眼又朴实。那时我们正在听朴老师讲《离骚》，突然前门啪的一下子响了。一般来说，迟到的学生都是偷偷从后门溜进来的。然而金泰勋并没能入乡随俗，发扬中国人优秀的上课传统，他顶着一头黄色的鬈发，泰山不可挡般地打开了前门。一整个教室的人都在看他，朴老师也放下了教棒。金泰勋似乎意识到了什么，用手中的书挡住了脸。那是本中文书，封皮上印着粉色的大字《你离闷骚还有多远》。

那本书究竟讲了些什么，我记不清了。反正金泰勋一战成名，顺便带动了当当网这本书的销量。听我上铺的兄弟说，这本书能让我们真正地做一回女人。我不知道具体怎么操作，但我崇拜上了金泰勋。敢大摇大摆闯开朴老师所在的教室门的，我们届就他一个。后来，金泰勋的古代文学课还是及格了。我们一起撸串时，我问他怎么过的，他说简单，我追问他怎么简单，他耸耸肩，咀嚼着一大块肥中带瘦的羊肉：说人话。

要是论说人话，我上铺的兄弟褚亚子是一把好手。我们都叫他鸭子。这个称号十分贴切，他可男可女，尤其在兄弟们需要女人的时候。我们毕业那时候，褚亚子还哭得稀里哗啦，说什么舍不得我们。我调侃他，做鸭子，没有真感情的。褚亚子捶着我的肩头说，你有金泰勋了，你忘了我们了。

事实上，毕业过了近两年，我还是没有忘记他们。他们也没忘记我，无事一起魔兽，有事一起海底捞。南京的海底捞人山人海，我们都是让鸭子拿号，再一起约个地方桌游。桌游玩一下午，海底捞就到号了。反正哥几个都熟，我就捎上了金泰勋。刚开始，鸭子还有点生气，后来吃了几顿，都成了裤子里掏鸟蛋的好哥们。鸭子生气不仅仅是因为金泰勋得宠，还因为他不是我们中文系的。大学时，学校图省事，让艺术系的和我们中文系的一起上公共课。鸭子还唠叨过，要不是艺术系的，谁敢对德高望重的朴老师这样啊。

我来多一嘴，我们宿舍四个人，王国、余至宝、褚亚子，还有我。我们关系都不错，分居在班级名次的倒一、倒二、倒三、倒四。不是我们不努力，是别人太努力了。还好，虽然大学里我们低分通过，但总算都找到工作了。王国去了报社，余至宝当了语文老师，褚亚子在一家影视公司写文案；我比较幸运，误打误撞考了公务员。谁让笔试第一拉肚子，笔试第二大姨妈呢。这是一方面原因，还有个比较现实的原因：我是男孩，178厘米的个子，长相周正，家境不错，看着脾气也好，被局里一把手领导看中了。一把手家里是个女孩，成绩不好，送到国外念书，过两年回国。我父母对此挺满意，我倒是没话说，年轻时总是喜欢过几个女孩的，后来分了，觉得爱情不过如此。如果照这种安排好的生活过下去，26岁看见62岁的模样，一样的生活过上一万个日子，想想有点不甘心，但这就是人生吧。某一次我们深夜撸串，鸭子喝得酩酊大醉，靠着撒满尿渍的墙壁上大哭："这就是人生吧。"我不知道他为什么哭，王国别过头，余至宝捂着眼，我鼻子也酸了。

金泰勋对此有不同的看法。说实话，这可能是异国差异。他是个韩国人，我没打算介绍，可不管怎么说，他就是一个韩国人。临毕业时，我问过金泰勋，将来去哪里，想干什么。金泰勋仰着头看着夜空：将来想去需要我的地方，做有意义的事。被他这么一说，我没话答了。这是以前小学生的梦想，而如今的小学生都比他时髦了。我点了一根烟，陪他一起沉默。隐约地，夜空上浮现出一颗颗遥远的星星。

毕业后，金泰勋并没有回韩国。当然，他也没有回去的必要。他爸现在还在深圳，偶尔在北京、上海、纽约、东京等地。我问他准不准备回深圳，或者出国什么的。金泰勋摇摇头，他把袖子挽起来，又放下，袖口整整齐齐覆盖在手背上。

"真奇怪，明明年岁增长，衣服却越来越大了啊。"金泰勋喃喃自语。

公务员政审时，我请金泰勋帮我说说好话。一来，金泰勋不是小肚鸡肠的人；二来，我也想让考官发现我的国际眼光，怎么说也是我们的友邦。金泰勋不负吾望，让考官赞赏有加，有一度，我怀疑考官看中的是金泰勋，而不是我。我建议金泰勋也报考公务员，又体面又有保障。金泰勋没有说话。我刚入职不久，金泰勋跑我单位看我，手里提着新疆的葡萄干、宁夏的枸杞，还塞了一包成都的麻辣兔头。我问他干什么来了，他挠着他的黄色鬈毛说，走亲戚来了。我笑他来了大姨夫。听说有韩国人来了，隔壁办公室的女同事纷纷拥了进来，对着金泰勋又摸又捏。还真的哩！办公室大姐惊呼。我抓了一把新疆葡萄干，把她们支走。

想通了，取经来了？我笑着问。

金泰勋抿抿嘴巴：是想通了，但不是取经。

想通什么了？

没意思。金泰勋一字一顿地说。你这样活着真没意思，早上的一袋茶包，你能喝一天，能有什么意思？

我耸耸肩：你可能不知道，茶道有头泡、二泡、三泡等名词，有的越泡越香。

金泰勋拆开麻辣兔头的真空包装袋，把兔头塞进了我的嘴里。

我吐了兔头，呸呸两声，问他什么意思。

金泰勋也耸耸肩：反正你们也喜欢吃猪脑。

关于猪脑，金泰勋闹过一个大笑话。那次是在鼓楼的一家海底捞，我喊金泰勋来聚餐。王国点了五份猪脑。金泰勋不知道这个粉嫩颜色的稠状物是什么，倒说这个豆腐挺好吃。余至宝喊来服务员，让她再来一份。金泰勋听到“猪脑”二字，嗖地站起来，脸憋得通红，跑出座位，谁知他被桌腿一绊，身子猛地倾覆下去。受这么一刺激，金泰勋哗地一下把刚才所吃的全部吐到了对面桌的锅底里。后来不只是他吐了，就连我，胃部都在翻江倒海。后来很长一段时间，我们都没吃过火锅。刚巧，鸭子跟的摄影组在拍美食纪录片，他打电话告诉我，他写文案写得自己快吐了，他人生第一次后悔生在中国。

金泰勋从我的办公室离开后，我握着这杯一袋茶包泡一天的茶汤陷入了沉思。前几天，朋友圈在疯传一条链接《第一批90后，已经老了》，里面描绘了各色各样的90后青年。我从没想过，我们还会有老去的一天。我们翘课、打架、作弊、追女孩，以为青春的岁月无穷无尽。说实话，就在两年前，我还以为世界就是我们的，王国获得了国际普利策奖，余至宝做了剑桥的旅居教授，鸭子闯入娱乐圈，和古天乐称兄道弟。那个时候，觉得这些是未来肯定会发生的事，甚至还觉得自己谦逊了一点，世界太小了。而就那么两年，我还在南京城原地打转，王国、余至宝、鸭子和我，也只能在海底捞吹吹牛，逞逞威风。王国说，肯定的；余至宝说，绝对的；鸭子说，那当然。说完，我们都陷入了沉默。我给兄弟们倒上一杯：将来谁出息了，不要忘了我们这群糟糠。必须的，三个人异口同声地说。饮尽，我们又陷入了沉默，火锅咕嘟咕嘟地冒着泡，啪地又破灭。

从一开始我就应该看出，金泰勋是我们的异类，是鸡笼中的兔。我的奥数征程就是从鸡兔同笼题开始的。一路上，我得了两三个奥赛一等奖，班主任说我是上北大的料。可惜有些奥赛是也属鸡，还是兔笼中的野鸡。我很快明白自己不属于最前列的那拨人，开始认真生活，认真谈恋爱。高二的暑假，我还经常给女朋友做抹茶大福。那女孩被我喂成了140斤，高考也没发挥好。我们在大学前的最后一个暑假开了房，又做了草莓大福、杧果大福、榴梿大福。后来我们分手了。大三时，我收到一个快递，里面是个食物礼品盒，装着6个满满当当的大福。我给了金泰勋一个，这家伙眼泪汪汪地问：你对那女孩说什么了吗？我耸耸肩，说我已经不吃大福了。那晚金泰勋给我煮了一包韩国火鸡面，我吃得涕泗横流，金泰勋又往我的面碗里添了一大勺辣椒面。

金泰勋后来的故事，还是鸭子告诉我的。我不知道鸭子何时和金泰勋好上的，但金泰勋的第二份工作，是鸭子介绍的。金泰勋的第一份工作并不是很成功，他毕业后，拒绝了他父亲给他提供的经理、总监、高管的职位，而是选择做一名志愿者。他在山区教学生美术，而山区里的人都不知道美术有什么用。听鸭子说，他挖掘了一个天赋很高的学生，想把他带到城里来培养，后来这个学生随他父母一起去温州打工了。金泰勋难过得和鸭子彻夜哭诉。鸭子说，虽然影视行业日夜颠倒、玩命赚钱，但也不可能像金泰勋这样日夜不分、透支生命，同时还赚不到钱。金泰勋没和我哭诉，我能理解，他有些事不愿意和我说了。在山区支教了一年多，没人把这位美术老师放在眼里。金泰勋回来了，和我们一起吃火锅、看电影。虽说金泰勋是个富二代，但他身边没什么钱了。鸭子介绍他当一名编剧，帮影视公司写剧本。

金泰勋的第二份工作以他和老板拍桌子对骂为结尾。具体鸭子也说不清楚，他也被那个公司的老板连坐了，项目尾款都没结清。在海底捞的烟雾缭绕中，我问金泰勋怎么回事。金泰勋耸耸肩：因为我想说人话。听他这么一说，我们哥几个一个也没吭声。过了会，我开始讲我们办公室大姐的花边故事，王国又扯到了娱乐圈的新闻，鸭子听着听着，把玻璃杯啪地一放，我们都识趣地闭上嘴。然而鸭子只是轻描淡写地说了一句：我去尿个尿。

那顿海底捞，我们没喝酒，金泰勋却醉了。他摇晃着玻璃杯里的椰汁，嘴里咕噜着一串串韩文。他说什么？王国小声地喃喃。余至宝闭上眼睛，小声地回答着他所能听懂的单词：妈妈，离开，寻找，背叛。到了最后，金泰勋的眼角泌出了两行泪。那次，我们的牛肚、肥羊卷都没吃完，却把服务员送来的椰汁全都喝完了。

在金泰勋对我失去某些信任之前，我已经掌握了他的故事。他是中韩混血，父亲在中国做生意，有一次去济州岛出差，遇见了橘子园工人的女儿，也就是金泰勋的母亲韩春佳。其实，金泰勋的父亲在深圳已有家室，但妻子久久不见怀孕。韩春佳生下金泰勋后，要求嫁到中国，但金泰勋的父亲舍不得妻子的家族福利，就这么拖着。最后，韩春佳来到了中韩边境，和一个卡车司机跑了。金泰勋说这些的时候，神情没有一丝触动，仿佛这就是应该发生的事，必然发生的事，所有人都会经历的事。我那时想，他肯定将这个故事反复打磨了很久，去掉边边角角，仔细精雕细琢，最后成了一块饱经血泪的珠玉。他小心地将这块珠玉给我看，我的眼前就这么亮了一下。我不知道该对一个蚌壳说些什么。

喝醉椰汁之后，金泰勋凭空地对火锅店生出了好感。他的第三份工作就是在海底捞端盘子。老板觉得他形象不错，一表人才，中文、韩文、英文都不在话下，最重要的是，他是一个韩国人，可以吸引不少卖点。我不知道金泰勋知不知道这点，但看他脚步轻快、满面春光地忙进忙出，我突然觉得这样的人生也是可取的。我们让他上两盘鸭血，他端来了；上一份猪脑，他也端来了。我感觉他正在逐渐接受一些他曾经不能承担的东西。这顿火锅，我们吃得很香，但滋味不是很足。王国要去北京政治培训一段时期，余至宝正为了职称求爷爷告奶奶，鸭子也蔫了。余至宝问我，你们局长认不认识什么学校领导？我苦笑一声。余至宝说我做了乘龙快婿之后就忘本了。我转移话题，问鸭子情绪怎么这么低落。鸭子哼起小调，是首韩文歌《无奈的爱情》。金泰勋被吸引过来，跟着他合唱。更多客人注意到我们。余至宝脸色晴转阴，收拾收拾，夹着他的皮包走了。王国斜靠着座椅背，耷拉着眼皮，似寐非寐。海底捞里，更多的人加入进来，有的哼调，有的打节奏。一瞬间，我触摸到了人生的空幻。

实际上，金泰勋的这份工作也没能持续太久。原因是顾客投诉。一对情侣过来吃火锅，男的去上厕所，女的在补妆。金泰勋径直坐在女孩面前，把桌上的一盘酥肉吃光了。男孩回来投诉了金泰勋，不是因为那盘酥肉，而是男孩回来时，女孩正在要金泰勋的微信号。我承认金泰勋是长得不错，和现在什么“小鲜肉”有得一拼，但当众给别人戴绿帽子，这不仅是邻邦友好的问题了。

我赶到肯德基时，金泰勋正歪坐在椅子上，面前是一堆鸡骨头。我问他怎么回事。他说他太饿了，那男孩浪费了整整一盘酥肉。这边肯德基也是，满满一盒翅桶，还剩下一半没吃，他把它们吃了。我问他是不是有什么心理问题。他说他正在帮助地球，海底捞的三个月工资，他分别给了非洲的饥饿儿童、中东的饮水计划、边疆的沙漠化援助。我去前台买了一个鸡肉汉堡，塞给金泰勋。

你又不是什么耶稣。我委婉地劝他。

金泰勋垂着脑袋。

你放过自己吧。我说。

我们沉默了很久。在我起身要离开时，金泰勋说话了：我以为这些是有意义的。

意义是什么呢？我坐下来，反问他。

金泰勋的脑袋垂得更低了。

意义是人们非要附加意义在上面的某种无意义的、空幻的东西。我说。

你能帮帮我吗？金泰勋仰起头，眼神让我心颤。

我带金泰勋做的第一件事，就是杀人。他太想拯救这个世界了，我必须让他杀人。我召集了我们兄弟四个，浩浩荡荡地往一家剧本社出发。

这是眼下最时兴的东西：剧本杀。每个人都有一个不同于别人的剧本，有人是杀人犯，有人是目击者，有人是共犯，但在剧本中，每个人都有把柄，杀人犯大都不止一人。而我们不能泄露自己的身份，同时在各人的辩解中，推算出凶手。

我拿到的剧本是一个目击者的自述，当然，我也或多或少有自己的打算和秘密。剧本中，死去的是一个老板，我是他的一名员工，而在案发时，我正在他房间的楼上。我顺着管道爬下去，想从老板房间里偷取我留在他那儿的把柄，却看见老板躺在血泊里，头已经没了。为了不招人怀疑，我又顺着管道爬了回去。

我们拼出了现场的地图，各自也抽到了证据卡。在一轮轮的辩解中，余至宝拿到的角色受到了最大的怀疑，他是老板隔壁间的应召女郎，和老板有一腿，案发时没有不在场证据。王国拿到的角色是老板的弟弟，和他有经济纠纷，住在他楼下，嫌疑也很大。鸭子是老板的前妻，住在老板房间的对面，也遭到了怀疑。金泰勋只是一个普通的宾馆经理，为整个剧本的人提供服务。

随着讨论愈演愈烈，余至宝已经说不出话来，在证据卡中，他的角色房间里有沾着血迹的刀具，我们基本断定他就是凶手。余至宝愣愣地坐在那里，看着我们七嘴八舌。第三轮证据卡发放，余至宝抽到一张卡。突然，他冲了过来，拎着我的衣领子：你就是个杀人犯！

余至宝扇了我一个耳光，王国和鸭子拉住了他。金泰勋坐在那里，似乎被吓住了。

余至宝哗地坐下地，把桌子掀了，证据卡散落在我们的四周。

你们条件比我好，你们条件比我好……余至宝喃喃。

最后，我们才知道，真正的凶手是金泰勋扮演的宾馆经理。金泰勋捧着剧本，依然一脸无辜地望着我们。他说，他不懂，明明白白、清清楚楚的一群人，为什么要互相指证对方是凶手，还撕扯在一起。说实话，我也不懂。我不懂我们好端端的五个人，却走向了命运的五个岔路口，从此越走越远，永不再见。

在这之后，我们五个再也没一起吃火锅。要么是我、鸭子、金泰勋，要么是我、王国、鸭子，要么又是王国、余至宝、鸭子。我们之间出现了无数个三角形。王国去政治培训的那段日子，鸭子跟着剧组去了西藏，导演让他写一出丧葬的戏，结果鸭子高原反应，差点交待在那里。鸭子被运回来时，只剩下了半条命，我拎着水果篮去看他，问他还有什么遗言。他松开肩膀，全身瘫软在床上：在死之前，他想知道爱情的滋味。

鸭子虽然不高，但长相还算清秀。在宿舍里，我们都把他当姑娘看。也不是没有姑娘向他示好，可就差那么一点。有时候，他还会替那些主动找他的姑娘转送我巧克力。

我开始在我们单位帮鸭子物色对象。鸭子频繁地相亲。有的姑娘嫌他个头低，有的姑娘嫌他工作不好。而在鸭子春心萌动的日子里，久不和我们联系的余至宝传来了爆炸性的消息：他结婚了。

余至宝娶了副校长的女儿，那个女孩很壮实，余至宝有点谢顶。看他发的婚纱照，我们还觉得挺配。余至宝的婚期定在5月18日，王国从北京赶回来了，鸭子推掉了几个剧本。

余至宝最后的单身之夜，我们谁也没有出席。金泰勋给每个人打了电话，说我们最最敬爱的朴老师，生命垂危了。我、王国、鸭子，从南京城的各个角落出发，来见朴老师最后一面。事实上，我们来到中医院时，朴老师已经陷入了昏迷。换句话说，直到死亡，朴老师都不会知道我们来过了。但我们依然悲伤，谁也不说话。我想起朴老师背着手讲《离骚》的样子，一阵春风从窗外漏进来，阳光照射出了他飞扬的金色发丝。想到这，我觉得我们的一生都系在这根发丝上，时而波动，时而明艳，从不知道命运的剪刀从哪里下手。

朴老师的心电图呈一条直线后，我们靠着医院外的墙壁蹲了一夜。金泰勋从包里抽出了中华烟。我们抽了整整两包。在我记忆中，金泰勋从没抽过烟。

那次迟到后，朴老师找过我谈话，金泰勋开口。我以为他会批评我，然而他却问我：你希望过怎样的人生？我却没有准备相关的答案，愣在了那里。

金泰勋对着墙壁掐灭了烟头：朴老师要我过我觉得有意义的人生。

送走朴老师之后，余至宝与我们都断了联系。我开始忙一个接一个的会议，文件起草、会议座位摆置、领导的添茶顺序，这些我十几年学生生涯里不必学的东西，却成为我赖以生存的本事。我们单位一把手的女儿在国外谈了个富二代，一把手有让女儿回来的意思，但女儿不肯，非要留在美国。我父母开始给我相亲，我本就不愿意，后来干脆带上了鸭子，两个男人对一个女人，看她瞧得上谁，多省事。有个相亲的女的还在背后说我是同性恋，带着自己的小男友一起来，给她难堪。为此我父母盛怒。我改变了策略，我坐女孩对面，鸭子坐隔壁桌，中途我去上厕所，鸭子开始他的下半场。说实话，我对相亲这玩意儿并不感冒。女孩一到了年龄，就急吼吼地要嫁出去，要求还不低，真以为自己是天仙似的。这世界哪有什么真爱，狗眼看人低、狗仗人势，都是同一条狗啊。

金泰勋再次出现时，我和鸭子刚结束了一场相亲。从餐馆里走出来，我们遇见了不一样的金先生，为此倒吸一口冷气——不同了，这味儿真心不同了。原来，他为了承继朴老师的遗志，发奋阅读中国古典文学，爱上了中国古代的梅、兰、竹。他现在就是“兰芝芳”品牌的南京代理，主要推销蜡梅味香水。

你别说，你还真挺像销售小哥的。我揶揄金泰勋。

金泰勋微微一笑，在我们身上洒上了蜡梅味香水。

你会让人误会我的。鸭子有点委屈地说。

我们从火锅店出来，相约一起去KTV唱歌。坐上出租车，我们天南海北地聊天。

一个急刹车，出租车前面停着一辆黑色奥迪，一个女人钻了进去。

师傅，追上那辆车！金泰勋摇晃着司机的身体。方向盘一滑，出租车抖了抖，司机不解地回望一眼，金泰勋从皮夹里抽出一沓红钞票，塞给司机：你只要追上那辆车！鸭子咕哝一句，我安慰他说，拍电影呢，中国零零七。鸭子知道我在开玩笑，但并没有表示异议，他的身体紧紧地贴在我的胳膊上，隐约地，我感到了一丝暧昧。我突然想起那个被我喂成140斤的女孩。听同学说，她回老家开了一家甜品店，做起了微商，日子很红火，孩子也1岁多了，只是现在估计得有160斤。我还是挺欣慰的，那年高考，我一直想着落榜了怎么办。我安慰自己，好歹我还有做甜品的手艺。那女孩实现了我的理想。

金泰勋的皮夹里，永远有一沓整齐的红钞票。金泰勋曾经告诉我，这是他给他母亲韩春佳准备的钱，万一哪天遇到了她，他希望能请她吃顿饭、看场电影，把她舒舒服服地安置在宾馆里。消失了这么多年，他仍希望她能过得好一点，无论是卡车司机，还是工农商兵，他都觉得她值得更好的男人，值得更好的生活。他经常和我讲他小时候的故事，他在济州岛橘子园里摘橘子、榨果汁，盛在水枪里到处滋人。韩春佳没有责怪他，说这些都是大自然的赠予，我们有一百种消解它的方式。

前面那辆黑色奥迪平滑地行驶了一路。我们坐在出租车里，谁也不敢大声说话。

奥迪的黑融入了夜。司机问我们现在怎么办，要去哪里。我观望着四周，两排笔直的杉树，周围一片寂静的荒野。

停车吧。金泰勋说。

司机没有踩刹车：这儿荒郊……

我说停车。

我们穿过了笔直的杉树林，来到了小山丘上。金泰勋坐下来，躺在草丛中。他哼起了《桔梗谣》，鸭子也躺了下来，跟着他一起哼。我不会唱歌，就躺着打拍子。快入夏了，草丛中有了蟋蟀声，树枝间跳跃着鸟雀的影子，夜雾起伏着，一点点星子从草丛中钻出，消失在无边无际的苍穹中。

你们知道吗？金泰勋开口，我生父不是韩春佳的初恋。在他之前，韩春佳都谈了三个男朋友了。一个是大学生，喜欢吃炸酱面；一个是公司职员，喜欢听白智英的歌曲；还有一个是赛车员，来中国参加越野赛时，连人带车失踪了。她说如果以后她去了中国，一定不是去找金泰勋的生父的，哪怕只是找到了赛车员的一根手指头，也比那个浑身铜臭味的男人强。

那你还会去找你的生父吗？我问金泰勋。

金泰勋嘘了一口气。鸟雀把天空划出了一道口子。

事到如今，怪谁呢？我叹了一口气。

只是岁月不仁。金泰勋说。

后来，我们一起唱歌、看星星，看着在我们出生之前就已经存在亿万年、在我们人生后面几十年还会继续存在的星星。夜雾弥漫开来。

后面的事，你们只能猜到一半。王国拿到了报社的外派名额，借调去了上海，他留在上海不错，回到南京也能升官。鸭子辞职了，原因是他跟了一个莫名其妙的剧组，一天醒来时，发现自己全身赤裸地睡在床上。他和我哭了半天，不知是男是女，更不知自己的贞操是否还在。我很久没有余至宝的消息了，只是听说他过得如鱼得水。

金泰勋去了深圳。他父亲给他买了一栋别墅，他一个人住在里面，拒绝任何亲戚朋友，也拒绝保姆进入。我能想象，他住在400多平方米的房子里，一个人喝水，一个人烧饭，一个人唱歌。我不知道，这样的人生，算不算得上“有意义”。

现在想想，金泰勋在人生的末端，终于实现了他人生的“意义”。可能是别墅装修得太豪华，没过一年，金泰勋被确诊了白血病。他放弃了治疗，把别墅变现，全部捐给了山区的孩子们。

我们都没能见到金泰勋的最后一面，但他不会怪我们的。渐渐地，王国和我们也没了联系，鸭子去北漂了。在我父母的安排下，我要结婚了。我突然想起，我快三十岁了，金泰勋应该也快三十岁了。

新标 New Standards ///

韩东 1961年生，毕业于山东大学哲学系，现居南京。中国当代著名作家、诗人，“第三代诗歌”的标志性人物。写作诗歌、小说、剧本，导演电影、舞台剧。著有诗集、中短篇小说集、长篇小说、剧本、随笔集等四十余种。大益文学院签约作家。

主持词

韩　东

小安是诗人，也写小说，并有长篇小说问世。小安的小说和小安的诗一样，洋溢着某种本源性的光华，这和她不可多得的天赋有关，也和她的职业以及经历的生活有关。对于这类本源性的作家在我们的环境中被忽视也是题中应有之义，尤其是这类作家写作的小说。换句话说，就是对这类作家的社会激励机制严重不足。因此，能坚持下来的人少之又少。小安大约是一个例外。小安是天才诗人，在小说写作上更是瑰宝般的存在。实际上，离开了写作的本源性、原创性，一个时段的文学天空装饰得再繁花似锦也是败絮其中。在这意义上我强烈地推荐小安的小说。

小安　女，写诗和小说多年。当过军人，护士。

创作谈：我的小说写作

小　安

写啥子呢。我就随意放开来吧。

过程是这样的：我是最先写诗，继而写小说，再而写诗，再写小说，再小说和诗交替进行，小说用的时间更多，看起来多么忙碌。

我写诗很晚。写小说更加晚。不是早慧的人。内心当然佩服在七八岁、十一二岁就写一整本书的人，如兰波、张爱玲等（我没爱过兰波的诗，也没读过张爱玲的小说，为什么？莫名其妙，或愚蠢偏见吧）。他们，她们，对于文字开悟得早，是真正天才。我年少时可能想得多，没有写出来，不知道如何把想法落实到具体的文字上，最早写了一些日记，普通的日记，记录每天生活中发生的事情、吃饭、交往、情绪、看法、天气之类。

总之我写诗很晚（我觉得我整体是一个诗人），写小说更晚，20多岁写了第一首诗。

既然开了头，又读了一些书（主要是国外的诗人对我起了开窍的作用，如一本《美国现代诗选》），学习别人，知道一点点诗该怎么写，确实有许多技巧。然后就慢悠悠地写，一年写几首或十几首诗，没有写其他（如随笔、小说），写诗以后，不再写日记了，我不是勤奋的写作者，甚至非常懒。我特别想写的时候才写，灵感来了，我坚信真的有灵感这东西，它随着人的衰老减少。灵感来了我会记一笔，有时在半夜，有时在清晨，一两个句子跑到我的眼前来了，不是大脑，是在眼前，我会反复记住它，然后用笔记录在一个本子上，笔和本子一般放在我的床头，黑暗中，我有时懒得开灯，迅速写在笔记本上，写完不影响睡眠。过后，有时过很久，我查看时，那些像线条一样的字形，我能猜出是什么意思，继续把那首诗写完整。现在不用这样的方式了，有点感觉时写在手机上，虽然更方便，每天都疲惫，没有距离感和兴奋。我以前写诗、故事，像看到了那些句子、字符，在我的前方一两米远，我会特别专注把它写下来。

就是这样子，慢悠悠地写了一小本诗集。

2008年以后，我开始写第二本诗集，每天或隔几天写几首。同时写一本小说《我们这儿是精神病院》。四年时间，把它们全部写完，没读什么书。没有时间啊，找些理由，如为生计奔波，又喜欢吃喝玩乐，热闹，觉得自己很忙，好像时间不够我花。

我以前写诗、小说，喜欢最简洁的方法，甚至不写完整，没有封闭式结尾。可以说，有意识被训练过，去除一切花哨的词语语法文化。有一个都不行，必须修正，不使用陈词滥调。现在无所谓了，烦琐也没什么不好，但是不要密不透风得喘不过气来，不要陈旧的句式和翻译腔调，看到那样的句式，我本能会反感不读。

我读过一本评论的书，作者提到卡夫卡的原著，语言是有些磕碰的（哈哈哈，我觉得自己也是这样的，磕碰，这和性格太内向有关系），被翻译成英文后，变得非常流畅了，加进去翻译者的意义，一对夫妻译者，那就加进了两个人的意识。我没读过任何外国人的原著书，不能知道它本身有多么好。

有些书翻译过来，走样了一点，我还是能感觉它们的棒，伟大的作者太多了，如洛尔迦。我喜欢的诗人，他是忧伤、欢乐和直接混加，在整首诗的末尾拖下长长的声音，影响我，如惠特曼，他诗句的情绪让我很想学，似乎没心没骨，鲁莽，宽阔，又细致，欲望多和情意绵绵，当然没学会，如黑山派的诗，记得那种简洁超然物外。如顾城的短暂，神奇，任性。年轻时候很多人影响过我，博尔赫斯，黑塞，简·奥斯汀，我喜欢她小说里乡村的人情世故，我自己生长在乡下，乡村里的人、环境、习惯，总有相似之处。甚至很迷恋过乔伊斯，或意识流的方式，很多年前，我完全模仿他写过小说，太难，没写完。包括中国当代诗人，他们，她们，非常厉害，影响我，有些是在一瞬间，一两个句式。

我现在有点喜欢写作了，很喜欢写小说，我几乎每天码字。写小说让人感觉做了一件大事情，第一文字多，第二要假装结构一下。再说一次，我决定写得烦琐，比较稠密，啰唆，甚至严肃道德一点。依然使用最简单的文字组合起来。

大概小说（节选）

小　安

12

其实，我也每天都做梦，我曾梦到过很多人，大人、小孩、总统。最早以前，爱梦到动物，如蛇、狮子、老虎，我被它们追杀，我在房梁上跑，在悬崖绝壁跑，在高楼大厦间逃跑，在水田里跑，想飞又飞不起来。现在不做这样的梦了，是我老了跑不动了，还是我自己变得强大，可以秒杀一切动物？我梦到人，从来没有梦到过一个皇帝。皇帝太遥远了，他们都在历史里，你没有经历过，不知道怎样做梦，如果你每个皇帝都梦到了，你才真不得了，相当于你在每朝每代生活过，亲自演一遍历史。照顾她的人说完，问，我们再抽一支烟？说到这些历史，想抽一支烟，刚才说天启皇帝时，我就想抽一支。我说，你抽吧，我不想抽了，身体有点闷。她自己点一支烟，打火机不是很好打燃，她甩了几下，又把那个小扭扭到最大，突然打着了，火焰蹿起很高，几乎飘到眉毛，额前的头发着了几根，散发出一小股臭味和微弱的吱吱声。你把火开得太大了，我也这样遭过，比你凶，烧到眉毛了，很长时间都缺一小块。她说，抽烟的人都有这种经历吧。我说，关于历史，你知道得很多。我是一团糨糊，书，看了也是白看，从来没有理清楚过。她说，我只是感兴趣，没有其他爱好，看多了以后，觉得历史也没啥了不起，它会越来越短。她用拇指和食指比一个长短，然后凑拢。历史越来越短，最后就没有了，彻底消失，一切变化太快了，你完全还来不及看一眼。你说得很玄妙。她说不是玄妙，本来就是这样子的。文化也会消失，它是没有用的。

我昨天做了一个梦，还有其他很多很多梦。我昨天做的那个梦，我觉得是她今天生病的预兆，但是，梦到了，也无法改变事实，你不知道恶果会发生在哪里。那你现在可以讲一下，虽然已经毫无意义，我们可以混时间，我是不怎么做梦，一觉到底。你很幸福。

我梦到，我又回医院上班了。在病房里，忙得要命。一直忙到下午五点，双脚不停地跳。该五点半下班，五点钟来了两个病人，我把他们安置在床上，一个轻点，也不一定轻，表面上轻一些，因感冒，发烧39度多，久咳不停，给她测体温，输上液体，她很安静，还不算麻烦。另一个病人脑袋里有严重的病灶。也给他输液。用根粗输液管子一端连接输液架，一端直接伸到脑子里，脑袋上开一个小孔道，液体和药物流到脑子的病变区域。那个病人六十多岁，非常烦躁不安，他扯掉输液管子，我去给他安上，他又扯掉管子，如此反复几次，我给医生说了，医生给加了安眠药物，效果不是很理想。我跑去跑来忙，还要处理一般的病人，眼看六点过了，接夜班的人来了，我还没写交班记录。我给她口头交代新病人以及重病患者的情况，我们一起到床前交接，她看了脑袋里有病变的重病患者，因用了安眠药，稍微安静一点。另一个患者，她虽然安静，但很悲伤的样子。我说，这个病人要重点防范，一直发烧不退，怕她病情恶化。她答应着。我说，来不及写交班记录了，你给我空起，我下半夜来补上，我上深夜班，半夜两点去医院。

照顾她的人说，你好辛苦，白天忙碌一天，半夜还要去上班。我几十年，都是这样上班的，没有办法。她说，我猜测，你第一个病人，脑子有病变那个，预示了她的生病，会好起来，这是你的主观愿望，她也必定会好起来，对吧？我说对的。第二个发烧咳嗽的人，预示的谁呢？就是不知道嘛，我做梦可以，哪有通天彻地的本领。不管是谁生病，我们最好不要感冒了，还有给整理房间的大姐也说一声，让她给她的弟弟也说一声，他弟弟给超市里的人也说一下，超市里的人给买东西的人也说一声，不要感冒了，不要去人多的地方，天气变化大，记得添加衣服。这样不就传开了？怎样给整理房间的人说？直接说啊，就说你做了一个不祥的梦，不知道预兆的谁，好像大家都有份。

好吧，我去说。我走到整理房间的人身边，给她说了我做的梦。让她小心不要感冒了。她说，我这样劳动出汗不会感冒的，静坐不动才会生病。那你给你弟弟说一声，让他给超市里工作的人和去超市买东西的人都说一下。她说，我没时间，你看，我这么忙。我做的梦很重要，必须说出去。等做完了事情再给他说，那不是就晚了？不会不会，反正在今天一定说。好吧，你要记得哟。

我不能逼迫她马上给她弟弟说。我又坐回沙发上，给照顾她的人说，大姐根本不信我，她认为荒唐且子虚乌有。她说，是有点荒唐，翻翻《周公解梦》可能还有人相信。我说，不需要《周公解梦》，我自己都能解。整理房间的大姐还说，一直静坐不动才会生病，她说的我们吧，可我早上才去街上市场走了一个小时，不然怎么知道有人杀蛇。啊呀，是不是预示的杀蛇那个人，我们怎样通知他这个梦的暗示，他说不定已经不在那里了，假设他的生活是流动性质的。

13

只好下一回，我们现在出不去，必须要陪着她。明天或者以后，我们到街上去，碰到杀蛇的人就给他说清楚。你的意思，让他不要再杀蛇了，你做的梦，明天不是过期了吗？问下整理房间的女人，她认识不，让她去通知他。可以问。我没起立，大声问，大姐，你认识街上一个杀蛇的人不？一个男人。她没听清楚，跑出来，你说啥子？我说你认识街上一个杀蛇的男人么，好像还有老婆孩子与他在一起，他们把蛇杀了后，炖成汤，卖给路过的人，味道还很香。大姐说，我见过他杀蛇，但不认识，可能是外乡人吧，家在大山深处，我家也在大山里，他比我的家远很多，几乎不通公路，他们出来要走几个小时的山路，才能搭到汽车，到镇上来。她又说，我没有吃过他的蛇汤，我不敢吃。我说，没事的，没说你吃。她说，厕所已经快做完了，接下来，先做厨房还是客厅？

照顾她的人说（以后改称为我妹妹，为了方便。因为她是我妹妹，也许都是我，女性，喜欢历史，京戏，修理家具）厕所做完了，先做客厅，再做厨房，一会要炒菜。整理房间的女人答应着。她回到厕所里。

只有改天出去找杀蛇的人了。我妹妹说，你只能劝说，不能强迫别人，你那个暴烈脾气，越说越激动，害怕打起来，我们打不赢他的，还不知道他有没有同伙。我说，真的啊，说不定他们就是从山里捉蛇出来卖的，而不是恰巧碰到一条蛇在路边上迷路，那咋个办？这是他们的生计了。我妹妹说，你不让他们杀蛇炖汤卖，那他们去做什么呢，估计什么都不会。我说，是的，他们不会做家务劳动，不会修楼房。我犹豫了，还去不去劝说呢？我妹妹说，不去了，管他们的，也许山里蛇太多，生态平衡，须要捉一些来杀掉。我同意你的想法，不能因为我一个梦而断了别人的生计。那到此为止，我们不说杀蛇的人了，让他们自生自灭，从山里来回到山里去。我心里还是不实在，我的梦就这样化了吗？对，你想化就化得掉，你是做梦人，你有这个权利。我念了几句咒语，呜呜呜呜呜呜呜，我说，化了。

我还有其他的梦，很多很多，都存在脑子里，你要不要听？她说不听了，我今天听见过两个梦，都神神秘秘的。以后你再讲来听。

我们现在做什么？我妹妹说，看看外面，出太阳了没。她再次跑到阳台的窗子边，脑袋伸出去，朝外面观察，我觉得无聊，跟着她一起朝窗子外面看。她说，出太阳了。玻璃窗反着太阳光，有点晃眼睛。其他楼房里的人出来活动，老人和小孩子多，大声喊叫。我妹妹说，那两个我们熟悉的老年人，又手牵着手走出来了。

我们，还有生病的她，以前散步时经常碰到的一对老年人。她一直很羡慕，每次碰到都要站住说半天，互相夸奖，衣服好看啦，脸色好看啦，有福气啦，儿女怎样。她真心想和他们说话，年纪都差不多，他们说话时，我就朝前走一段路，活动身体，或看别的人的样子。路上人多，都在散步，早晚各一次。我早上不走路，她说空气特别好，可惜让你睡过了。我妹妹有时起来得早了，陪她一起走路。他们说话时，我看老夫妻中的妻子并不是很开心，表情勉强应付她，也许她不愿意她和他们聊得太久，她只想他们老夫妻手牵手一起走路。我给她说，你们聊什么，那么久？她说聊儿女，病痛，还有钱，老年人钱多才好过。我也觉得钱很重要，以后碰到打个招呼就行，不要说那么久。她说，为何呢，我觉得都是老年人，很亲热。我妹妹说，等她嘛，只要她开心就好。我们牵着她又朝前走，路上人多，一条公路，大家都在上面走，要出镇，到山林里，这是必须走的公路之一，我们一直走到树林边或挨着大山处，才回头走。我妹妹说，山林里有城市来的人自己去采蘑菇，接山泉水。我说，我们不去，荆棘密布，害怕划伤，踩到蛇和其他动物。我们一次都没去，泡茶用超市卖的矿泉水，吃菌子就到市场上去买。

太阳出来了，我妹妹说，以后，等她的病痊愈后，可以走路了，我们再去散步，和那些散步大军。我们现在，把衣服洗了吧。还有顶楼上晾晒的被单，她吩咐过，要重新洗。

14

我妹妹（之前称照顾她的人）牵着她率先离开阳台窗户，我跟着她离开。楼下那一对老夫妻，早就不见人影，他们会走到大山边上吧，至少要走两个小时。我们从没走过那么久，不能走太远，她（生病的人，此后称为妈妈或母亲，依然是为了方便，我自己写时，理得清楚，不会她，她，她的，混淆起来）力气不够。我们最多走到湖边，或一个小山坡那里，就得回头走，不然她身体会出问题，走不拢家。这次生病就是累过头了，心脏用力过多，心力衰竭。

我们离开窗户，我去把其他房子的窗户全打开，让美好的阳光都照进来，房子里明亮得很。这是个好地方，下雨以后，很快天空就放晴了，太阳立马出来。我走到妈妈睡觉的房间，把窗子也全部打开，太阳光照在她的床上，被子上，一大块一大块的光，她的床头上也有一条长方形光斑。她睁开眼睛，我说你没睡着吗？她说没睡，养了一会儿神。你睁开眼睛，眼前没有转动吗？她说没有了，终于停止住，你不知道旋转是多么可怕，你不能控制脑袋，身体，觉得要转到无底深渊里。我说，你好起来就对了。刚才，我们看见你的好朋友夫妻又去散步了。好羡慕他们啊，身体好，老夫老妻。我说，你好了就可以找他们一起聊天散步了。人总会生病的，不是这个病就是那个病，你肯定会好起来的。妈妈说，这倒是的，我这次整得有点凶了。她想起来解手。我说，还是躺着稳当，起来走动摇晃，很危险。我妹妹去拿了盆子来，放在她的身体下，我们扶着她，她费很大的力，才解出来。我们扶她躺下，用毛巾擦她的手。她说，解个手，太麻烦了，不安逸。我妹妹说，你要喝水吗？她说要喝。我妹妹给她倒了一杯水，她缓慢喝下去。呕吐了后，她说，嘴里都是苦的，想再吃一块巧克力。我妹妹把杯子放回茶几上，又拿了一块巧克力给她。我一直在床前站着看。她的脸色红润有光泽，她把巧克力放到嘴里，她说，真好吃。

我给她说，太阳出来了，天气好，我们听你的吩咐，要去顶楼上把被单收回来，重新洗过。她说好的，你们去嘛，不用担心我。我妹妹说，我一个人上去就可以，你把其他脏衣服，脏袜子，找出来，一起洗过。我说，我们一起去吧，顺便再抽一支烟，看看天空和远处的风景。

15

我们穿上外套，又整理头发，搽润肤霜，刚才一阵乱忙，估计都灰头土脸的。我妹妹把烟和打火机拿上，我说对，这个很重要。又去给妈妈说，我们上楼去了，有啥子问题，就大声呼喊，喊整理房间的大姐，一直喊，直到把她喊答应。她说，我知道，我没有痴呆。我妹妹又去给整理房间的女人说，请她关注一下病人，我们在顶楼，有啥子情况飞速跑上来。她说，要得，你们去吧。我们到门口，穿上皮鞋，皮鞋上有许多黄泥，外出走路沾上的，没来得及清理，经常是妈妈清理，择菜也是她择，她做得细致干净，不怕花时间。不管什么神，保佑她快点好起来吧，我这样想，自然双手合十。我妹妹说，你又走神了。我们从楼梯走上去，7楼上去就是楼顶了。

我们上到楼顶，我在前面，我妹妹在我后面跟着。我说，你以前是不是也是这样跟着我走，一直跟着，我不记得了，你在我面前晃。她说，哪个跟着你耍，你天天不言不语的，毫无乐趣。我自己好耍得很，我放牛，狗跟着我，我逮鱼，捉鸟，砍柴，日出日落，看冰霜雪雨，山洪暴发，和男生打架，把他打哭了，妈就打我，一打我就跑，快乐得很。我那时好同情你，天天挨打挨骂。我还觉得同情你呢，傻乎乎的，话都说不来。我是不爱说话，有时还藏起来，藏得很深，谁都找不到我，一整天不见人，我感觉不是这个家里的人。你就是神奇，活宝。

顶楼上亮堂堂的。太阳把地面的雨水晒干得差不多了。我们站到房顶边沿，朝各个方向看。一栋一栋房子的楼顶连着楼顶的，其他人家也晒了衣服，被子，有些没人来收，晾衣绳横起竖起。我妹妹说，先抽烟吧。她拿出烟盒，我们一人抽一支，打燃火，深深吸一口。先看中间的天空，仰头看，碧蓝和深蓝，蓝得透透的，云比较稀疏，太阳不在正中间，斜在左边天空，眼睛不能直视，不然瞬间会被刺瞎。再看远处，正前方是镇子，白房子，黄房子，灰房子，有巨大的脚手架，还在修楼房，太远，看不到人活动。其他方向，看远了就是黑影，山。右手边，我们平时散步的方向，有村子和湖。山林最多，长菌子，下雨后出太阳，菌子都呼啦啦长出来。

我妹妹说，还要修很多很多房子，夏天，来度假的人太多了，有几十万吧。我说，这么小个镇子，突然来几十万人，吃喝住行，真不得了，路上都是人，人挨着人走路，感觉每个人笑眯眯的，平和谦虚。就像那昙花一现，等到天一不热就快速消失掉，房子和路都空起来，冷清得很。

我大喊了几句，对着远方，啊啊啊啊乱吼，好爽快。我妹妹没喊，她说太不好意思，微微笑了几下。我说，唱一段京剧，这个不野蛮，很正规的表演。她说唱不好。我说唱嘛，你唱得好。唱哪一段？随便你，唱你最熟悉的。她立刻就唱起来。粗嗓大门。我以为她要唱《贵妃醉酒》或《锁麟囊》。杨玉环醉酒，那，海岛冰轮初转腾，真是奢侈华丽娇憨。平时聚会，她和哥哥会哼唱一些，什么李胜素，张火丁，都是他们喜欢的青衣小旦，长得美。她唱了一段，停住，说唱不上去了。我说你唱的什么？她说，老生，甘露寺唱段。我说，唱得好听。她说哥哥还要唱得好些，他可以当票友。以后你和哥哥还有安宝珍，可以组一个班子了，我来敲锣。她说以后老了再说，现在忙得很。你也唱一曲，没听你唱过歌。我不会唱啊，“左倾”的，很左。我每次去KTV，只喝酒吃豆腐干，听别人唱，鼓掌和叫好，偶尔选一首歌，大声武气地唱完，坐下继续喝酒，再不唱了。她说，吼一下嘛，又没其他人。我说好吧，唱给你听。我大声开唱。我唱的《跑马溜溜的山上》，一口气认真唱完，嗓音特大，直通通的。一听我唱，她就开笑，我唱完了，她还在笑。我说唱得难听嘛。她说，唱得好唱得好，真的好，每个人都听得到，连镇上玩乐的人都听到了，停住脚寻找，连天上的云都听见了。我说，哪里传得了那么高，那是蓝天白云呢，我个子这么矮。你声音之洪亮，像在唱儿歌，全是平调，没有婉转起伏，你一平到底。我说我就是这样唱的，平平的，你笑安逸了吧？我很高兴，再唱一曲给你听。她说唱啥？唱“我失眠”。

“我失眠，我失眠，我夜晚失眠，白天也失眠，心口很难受，我爱金钱，我爱金钱，我天天都爱金钱，闪闪发亮的黄金，闪闪发亮的睡眠。”

你这个是谁唱的？王菲。不是的，王菲没有唱过。是安玩美唱的，唱给热爱金钱又失眠的安宝珍，祝她睡个好觉，得到自己喜欢的钱。我妹妹说，金钱和睡眠，安宝珍都会得到的。你唱出了民谣和摇滚山歌的混合味道，这次，天上的云肯定听到了，逃跑了，你看一丝都没有，天蓝如洗。

玩得差不多了，我们收被单吧。那边平台上，有人晒的红辣椒、菌子、野生药材，也没来收，可能人不在家，或回城里去了。我说，我们帮他们收拾了吧。收到哪里去？你家里。我妹妹说，那不就是小偷了，不收不收。太阳这么大，会晒干的。

我们一人拿一部分被子，床单，要朝下走。有几个人走上来，大人小孩，拿着帐篷之类的东西。我们互相微笑，避让到一边，就像来这里做客，谦让起来。我妹妹说，你们要搭帐篷吗？小孩子兴奋，大声说，就是，我们晚上就睡在帐篷里，看看星星和月亮，我有望远镜。大人说，家里人都来了，住不下。

16

他们选地点搭帐篷。小孩子跑到中间去，说搭在这里搭在这里。就是那个拿望远镜的男孩，只有一个孩子，他是很可爱的，大人说，有几个大人，老年人多，说话的应该是家里拿主意的，或男主人，买房子的人，男孩的父亲。就像现在我和我妈妈住在我妹妹的房子里，我是陪我妈来过夏天，她怕热，也怕冷，老年人啥子都怕，在这待久了，陌生小镇和每天兴奋地走来走去避暑的老年人，时间长一点我会厌烦，着急想离开。

男主人说中间不行，有水渍，潮湿，晚上万一吹风，帐篷被吹得咔咔响，会影响睡觉，四面漏风，又无靠山的，也很害怕。男孩不吭声，听了他的话，他依然是个可爱的男孩，举着望远镜朝天空看去。男主人选了一个地势较高，一面靠墙的地方，说，就搭在这里。我妹妹说，我们看一下他们怎么搭帐篷。她对这些修理，安装的事情感兴趣。我不想看，我没一点兴趣，即使我亲自睡过帐篷，在纯粹的野外，海拔四千米以上的山顶。我给她说，我报名参加过一个户外运动，到甘孜州的夹金山，从雅安进入。我特别买了一双骆驼牌登山鞋，只穿了那一回，太笨重了，爬山绝对好，脚不痛，也不潮湿。还买了冲锋衣，头套发套一起的，巨大的背包。我没背帐篷，那太重了，我背不动，新手被允许不背帐篷。其他人背得更多，锅碗瓢盆，炉灶，蔬菜，火腿肠。我背着巨大的背包，又长又高又宽，就像那些背包客背的那样。我们爬山，要爬到四千多米的山顶，我手脚并用，也不看其他人，没有多余的精力转动脑袋，爬自己的，贴着地面朝山顶爬，缺氧，张口呼吸，呼吸几乎窒息，哎哟哎哟喊叫，这样减轻胸口的难受，没办法，累死都不能停，爬到中途，有人如我一样，累得走不下去了，背包如巨石一样越来越重压在背上，感觉比这座山还重。领队说，有人需要援助不？这个声音真是如天使说话一样好听。立刻有一半人抬起头来说，每个人头上顶着一块彩色的布，就是头套，把头发也一起捆着。要得要得，快累死了。领队把那些牵马的当地人喊来，他们正悠闲地走着，就等我们快要累死时求救。我们的背包放到马的背上去，一下感觉身轻如兔子，身体也直立起来，几乎可以跑着上山。仔细看那山也不多么漂亮俊秀，到处开着一种紫、粉、蓝紫混合色的小花朵。在这个镇子上，散步时我也看见过，开在路边和向阳的山坡。后来我知道这种花叫格桑花，长在高海拔地区，光照足，它就有，开很长时间。

爬上山顶，很平整，趁着天没黑，领队吩咐立刻搭帐篷，选择青草又深又密的地方。我啥都不会，菜鸟一个，就去打水，捡拾干树枝，晚上生火需要。干树枝也不好捡，因为山高，没啥树木，拾到一些荆棘，堆在那里。然后，她们煮饭，吃饭，升起篝火，玩了一会儿，唱歌，如藏族人一样，围着篝火跳舞，做游戏。十点钟，大家都到帐篷里呼呼大睡了。本来是男女分开的，我们帐篷里睡三个女人。第二天起来，冷得要命。洗脸时水刺骨。她们又做饭，还泡了茶，太好了，滚烫的茶水，喝下去，我不停地说谢谢谢谢谢谢。他们收起帐篷，我穿上羽绒服，才不那么冷。吃完早饭，领队清点人数，我又背起我的大背包，随人群下山。现在没有马来帮助我们，我不吭声，只管朝前走，不敢问还有多远，一直走，停下是毫无意义的。走到山下，差点儿累得虚脱。后来坐车，各自回家。那些人，我一个都不记得具体长的啥样子，只记得自己累坏了。

我说，只去了那一次，只记得累得够狠。我妹妹说，那你只能算睡过帐篷，没有搭过帐篷。我说，肯定没有，机械的没兴趣学。你也不算驴友。一点都不算。那你是怎么联系上这些人的，肯定有人带你吧？是的，有个好朋友，劝说我去，给我报了名，交了钱，我也就默认了。我理论上对野外行动还是感兴趣的，我很想去藏地玩一下，从没有去过，西藏也没去过，向往得很。但是，我那个好朋友很不幸，他得了重感冒，不能到高海拔的地区，那是要命的。他说，你也可以不去的，他和领队熟悉，退钱就是了。但是，我已经兴趣浓烈，说，没事的，我很想去。他不再阻止我。

我妹妹说，你们从雅安进入，那条线堵得很，有时一堵就是几个小时。我说，我们走得很早，领队经验丰富，还顺利通过。都没发生点什么？男男女女，在野外，那种组织，据说很自由的。我说，也不算乱来，即使有，也是你情我愿，过后各自分开互不打扰。我妹妹说，你也乱了？我觉得我没有，不记得有实际感觉，累得要死，只想倒下睡觉，再说我一个人都不认识，话都没怎样说，和谁乱来？必须得有个过程，还有我因为缺氧，脸色嘴唇乌紫，头发蓬乱，愁眉苦脸，我自己都很不自在，哪个有胃口看得起我呢（此处绝对没有撒谎，也没隐瞒）。其他人呢？那些老队员，可能有互相好感的结对子吧。睡到半夜醒来，就开始寻找，约着看星星，生出一点浪漫的事情。据说，星大如斗，天空山岭很壮观，这也是那些驴友一次一次去野外的原因。可惜我睡得太死，当然也没人叫醒我。没有看到，可惜错过了，古代一样的天空，星大如斗。

我妹妹说，你还在高山顶上睡过帐篷，我从没夜晚在野外过过夜，我内心并不想那样，我胆子小，不喜欢刺激的事情，不像你，看起来老实本分，实际闷胆大。我没搭过帐篷，但我学得会，只要亲自看一下，我能完美地搭好一顶帐篷。看看他们会不会。那家人把帐篷的零件放在地上。

17

那一家人把搭帐篷的材料从纸箱子里拿出来，堆在地上，三个老年人翻看。比画，议论着，把杆子和绳子放在一边，拿起篷布，扯开，篷布的颜色是鲜艳的黄绿，他们比画一阵，想把篷布撑起来。当然不行，老年男人最没耐心，又自负得很，他以为自己肯定能搭好帐篷，拿着杆子，试了两三次，还是搞不明白。就说，这东西做得不合理，应该有种一看就能搞明白的帐篷。两个老年女人说，你搞不来就不要抱怨生气，放开手让年轻人来整。他把杆子绳子放在地上，篷布一直都在地上，他根本撑不开。他给年轻人说，也就是男主人，可能是他的儿子或女婿，你来整吧，我们不行。年轻人说，里面有说明书，照着说明书一步一步来做，实在不行手机搜索怎样搭帐篷，有详细的介绍。老年男人说，那多麻烦，看说明书也困难，手机搜索出来几十条，更要把我整晕，我不管了，只好你一个人搭。他喊那两个老年女人，现在光线透明，我们去看云，我给你们两个照相。

他们就到房顶边沿，对着远山，镇子，天空，乱照。做着各种姿势，飞翔，笑脸，舞蹈，妖娆等，十分喜欢。

年轻人对着说明书来搭帐篷，小男孩也有兴趣，他想学习具体如何操作，可能是年轻男人的儿子，他才那么有耐心。他看一条就给小男孩说一条，让他在地上找，如杆子，绳子，帐钉之类。

我和我妹妹看着，老年人照相，又兴奋闹腾，以为发现了什么新的蓝天白云，那么几个经典动作，多看几眼就没兴趣，我们自己都会做。我对搭帐篷没兴趣，我妹妹有，她很想参与，甚至拿起手机搜索帐篷二字。但年轻男人和小孩没有求助于她。我说，看来他们搞得定，走吧，我们耽搁有点久了。她说，等会儿走嘛，很想看看他们搭好的帐篷是什么形状。我说，下午上来看，他们又不会拆掉，晚上要过夜。

我们没打招呼，他们各自都在忙，以后应该还会碰到，上下楼，在电梯里，在超市，在散步的路上。我们离开顶楼，下去两层，回家，走到门口，脱掉鞋子，进门后，我妹妹还说，我刚才搜索到，他们肯定买的圆顶形帐篷，又叫蒙古包式。采用双杆交叉支撑，拆装都方便，也是现在市面上最流行的。但是，我就不明白双杆交叉支撑具体撑开是什么样子的，还有内帐外帐，之间，有多大的空间。我说，你真是迷进去了，下午去商城买一个回来，亲自搭装不就好了。她说，非常有理。搭装好了，我们也去顶楼露宿一晚，看看星空究竟有多么美。

18

我们进屋以后，我把手上的被单一起交给妹妹，她放到洗衣机里洗。她问我放不放消毒的水，我说不放了，本来洗过的，淋了雨，少加些洗衣液，清洗一下就行。她说开到哪一挡好？我说快洗吧，你这时又没主见了。她笑，说，我的脑袋不思考这些小事情。你是大人物脑袋，当个平民百姓浪费了。她说，就是呀，我至少能做个研究家。我说，在自己家里也可以做个研究家，研究地板、床、沙发、橱柜、温度、湿度、灰尘等等。她说，自己家里没有动力。洗衣机声音很大，你可以研究一下。她说，使用久了，自然损耗，修理也没意思，白浪费钱，最简单的方法是买个新的。我说，好方法，新的好用又好看。

我去看妈妈，她睁大眼睛听我们说话呢。太阳照在她的床上，脸部白净柔和。我说，你好，妈，你的脸色粉白粉白的，如果给你的女儿一些就好了，我们就是美女。她笑了一下，开心的样子。我说，你的病已经好了。哪有那么快，病来如山倒，病去如抽丝，漫长得很。我说，你不一样的，不要听那些老早的废话，你相信好了它就会好。她又哼哼哼地笑。我说，你大笑嘛，张开嘴巴，像我这样，哈哈哈哈哈，大笑。我妹妹说，你又去逗她。我说，不是逗她，是让她大笑起来，病去得飞快。她听了我的，哈哈哈哈，大笑。没有我那么响亮，传到楼底下去。我希望传遍整个小镇，一起哈哈哈哈哈哈哈大笑，驱除一种乌烟郁闷之气。我妈的笑声也传遍每个房间，把电视的声音盖住了。整理房间的女人也跑出来看，说，你们母女真好玩。我说，你也来大笑一遍，妹妹也来笑一遍。她们说，不和你一起张狂发疯。我说，笑嘛，真的爽。妈妈也说，笑过后，很爽快。她们听老太太都说了，各自大笑起来，笑的时候，头朝天花板，眼睛睁开，都笑得响亮。整理房间的女人，特别洪亮，好像在大山里，一遍一遍传开，一座山一座山传，最后传到我们的老家去了。中间没有海、戈壁、沙漠阻挡，肯定能传到我们老家去的。山连着山，好遗憾，我们没有在那里生活了，我们在这个完全陌生的小镇里大笑。我第一次来，这里大山更多。我和病人受感染，忍不住再次大笑。我妹妹说，眼泪都笑出来了。我妈妈眼泪也笑出来了。整理房间的女人没有，也许在我们大笑间隙，她把眼泪擦掉了，怕我们看见。我妹妹说，这下，才真的传遍镇子，传到大山里去。说不定有人在骂我们发什么狂。我说，骂就骂吧，我邀请他们一起来狂笑。整理房间的女人说，这样不是就惹大麻烦了。我说，不会的，你刚才不是笑得很开心？我妹妹跑到阳台上朝楼下看，看有人关注我们没有。我说怎样？她说，没有人知道我们在笑，楼下的声音更大。一个小孩子哭得声嘶力竭，一个老年人在哄他，没有哄住，哭声比我们的笑声大得多。

我说，我们再来一次，对着楼下大笑，把那个小孩子镇住。我妈妈同意，她说，我是想帮助老年人，小孩子横起来太难侍候了。我妹妹和整理房间的女人不干，她们说，这也太疯了，会影响其他人，说不定惊动物管或警察，告我们扰民。我说，那我们不做这个行为艺术了，放过那个小孩。

我们从妈妈的身边散去，到各个房间。整理房间的女人说，我要做客厅的卫生了。我妹妹说，你做嘛，我们到别的房间玩。我说，搜索一下要洗的东西。我们寻找。我说，凉被洗不洗，用过几次，还有几件外套。我妹妹说，不洗不洗，再等一段时间，一起收拾。我们主要把妈妈换下的衣服、内衣和外套洗了，还有脏袜子。我们在床底下、柜子里寻找，我妹妹找到一个银手镯，一本历史书，写皇帝的。她说，这银手镯全变黑了，我以为遗失在外面，后悔不已，却一直在自己家里，悄悄变黑。真是意外之喜。用牙膏擦拭，会变回来。她说要得，把牙膏抹在手镯上。我说多抹点。她挤了一大截，双手擦拭，走来走去。为了让开整理房间的女人，她把饭桌，沙发，茶几，一个一个移动。我没事情做，问她需要帮忙不？她说不需要，我一个人还要方便些。我就跟在妹妹旁边，指挥她怎样擦拭银子才会更亮。

19

银镯子，擦拭过的部分变白了，我跟在她的身边，指挥她如何擦得更亮。我亲自做过，我也有一个银手镯，银耳环，银筷子，或几个，有些是藏银，黑和灰黑、银白相间。藏银戴久了要断裂，脆性大，不是真正的银子，所以叫藏银，有些还镶嵌玛瑙绿松石南红等，一般也不是真货，这些都失掉了。那个真格的银镯子呢，也失掉过，找到，又失掉，又找到。它总在一个意外的时间和地点找到。如某天，我突然看不得家里的灰尘污垢，烦躁不安，必须做点事情。我清理书桌，书架，抽屉，地板，乱七八糟东西多不胜数。各样充电器，旧手机，收据，发票，老照片，纽扣，早就过期发黄的感冒药片，胃药，保健品，装饰戒指，耳环，多种样式的发夹，针，线，有时急需，找疯了都找不到，结果，它就在那里待着，在你的眼皮底下，安静地，也许还活动着，为了显示给你看。有些我看到了，表示惊喜，有些错过，永远没找到。我的银手镯，也是这样，反反复复失去，找到，失去，得到，又是几年没看到了，也许会永远消失，我的记性变得一天比一天差。

我妹妹使劲擦拭镯子，她说力量越大，镯子就越亮。我说，不是这样的，你要一般的力就可以了，多用点牙膏，反复擦拭，如果有那种专用砂纸，效果最好。你说废话，现在哪里去找砂纸。她两双手指有节奏地擦拭镯子，边走边擦，面带笑容。我说你是不是也乐乎？她说，你擦拭过后，镯子就由黑脏变明亮干净了，和银子一样的漂亮，当然就快乐哦。我说，还要牙膏不？整点来嘛。我也跟着愉快，我挤了一大截牙膏在她的手上，她说多了。不多不多，再擦亮些，比银镯子还亮。她说，你说的不像话，银镯子本身就是银镯子的亮度，我要是擦拭得比银镯子还亮，那就不是真的银子，加了其他东西，锡金。我说，主要是乐晕了，打个比方。我问她，你这个镯子是买银子找银匠打的，还是在商场里买的成品？她说当然在商场里买的，哪里买得到银块？我说，我那个已经找不到的镯子，就是买银块打的。你在什么地方买的？我邻居，特别爱喝酒的，他的爱人在纸币厂工作，说是能买到银子，开始我以为他喝酒喝多了，胡乱说的。但我每次看见他，他都这样说，他爱人在纸币厂工作，能买到金子银子，问我要不？我开始说不要。他说了超过六次，我就相信了。我还看见他爱人自己手腕戴了几个。我发现我周围的其他邻居也完全相信了，不问缘由，几乎人人买过。他又认识银匠，一起喊他打好了给我们。我买了一百克，打两个手镯，一只给妈妈，她还戴在手上，你可以去看她手腕。我们又走到妈妈的房间，她伸出手腕，说，是真的银子。我妹妹仔细观察，也说，看成色是真的银子，邻居没骗你们。关键是，纸币厂的银子，她哪里买得出来卖给你们呢，允许吗？我说，纸币厂总有人在做这个生意，你要买金子也有。我妹妹说，第一次听说这种事情，也许你邻居编造一个卖金银的说法，他的爱人确实在纸币厂工作，而银子金子是另有来源。你说的也有道理，因为，我们一直相信他说的，从没去追究过原因，我们周围的女人，几乎人手戴一个，戴几个。不管他了，买都买了，又是真的银子，做工样式简单粗糙了些。她把她的手镯擦拭完整，和新的一样。她说，你帮我拿着，我去洗手。我先戴一下，我把手镯戴在手腕上，有点小。我说，不如我那只沉重。我妹妹洗完手过来，我把手镯给她，她戴上去，正好，高兴昏了。她说，比新的还新。又和妈妈手腕上的那只对比。你看，我的做工是要精细得多。妈妈不说话，她不做评判。我说，差不多。她说，不能比，我的要精细些，价格都不一样。你在商场里买，当然贵许多，这样费那样费加起来。我妹妹说，不管其他，你必须承认我的就是要美丽些。妈妈只好将就她，说，是你的手腕比我的手镯更漂亮，更美丽，这样好了吧。我说，她在耍横。我喊整理房间的大姐来评判。她说她忙得很，你们总耽搁我，做完了，下午还要去跳舞。我说你来看看嘛，耽误不了几分钟。她只好也到妈妈的房间，三个人挤在一堆。她看了两只手镯，判断说，都是好银子，做工嘛，妹妹的确实精细得多，还有刻花。妹妹瞬间笑开。大姐伸出她的手腕，说，你们看看我的手镯怎么样？我们三个都去看她的手镯，有三只，圆棍形的，乳白色。我妈妈说，你的手镯才是真的好货。我妹妹立刻不笑了，说，我们的镯子跟你的完全没法比试，简直就是破铜烂铁，好羞愧。我说我也是这样想的。

我妈妈说，你的手镯是老货了，做工太好。大姐说，是结婚时，父母给的嫁妆，只有这些，再无别的。因为一直生活在大山里，不通外界，也就没有失去。妈妈说，好东西，宝贵，你要保存仔细，不要随便卖了。大姐答应着，说她一直很小心，她自己也喜欢的舍不得失去。她又去继续做清洁。

我妹妹说，小声地，我刚才还卑鄙地想，把她的银手镯买下来，占为已有。她肯定不会干，那是人家的传家宝。她的银手镯确实把我们震惊倒了。我问妈妈，你有过什么传家宝没有？她说，以前结婚，再穷的人家，也会给女儿一对银手镯。有钱的人，大地主，保长，族长，就给女儿全套金银首饰。你的银手镯呢？她说，也很漂亮，还有一套银项链，精细刻花，一起早就弄丢了，或卖了换吃的。我妹妹说，可惜。她又开朗地说，丢了就丢了吧，人还在就好。我说，你的那本历史书，还在地上躺着，要不要擦拭干净，内容都是讲皇帝的吗？妹妹说，如果你想读，把它清理干净，你不想读，就算了，扔了吧。那些过去的王朝，皇帝，后宫，恩怨，阴谋，知识，就那么回事，现在更惊险万分，我们正在经历着。我说，我不想读，我不喜欢历史，这个皇帝那个皇帝，我要整混，听你讲更直接，容易记住，你多看点，我们还可以争论。她说，历史都要消失的，自动消失，它终究毫无意义。

20

不要妄想会名留青史，或青史留名，那都是妄想，我妹妹说。我觉得她的说法很幼稚。她说虽然幼稚，是我真实的想法，不是引用别人说。过去嘛，很多很多年，交通不畅，信息闭塞，缓慢，人都不能遥远地走动和交流，一切变化过程漫长，很漫长。直到现在，突然一个飞跃，突然翻天覆地，人人都可以讨论宇宙，好像银河系，外太空凡人一眼就能看穿，一切都明显起来，摆在台面上，躲都躲不开。你在家里打个喷嚏，喝杯茶，你家的猫是公猫还是母猫，土狗还是牧羊犬，或你心情好坏，单身，恋爱，你的全部才能，你的朋友和非朋友都会知道了。因为你自己说出去的，有图片有语言，日期，你是躲藏不了的，也没法躲藏。一切飞速更替，历史会消失，只剩一个一个的超级瞬间，人们根本没时间去翻找过去的信息。那些隐士呢，比如，终南山上的，或峨眉山上的等等。哈哈，他们大多数不过是生活在那里，图新鲜，一时逃避失恋、失势的痛苦。真正的隐士他是隐不住的，总会被发现，也随时期待被发现。因为他做隐士就是有企图，到底会被追赶，照相，宣传，而为大众知道，我们不是就知道了吗？我妹妹一说到历史这些文化，就很激动，认为是她的新发现，她说，连我这个想法很快会消失，出现新的观点。不知道未来会怎样，觉得有什么力量在参与人类的运行（外星人？不止）。人，看起来一切都可控制，实际上很茫然。从权贵到平民百姓，对于发生的，真是莫名其妙就发生了，接受了，必须接受了。简直不能想象，想起可怕，悲观，过一个瞬间是一个瞬间吧。我说，你想多了，太宿命论，人还是很厉害的，天天乐在其中，也有激情和理想。她说，是的，我又不反对这些，人不乐在其中，又能乐到哪里去？翻天是个好说法，人就是想翻天，人存在的那一瞬，天在头上压着，就想翻上去，超过天，肯定会做到的，而且正在进行时。激情和理想，也是对的，必须，是人的先天就有的，一切都可以啊，恋爱结婚，挣钱，对，钱很重要，成佛成圣都没问题。她说我，你是一个迷信主义者。

不说这些废话了，毫无意义的想法，并不新鲜。我问她，人类会不会消失呢？作为人的个体，不完全会，与别的种类合作，合并，包括身体和生活方式。啊，这也太吓人了。想到我和一个未知东西合用我的身体思维，真的恐怖。我妹妹说，会习惯的，你都不会反应过来，你觉得你还是你，人的样子可能有些改变，或许成为昆虫或猫头鹰的模样。我说，不谈这个了，真的觉得悲哀。她说悲哀也没有用处。我问她，这个瞬间我们干什么？享受。具体享受什么？她说，抽支烟，喝茶，吃一个巧克力，苹果，梨子。她询问妈妈要喝水吗，吃苹果吗？她又请做家务的大姐吃巧克力，肯定饿了。大姐没推辞，她吃了一块。她说，你们好有文化，说的东西，我一点都听不懂。我妹妹说，不是文化，我们也没文化，和你一样生长在乡村。大姐说，还是比我懂得多。懂得多更没用，只会瞎想胡说，增加烦恼，失眠焦虑。大姐说，失眠确实不好，整天昏沉沉的，我妈妈就失眠，晚上不睡，满山遍野跑，停不下来，她说一停住，脑子就响，心慌，跑累了，还可以睡着几个小时。都不怕毒蛇野猪么，悬崖绝壁。她说不怕，失眠的痛苦让她啥子都不顾忌。我妈妈问，现在呢，她怎样了，还跑得动啊？疾病，她总是要关心，她正生着病。大姐说，不是路修好了，交通方便，送她到医院治疗，吃药，睡得着了，但人变笨了。我妈妈说，她也吃了一块巧克力，只要不晚上到处跑，年纪大，气力不够，害怕摔倒。大姐说，她天天在家里，吃，睡，坐，看住房子。

我妹妹说，吃药的缘故，人安全就好。大姐说，是的，有个守房子的人也好。我们山里很多家人都跑光了，房子空着，歪斜腐烂。

我们站在阳台上抽烟，客厅在打扫，不想给大姐造成障碍。有时去客厅倒水喝。我说，被单洗好了吧，我去看看。洗衣机果然停止转动，我把干净被单拿出来，放进脏的衣服，开始洗。我说，脏袜子只好单独手洗。我妹妹正朝阳台下看，太阳照耀着她和她手腕上的银镯子，果然亮闪闪，好看得很。楼下汽车都停满了，避暑的人该来的都来了。镇上的宾馆，饭店，商店都挤满了人。还有公路两边，种有玉米、豆角、南瓜、青菜，开着红花、白花、紫色的花。村子里的农家乐也住满了人，我们走路时，看见他们围坐在一张大圆桌旁，10人凑一桌，喝酒，吃饭，聊天，还有点羡慕。我问，大姐你们没整农家乐吗？她说，家在大山里边，离镇子很远，只好出来打工。

我妹妹说，我们又要把被单拿到顶楼上晾出来，太阳大，今天就会晒干。我也想看看那家人把帐篷搭起来没有。我说，你还念着搭帐篷的事情。她说是的。有很多人，开车来镇上度周末，避暑，也不住店，就在树林子里挂起吊床，车停在公路两边。

21

一家人，大人，小孩，老人，在正夏天，周五开车来，有些是大房车（四处玩乐），把车停在公路边，走进树林里，百年老树，也许几百年，树干笔直，杉树最多，水杉和红豆杉，还有松柏。地上没有多少杂草荆棘，可能已被清除干净。我，妹妹，妈妈，走路时看见他们，我们立在公路边上，先看房车，近距离看一辆房车，它还是很壮观的，有很多铁杠，棱角分明，四个巨大的轮胎，我们只能观望外面，车里面看不到。我妹妹说，房车大多是改装车，也有专门生产房车的。我们弯腰朝树林里面看，没有走进去。莫名的有种抗拒。树林里光线还可以，太阳从顶上穿透进去，一大块一大块的光斑，看得见有许多吊床，拴在树与树之间，地上有帐篷，各种颜色。小孩子躺在吊床上，喧闹，大人坐在石头上，仰头顺着树干朝天上看，或沉默地朝外面看。公路这边最近，另一边是望不到头的树林。因为树林里比较阴凉，暗，人在里面也给人感觉阴郁，他们身处其中可能不觉得。我妈妈说，不要朝里面看了，他们在看我们，这样不好。我说，没有什么不好的，我们看他们，自然是好奇。他们向这边看，不一定是注意到我们，不过是脸朝这个方向，这边有他们的车子，害怕车子被碰到了。我妈妈说，还是不要看了，朝前面走，走到桥那里，折回来，我又走得慢。我妹妹说好吧。我们朝前走，树林顺着公路延绵下去，但我们不再对露营的人好奇。我拍了许多相片，岩石，树林，苔藓，天，太阳。随意乱拍。拍到了一个陌生女孩，走路的人太多，人挨人，她的姿势和容颜，我拉近了看，又给我妹妹看，我说，太美了。算得上绝世美颜。我妹妹说，应该没整过容，四大美女也不过如此了，也许这女孩还要美一些。好羡慕啊，我们从来就没有这个机会，长得好看，做个美女，她运气真好。我也说，运气好。我妹妹有点兴奋了，跳跃式地走路。她跳上路边的岩石，又跳下来，再跳上去，跳下来。

我说，你也不差，聪明过人。她哈哈哈地笑，要让我重新选，我情愿当个大美女，什么都不想，什么都不做，就成功了一大半，立于先机。我说，你没听说红颜薄命吗？那是理论上说的，编造出来的谎言，哄骗这些怨女痴男。如今有几个是红颜薄命了，除非太白痴，乱折腾，不想好好活命的。我们走到桥那里，树林中断。同时有许多人站立着朝远处看。桥下并没有水，只是一条峡谷，斜坡，一边通到镇上。一边到远处就是山。斜坡上，当地人种上玉米，豆角，红薯，开着各色的花。可以看到一栋黄白相间的房子。我说，那栋房子还好看，静静地在峡谷里，是当地人修的吧。我妹妹说，不是住家的房子，谁会修在峡谷里，一般都修在高处，向阳的地方，我猜那是镇上的垃圾站。我说，你猜测得有理。坡上也开了许多格桑花，很艳丽，把其他的花都比下去了。我说，山在近处都是绿油油的，或各种色彩斑斓，为何到远处看起都是黑的，黛色？妹妹说，没研究过，也许山本来就是黑和黛色，搜索一下手机，有解释。我说，现在不搜索，不想去找出原因和结果，要搜索的太多了，我只是看到远处黑的山峰，随便问问。

在桥上，我给她们一人照了一张相，背景是远山，蓝天白云，一株格桑花。我们朝原路回去。我妹妹又跳跃着走，我也跟着跳跃。我发现其他人也在跳跃着，这是很鼓舞人的走路方法，情绪高涨。我们又看见树林了，忍不住再次朝里面看，我说，走进去看看？妈妈和妹妹立刻反对，不去不去。我一点都没坚持，我也不是十分想去，阴森森的。我妈妈说，有两个人搂抱在一起坐着，像什么话，孩子就在旁边。管他们的吧，我妹妹说，他们太年轻，情不自禁。也许是石头太小，坐不下两个人，只好抱在一起。妈妈说，旁边不是有很多石头吗？可他们不想分开坐。我说，是有点不像话，林子里有很多小孩子。

我们横穿公路，走到另一边，朝镇子那面。不再有树林。公路上，巨大的卡车开过，有12个轮子。我妹妹说，最大的卡车有多少轮子，24个？不知道嘛。晚上在林子里过夜，黢黑，还是很害怕的。他们应该有照明设备，有许多家人，晚上，他们可以喝酒聊天唱歌跳舞到天亮。喝酒聊天可以，唱歌跳舞太扰人了，把自己也扰着。我妹妹又说，夜里有没有鬼出来，吓他们？我看到有几个坟包，埋葬的是当地人的祖先吧。我说，可能没有多少鬼，现在人气太重了，鬼不敢出来活动。你总是想到鬼，可能鬼很爱你。她说，没办法，刻印太深。也没看见庙宇之类的，这个地方偏远，属于土家族居多，其次是苗族，汉族，独龙族……我手机搜索的。有没有人来建一个庙，整些香火，供奉佛和菩萨？或建一个道观，土地庙？都没有。如果他们不信这些，那他们信什么？

22

这里山高，人少，地势比较贫瘠险恶。那些庙宇，道观，自古以来都选在最清幽肥美之山势，要风水绝佳。或庙宇建成之后，经过长久的供奉，佛法僧熏陶，庙宇所在之地变得风水绝佳。这是我观察以后，自己认为是这样。妹妹又妄议一通。那么这里人信什么？我妹妹说，信巫术，蛊之类吧，书上有写的。还有信女娲，为何呢？这里有一个大石堡，据说一块大石头落在那里，悬着，要倒没倒的，当地人把它作为一个景点开放。所以，我认为他们应该信女娲。我说，你猜测的吧。我妹妹说，是的，女娲用石头补天，完全可能落下来一个，或多出来一个，落在大石堡，当地人发现一个奇石，或许就崇拜了，做成景点。我们哪天也去游走玩耍一番。他们可以给女娲修一个房子，供奉。这是你的想法，他们不讲究这个，这个石头作为景观，可能是汉族人搞出来的，与当地土家族人没啥关系。也有道理，可是这里各种民族居住，完全无关联，说不过去啊。

也可能这里孤魂野鬼极少，因无大的战争发生，瘟疫和地震不知道有没出现过。环境险恶，生活艰难，所以不需要任何形式的漫长的说教，巫术来得简单快捷，巫师同时兼做医生，他们会用草药，动物脊骨做药，最多的是止痛安眠。又是你猜测的？是的，但是有根据。你可以去问整理房间的大姐，她祖祖辈辈生长于此，知道的比我多。我说，不问，你说的这些她也不见得知道，何况，你都是乱猜测，想当然地认为。实际上，这里，很早以前就有佛教，道教，上帝，传授进来，他们也受了影响的。这里的人信奉多神教，各种神，土地神，灶神，火神，狩猎神，出门神，进门神，多得很。也会请巫师给亡魂超度。只是没有修建一个壮观的庙宇，神太多了，修不完。我刚才搜索到的。我妹妹说，你搜索你的，那些不见得就是真理，更暗一层的没有人知道，这个暗不是黑暗的意思，相当于暗网的暗，我们从没见过，任何时代都有暗网。既然我们在此地居住，大约了解一下，依据我自己具体生活后的感受，虚构议论一番，说出自己的看法，总是可以的吧，不要轻易来指责。我说大约可以，你的说法也很有意思，奇形怪状，我喜欢听，别人不一定认同。我不想别人的认同，又不是科学实验，搭帐篷，修房子那么精确。风俗，信仰，兴趣是可以根据需求变化的，看人的心理变化和时刻处境。比如，这个时候，我们两人说说，愉快，混时间。过后，换个时间地方，不在这里了，我又是另一种说法，这叫虚说。

就像我们说的鬼魂，有真实的感受，我们同时认可？我说是的，我们小时候亲自感受到，并被伤害了，生病，失眠，困苦不堪。我们认为是真实发生了的，别人可不这样想，他们会说，这两个人整天臆想出来，迷信，胡说八道。不然，抓一个鬼放在我面前看看。我说，我们确实抓不到一个鬼，它是滑溜溜的，也可以说是一种精神上的东西，或一股怨气，有时也有形状，如人一样，如牛一样。我们抓不住，就算你抓住了放在他的房间里，他也不会承认，他说，这根本不是鬼，这是一个女人。我们议论我们的，为何要让人相信什么呢？妄议也是有意思的事情，我们也可以选择不相信其他的事情。

我们再次走上楼顶，去晾晒被单。途中说了这些语言。我说，我们上个星期，走路时，看见路边有烧的纸钱灰，当地人还是信鬼神的。妹妹说，这不是当地人烧的，是来度假的汉族人，给遥远的亡魂烧的，正是七月半，各种孤魂野鬼都可以享受到，狂欢，包括地狱里的鬼，相当于活着的人给所有死去的人做的一次慈善，每年一次，七月十五日前后有效。我有空时，也会买些冥币，在路边的角落，烧一次，嘴里还念念有词，就那些话语，大家都说的，这些纸币、金币、银币拿去花，每个鬼都可以来拿走，首先给自己死去的亲人，其次才是陌生的。想怎么花就怎么花，赌博啊，喝酒，开店，买房子，结婚，旅行，和人间一样的。然后就是提要求了，保佑家宅平安，身体康健，儿女学业事业有成，多挣钱，买房买地，事情都是一样的，那一天真是阴阳同乐。不知道有没有人求个理想什么。经常地，我太忙碌，都要忘记，看见路边绿化地到处都是灰烬，只好对着虚空念几句咒语来弥补，对不起对不起。心诚就可以了，我妹妹说。当地人不会这样做，我看街上商店没有一个卖这些东西（香蜡钱纸）。

楼梯每天打扫得很干净，没有落下渣滓，我妹妹说，物管还是很好的，一个电话，还可以帮忙买东西，推荐这个大姐整理房子，吸引外地人来投资买房，消费，细节当然要做好。房子修得太多，这个镇子比有些县城还大。

23

昨天睡觉之前，我想到要写，我和我妹妹去晾晒被单，走两层楼梯，边走边天南海北地讨论。她说得多，我听和假意提问，我们再次上到顶楼，有个小门，推开，发现上面已经立满了人。我做了许多相关的梦，从高处向低处看，反复找电梯，台阶。照顾一个小孩，他又脏又臭，手拿一个布口袋，里面有他和他妈妈的衣服，也是又脏又臭，他还傲慢，不说话，他怎样消失的，是我主动离开那个客栈，让他各人住下，我走上另一个客栈的楼梯。梦是一个接一个地做下去的。

那么一会儿时间，雨过天晴，出大太阳，可以说晴空十万里，楼顶的人突然多起来，每栋房子的楼顶都是一样的情形，小块小块活动的人，地上还有阴影。我们走上去，并没有引起哪个人回头，他们在干么呢，晾晒被单，毛巾，衣服，红辣椒，中草药，各种野生菌子，地上被占领完毕，都被太阳照耀。空中的晾衣绳，还剩两根，我们也不说话，赶快抢占一根最长的，把被单展开，一人拿着一方，用力抖动起来，抖得十分平整了，晾在绳子上，又理了理，十分满意，我们都笑得很愉快。再看其他人，其他楼房顶上的人，行为都差不多，晒被单，晒地上的东西，晒自己的身体。站在楼顶边沿，朝天上，朝远处看，朝楼下看，拍照，大声呼喊，没有人唱歌，是不好意思吗？镇子在西南方向，他们也在谈论这个地方的风俗。和我们一样吧，买个房子，第一次来住，新鲜又好奇。两个男女，60多岁，他们个子比较矮，必须踮起脚尖才能看到远方。他们谈论，这个镇子比有些县城还大，修了好多楼房，宾馆，客栈，还不说镇子外，接近山里，当地人自己修建的农家乐，做生意。他们说，继续修下去，如果占领土地太多，山和树林没有了，失去它本来的风土人情，不安逸，全国好多地方都是如此，修建修建修建，破坏太厉害，政府应该控制一下。我们听他们说话，那女的朝楼下看，她穿了一身中老年女装，大红大绿大花，幸好头发是黑黑的直发。她说，站在高楼的边边上，朝下看，有跳下去的冲动。男的说，别看了，我们站到中间，我给你照一张相。我妹妹说，我和她一样，也有这样想跳下去的兴奋感。很多人都有吧，害怕又兴奋。

楼顶上很多人，有年轻人，老年人，小孩子，婴儿。年轻人穿着极短极短的短裤，屁股都露出来了。真凉快，夏天来避暑。也必须有情侣。

我妹妹，早就看到她关心的帐篷了。它已经搭好，不需要她出什么主意。她站在帐篷旁边，围着帐篷走动一圈，看清楚它的细节。人很多，帐篷的黄绿色，还是很打眼的，我妹妹说，它看起来好小，也很规整，里面还有枕头。我说，你想到的帐篷是电视里看到的蒙古包那种形式的吧？她说，是的，固定印象。她弯腰从帐门朝里面看，阳光透进去，明亮。她说，可以睡两个人，一个大人和一个小孩。睡两个大人也没问题。她想摸摸，看固定得牢靠不，晚上吹风下雨和打雷电，如果固定不稳，就太不妙了。我说，碰上这种情况你敢不敢在外面睡在帐篷里？妹妹说，不敢，胆子小。我说，我也不敢。至于帐篷的主人们，就在旁边，男孩子躺进去打滚。

帐篷也看好了，我们准备下楼去， 又瞥见一把椅子上坐着一个人，她在低头看书，不顾周围人的喧闹，当然，太阳也照着她。她旁边的椅子上，也坐着一个人，闭着眼睛，脸朝天。我妹妹说，看书的人吸引了我，不管怎样，我要去看看她读的什么书。她走到椅子边上，我跟在她后面。一本很大开的书。她直接问女人，你读的什么书？那女的抬起头来，把书递给我妹妹，我妹妹看书的名字《精神病学》。她把书翻了几下，动作幅度很大，又递给女人，那女的立刻低头读起来，不说多的话语。我们只好离开，正式下楼。我妹妹说，她为何要读一本精神病学的书？好奇，还是学这个专业的？还是家里人有这个病，需要研究一下？

都可能吧，或许她自己有精神疾病，你没发现她戴着一副墨镜？我妹妹说，没有发现，我只想看她读的书，现在读书的人好少。要是有人读一本诗集，读当今人写的，边缘人，不是古代的人，那不是更奇特，谁读这样的诗呢。

我妹妹又问，你觉得楼顶上有多少对情侣？没注意，夫妻算情侣吗？她说肯定算嘛。我说那多了，来这里度假的都是以家庭为单位，老夫妻，年轻夫妻，加孩子。单身的很少。

她静止一下说，大约有23对情侣，加上23个孩子，是35个孩子，再加上单独的比如像你这样，楼顶上至少有155人左右。我说，你在默算。来这里的人都很怕热吗？她说，怕。她自己不是那么怕热。我说我也不怕热。妈妈害怕，她心里有一团火焰，一到夏天，她就恼火得很，着急要坐火车来度假，和那些老年人会合，一起嗨。

我说，我昨天又做了些奇怪的梦，你要不要听？她说，可听可不听。

24

那我就说了。从哪里开始讲呢？最早的可以吗？我妹妹说，最早有好早？我说我们几岁时候，睡在一张床上，有床架，有搁板，挂着蚊帐的那种床，我那个时间做的有些梦还记得。也太早了，你记着干什么，赶快忘记。可是，我忘记不了。那你梦到啥？是慈善鬼吗？我说不是，我从来不在梦里见到鬼。我们在走下楼梯回家。我妹妹说，糟糕，刚才避让一群人，他们上楼梯，人多，急急匆忙的行为，我的膝盖大幅度扭动了一下，很不舒服，感觉使不上力。我说要不我扶着你下去。她说好，我手搭着你肩背就行。我在前面行，她在后面跟着。我说，你扭伤的膝盖可以不用力。她说我晓得。那群人也是到楼顶看镇上风光的吧，天气好，看得清晰。

继续讲你的梦吧。还是说最早的那个？没啥意思哦，很无聊的梦。你说嘛，我可能不会很专心地听，我注意力都在我的膝盖上面，怕再次扭到，难以恢复正常了。那我就开始说了。你这种口气，和妈妈讲什么时候一样。遗传，我刚才快速复制她了。

我梦到，我们才几岁，我六岁多，你四岁半，我们睡在一张床上，冬天，在下雪，样样事物都罩在雪里，最遥远的地方也在下雪，牛没睡觉，猫没睡觉，狗睡了。牛站立着，大眼睛张开，不知道看到了什么，也许看到了苍蝇。嘴巴一直在咀嚼食物，完全没有吃的，它把胃里的食物返回来，再次咀嚼，咀嚼完毕，又把胃里的食物返回咀嚼，就这样循环，直到天亮，它被带到地里工作。我妹妹说，我以为它会这样咀嚼一辈子，不可能，要喂它吃新的食物。我们睡的被窝暖和，很暖和，一点不想动，只要动一下，寒风就从一个极其小的缝隙钻进来。我们都没动一丝一毫，也许睡得太死。我梦到你遗尿了，而你并没有醒来。然后，我梦到山洪暴发，我们在水上漂流，洪水把我们抬起来了，抬得高高的，我们没有分散。然后，我也把尿拉在床上，我感到很羞耻，羞耻感至今还在，我不愿意醒来。不知道过了多少时间，你终于比我先醒，一摸，床全部打湿了，紧跟着，我也醒来，衣服裤子泡在水中。冰冷，觉得你在哭，雪并没有停下，下出声音来了，像酷酷酷酷这种感觉。我妹妹说，我们醒后，又干了什么，极其冷吧，冷得上下牙齿打抖，站立不稳，也不能睡觉了。我说，不记得后面的，不能冷死，找干净衣服换，把床单被褥全换过，总之，做了很多事情，不停地做到天亮。停下来就冷。还扫地，喂牛吃草，生火做早饭。我们把手伸到火尖上烤，烤得通红。火真温暖，温暖的火，超级温暖的火，到处都燃烧起一堆一堆的火，把我们包围在火的中间，不冷了，雪也可以随便下。

我们又走到家了，脱掉鞋子，进屋。妹妹坐到沙发上，马上揉她的膝盖。沙发歪在一边，茶桌歪在一边。整理房间的女人把家具都拖开，旮旮角角都要打扫干净。她把电视插座也扯掉，她说，上面有好多污垢。我妹妹说，你做得好，我现在可以开电视吗？她说可以啊。我妹妹打开电视。她揉膝盖，说，我们水漫金山后，挨打没有？我说那次没有，因为冷得发紫，她还是下不了手。

她（妈妈）喊叫，你们去了那么久，都干些什么？我说，顶楼上，有很多人，特别热闹，都在晒东西，看风景。等你快点好了，也带你上去玩，有一家人搭起帐篷。她说，有床，睡帐篷干啥。家人都来了，住不下。她说，飞进来一只蜜蜂，围着我转，就在眼里耳朵附近，我不停转动脑袋，它才碰不到我，飞走一下又来。你看，飞过来了，我讨厌它的嗡嗡嗡嗡声，一点也不可爱。来把它打走。我说好，我挥手去赶蜜蜂，风力不强，它在她周围盘旋。我妹妹说，拿个大东西舞动，毛巾衣服都可以。我拿起她床头一块毛巾，用力挥舞起来，嘴里还说，出去出去出去。妈妈也说，出去出去，滚出去，这里没有花蜜。蜜蜂乱飞一阵，飞到天花板上，又撞到玻璃窗上，有点混乱。我一直挥舞毛巾，我把它朝窗子开着的方向赶，它终于飞出去了。我妹妹一直盯着我们追赶和吆喝蜜蜂，她说，这里的人养蜜蜂的。大姐说，是我们的特产，都是土蜂蜜。妹妹说，刚才那只蜜蜂是误闯进来的，不是有意识要伤害妈妈，它飞进来，找不到飞出去的出口，只好发出高音，乱跑。

妈妈说，让它蜇一下，也是要中毒的，万一它的毒性很强，我本来生着病，莫名其妙又多一种病。我说，你说得好，我们把它打出去了，我们不该打它的，我觉得蜜蜂有点可怜，我刚才挥舞毛巾打它了，它没反抗，就像小时候你也打过我们，我们没有反抗。她说，你这是在气我嘛，让蜜蜂蜇一下，就是对的了？你是把它赶出去，没有打它，你也打不到，它轻，又飞得迅速。我妹妹说，她说得对，你没打着蜜蜂，挨都没有挨一下。你把你的梦也讲给她听嘛，寒风刺骨的那个梦。不讲了，主要是讲给你听的，本来是想好好乐一下，羞耻感一直没消失，当时，她又没打我们。妹妹说，我不同意你说的遗尿这两个字，太难听了，换掉吧。我说，这是最专业的术语。她说换成把尿拉在床上。也不对，好像我们有意识干这种事情，我们明明在熟睡中。

我还有许多其他的梦，都是精彩的，她（妈妈）说，我不想听。我妹妹也说，不想听。那听什么？大姐你说一个。

25

大姐说，我没有梦可讲，当天做完就忘记得干干净净，一个都记不到。我说，羡慕你，睡眠质量那么好。她说，体力活做得多，累倒了，没力气做梦，你们是闲人，问题想得多些，梦就做得多，做完，舍不得忘掉。我妹妹说，你说的好经典，确实是舍不得忘记，她要做文章。我说，孔子才是闲人，他才要做文章，他连韭菜和麦子都分不清楚。那是以前的人乱写孔子的。妹妹说，不过，他有可能分不清楚，韭菜和麦子最开始都长得那么像，细长的叶子，绿油油的，都种在地里。说真心话，孔子，他种过地，砍过柴没有？我说，应该做过，那是当时最基本的生活方式，难道全部是他老婆干活？他做过饭没有？我认为，他炖过羊肉，我在哪里看过他说的，喜欢吃肉，有肉就要先吃肉，再吃素。你记错了不？我说，有这回事情。即使我记错，是把那几个叫什么子的事搞混了，老子啊，孔子，庄子，他们的传说太多，古文又看不透彻，读了以后在脑袋里密密麻麻，他们就混在一起了。我妹妹说，我对他们不感兴趣，读得很少。整理房间的大姐说，你们说的，孔子，我从来没有听说过，是中国人吗？我说是的，中国古代的人，被称为圣人。她说，没听过，哪里有时间看古人的书，我们书都不读，看电视剧里演皇帝和贵妃吵架，贵妃和皇后吵架，都看不赢，每天还要去跳舞。我说，电视剧里皇帝不和皇后吵架吗？几乎不吵吧。我说读书，我们也是偶然读一点，混时间，你弟弟应该晓得，教科书里有孔子的文章，那是必学的，他是国家的圣人。我妹妹说，孔子也做梦不？要做的，他比我们厉害千万亿倍，他做的是春秋大梦。只有春天和秋天吗？是的，只有两季，春天和秋天，四个季节不知何时增加的。那，古代天气好，不冷不热，活在春暖花开、秋高气爽的天气里。我不知道，没在那里生活过，估计秋天就很冷了。我问妈妈，你知道孔子不？她说怎么不知道，我没学过他的书。有段时间不是要打倒他么，他又叫孔老二。妹妹说，是的，他在家里排行第二，所以后来大家称他孔老二，他又叫孔丘，孔仲尼。我说，孔仲尼这个名字好听，别致。妈妈说，他的名字也太多了，他又做不来事情，到处跑，乱讲话，难怪有人要整他。妹妹说，他是做学问和想做大官。我说，他本人可能是很好耍的一个人，想说啥子就说啥子，聪明过人。妹妹说，你喜欢哪个人，厉害，就说他（她）聪明过人。过人，就是在所有人的头顶之上。妈妈说，你们的爷爷年轻时还被人夸奖聪明过人呢，那些古书四书五经他都背得烂熟，可把真的书放在他的面前，一个字都认不到。这种读书方法叫望天书，坐着，背着手，眼睛望着天上，老师说一句，他就背一句，只有老师有一本书，学生都没有的，书太贵，买不起，老师可能都没有书，他也是背的望天书。爷爷一本一本书硬生生地背下来，却不会写，看着字也不认得一个。

妹妹说，这个倒是好玩得不得了，现在也该这样学习。除开文科，连方程式，图画，几何，物理，化学，先一本一本地背得烂熟，脑袋里一切都存下了，再开始照着书上学，极其容易。如背熟以后不想继续学习的，他也能样样都说得出来，或选择自己一眼看上，感兴趣的科目，就这样办学。我说，赞成你说的办法。整理房间的女人也说，赞成，他弟弟的书包里塞满了书，每天背到学校又背回来，许多是完全无用的。我妈妈呢，你赞成不？她说，只好赞成，你们三个已经说了，我又没读过书，在教会里，学习认得一些字，够用了。妹妹说，你还会识谱，唱歌，比我们都厉害。

妈妈高兴了，让我们把收音机拿给她，她要听福音书。我给她，她打开收音机，声音开到最大，都是各种方法赞美耶稣的，我们也跟着听福音，不敢打扰她，她的神情又极喜悦。电视声音关上了，只有整理房间的女人动作的声音。

26

我看她转着身体打扫，举高，趴底，任何角落都不放过，动作不是很重，物品轻拿轻放，因为妈妈在听福音，不能影响到她。我们也没要求她必须做到不留一点死角。我觉得，表面看起来干净就满意了。家里一切似乎在静止着，也不是，洗衣机还在转动，声音似乎也放慢了。我妹妹说，轻声地，再泡一壶茶，都凉了。我说好，泡壶花茶吧。她说，还剩有一点特级三花茶。平时，她是不喝花茶的。她说，只有成都人才爱喝三花茶。我说是的，成都有一个三花茶厂，老成都人只喝花茶，到固定的地点去买。甚至，我单位的同事都喝三花茶，从不换。我无所谓，有啥子茶喝啥。也有最爱的，绿茶，普洱。我去把剩茶倒掉。我妹妹烧水，一会儿就搞定了。我们又喝新茶，深深地闻，一股茉莉香味。拿个大杯子，给整理房间的女人也倒一杯。我说，趁热喝吧。她一口气喝下去，她说，很好喝，我喜欢这个香味。我说，主要是茉莉花香。没有给妈妈茶水，她专注地听福音书，不敢打搅。我妹妹说，所谓三花，不是茶叶里混合了三种花，是指茶叶的等级，特级花茶，一级花茶，二级、三级花茶。三级是最次的，花一律是茉莉花，有些品质差的，用茉莉味香精来调制。我们喝的是特级的。我妹妹说，我们为何喝的是特级，不是一级二级。我说，你家里这个茶就是特级的，没有一级二级的，三级的我们不会买，确实太不好喝。她又给大姐说，如果你喜欢，剩下的全部给你，只要你不嫌弃。大姐说，要得，我不会嫌弃，很高兴，拿回家送给父母喝。

她说话一分神，或者兴奋，差点把一个正在擦拭的花瓶落在地上打碎。她说，哇哟，好险。我说，没事，即使打碎了，也不会让你赔钱的。不赔钱，打碎了也不好，必须专注，一心不能二用。妹妹说，没事的，不是啥贵重东西，只是一个摆件。我们互相倒茶，热茶，确实提起精神。妹妹说，再抽一支烟。我说要得。她从烟盒里抽出两支烟，递给我一支，她点燃火。我说，我自己来点。她递给我打火机，我也点燃烟。我们又吸起来。我说，我想到你城市里那个家里，有个扫地机器人，我一年前，在你家里第一次见到扫地机器人，很是好奇，我一直观察它，还好吧。妹妹说，它很好，没坏。它在扫地时，你和它说话不？特别是你一个人在家里。妹妹说，不说话，不好意思说，说什么呢？什么都可以说。你好，谢谢，赞美它。不知道其他买扫地机器人的和它说话不。妹妹说，我没开口说过。一般都是，我把扫地机器人打开，它就呼啊呼地开始工作，每个角落都不会放过。我就像现在这样，坐在沙发上喝茶，抽烟看电视，它到每个房间去打扫。做不到的地方被什么家具挡住了，它会一遍一遍去，直到打扫后，好比，我脚下的位置，它没经历过，它把其他地方打扫了，过来，发现还是被我踩着，它走开去打扫其他地方，不能浪费时间和电，来了几次，我把脚抬起，它打扫干净，才不会再来。我说，你应该给它说对不起。妹妹说，现在还不习惯，我和机器人彼此都陌生，以后再说吧。它没电了，自觉地跑到充电的角落，房间里安静起来，我心里等它充完电，再次工作，好像一个人去上厕所了，我喝茶等待。我说，还是有意思，对家里使用的机器也会产生情感。妹妹说，时间长久了，会的，它有记忆或感应，发出声音。如果有擦灰机器人，也可以买一个，可能只有一只手臂或两只手臂。

27

一只或两三只机器人手臂，给你擦拭各样家具上的污垢，桌子，柜子，沙发，整理熨烫衣物，厨房里的各种角落，油烟，露台，飘窗，打蟑螂、蚊子，吓跑老鼠，这些小动物，生命力强悍得很，人类灭亡了，它们都还会活下去。这种机器人兼有多种能力，如爬高，在空中可以跳跃翻腾。它贴着墙壁朝上爬行，吸收墙壁上的灰尘，爬到天花板上，灯具上，挨个挨个清扫。你坐在家里，或站着，观看机器人怎样在空间里给你做事情，你语音指挥它，这里，那里，没有做干净，但你不能指挥得太快，它有它的一套程序，你如果整混乱了，它就会生病一样，乱动，乱叫，甚至不动弹，一个机器人就报废了。妹妹说，我一定要买一个全套做家务活的机器人，打扫，整理，洗刷一体。做饭就算了，不一定有我自己做得好吃，我可以多一些少一些调料，临时变化口味，一种菜变化出来多种味道。机器人可是定死了的，做的不高兴吃，我又不能责备它，给它差评，或和机器人大吵一架。她又说，她的一些朋友开车，根据导航语音提示走，走错了路，导航不能马上纠正，还在错误的方向导下去，等到自己警觉的时候，已经开出去老远，甚至开到死胡同里去。导航又给她重新规划线路，她不干了，停住车，和导航吵架，乱骂，以为是真人在导航，能够听到她的愤怒和骂声，要和她对骂，导航哪里能感应呢，她忘记了，那只是一个智能语音。她骂完，发泄足够，单方面宣布骂赢了，心里愉快，又再次导航定位，跟着提示走，再不敢粗心大意。我说，那倒好玩，和一个智能语音骂架，干这种事情的人还挺多。妹妹说，不知道世界上现在有没有这种多功能家务机器人，即使有，也可能贵得吓人，我也买不起。指挥机器人，是很愉快的，我喜欢机器类的东西，我还可以研究一下。我说，是很贵，一般人哪里买得起，等嘛，要不了几年，你就能买一个了，你不是有一个扫地机器人了吗？妹妹说，我知道。这样完善的机器人制度，整理房间的大姐不是就失业了？我观察大姐的表情，无啥变化，她没听清楚我们说的话，也许她不信世间有如人一样灵活的机器，只需一个手臂运动爬行就可以搞定家里的一切。我没问她，怎样看机器人代替她做事情。妹妹说，当机器人大量流行时，便宜如白菜价格，人工又非常昂贵了，成为新一代奢侈品，不要担心大姐会失业，只要她愿意做，因为大多数人都在耍，不需要做事情，游手好闲，街上都是边走边看视频娱乐的人，耍起也有饭吃，有衣服穿，做事情的人极少，大姐这样有真心的人一般家庭几乎请不起。

28

妹妹问整理房间的女人，你知道什么是机器人吗？女人没听懂她突然说的话，糊涂地看着我们，只看一下，几秒钟，她没时间愣太久。妹妹又问一句，你听说过机器人吗？女人回答，听说过。

我们很高兴和意外。我说，她听说过的，不要以为只有巨大地方的人才晓得。你在哪里听说过的？女人说，电视上，手机里，有些是假机器人，是人装的机器人，声音是动画片里的，长得就像人，我从没见过真的机器人。我说，我也没见过完全像真人的机器人。机器人有各种形式的，圆形，方形，长条形，长方椭圆形，人形，植物动物形状……你想要什么样的就生产什么样的。大姐说，牛的形状也有，猪的形状也有吗？我说会有。她说，我是买不起的，我自己做所有事情。妹妹说，买得起，以后人人都用机器人，就像你现在用手机电脑。她说，那就好了，我也许学不会使用，手机都不敢乱点，怕点死机了，用不动。妹妹说，我们也不敢乱点，跑出来许多陌生画面，广告，手机超载了，就会死机。她问大姐，你读过书吗？女人说，读过，小学毕业。不喜欢读书，看到书本就想打瞌睡，坐在教室里，脑袋里全是山，地，土豆，玉米，鸡鸭，猪狗，煮饭。放学回家要做事情，想一想的就睡着了，被老师叫醒好几回。熬到毕业，再不想读了，回家种地还自在些。妹妹说，你这种情形，不爱读书的人多得很，高兴不读就不读，认的字要得了手机就行，读多了也没用，没用，留给那些酷爱读书的人去读吧，帮你读了，你去爱好其他的事情。在我们老家有个人，过去被推荐去上兰州大学，当时二十一岁左右，他到学校大半年后，就自己跑回来，哭喊着不去上学。他不适应那种环境，和别的大学生相处不来，高级知识他绝对学不进去，痛苦得很，每天犹如在地狱里生活。他逃跑回家后，他的父亲不能接受，强迫他回学校去，亲自押送他回学校。他回去后，每天在寝室里睡觉，吃饭的时候才起来，洗漱干净，衣服穿得整齐，到食堂里吃饭，那时大学生吃饭是免费的。这样又混了一年多，放假也敢不回去，家里人不知道啊，学校又看不惯他了，让他退学。开始他不退，不理睬学校的命令，混一天算一天，想混到毕业，拿个文凭回家，让家人高兴。学校不赞同他的想法，直接给他处罚，自动退学。他没钱，又不敢回家，不敢出去流浪，还是睡在寝室里，有时白吃一顿饭，有时就饿。这样过完四年，当然没有文凭。他回到家，全身倒干干净净的，像个书生，就是很瘦弱。村里人都以为他读了不少书，要到城里安排工作去，等待了很久，他还在村里，每天也不做事情，吃饭，睡觉，睡醒后，在村里到处游荡，看云，朝霞晚霞风霜冰雪，有时带领我们一起看，站在山顶上，田坝头，很温和斯文的一个人，一看就像个书生，但是永远读不进去书。我现在觉得，他是智力有问题，低。整理房间的女人问，他没结婚吗？妹妹说，没结婚，有女人喜欢他的斯文外表，但相处一下，或睡几次，就跑了，不能和他结婚。他还在吗？在的，有六十多，比我们大十几岁。一直住在他家的老房子里，他的父母亲也死了，他有个妹妹嫁到外村，照顾他。他就一个人生活，每天还是吃饭，睡觉，看云，游荡。我说，他可能不是傻，是神游在外吧，不与我们这些人同步。妹妹说，他肯定有问题，经常傻笑，自己说话，还有点疯癫。

整理房间的女人说，可惜了，一个那么标致的男人，女人没福享受。我和妹妹一起附和她，同时大笑起来，三个人都心里色眯眯的，大笑，笑到妈妈听见。妹妹说，你们这里也说标致这个词，和我们那里一样的说法。整理房间的女人和我们说话，动作没停，拖地时，转过去转过来，我又想起扫地机器人，默默无闻地做。她拖到我们面前，我和妹妹自动抬起脚，她还客气地说，麻烦麻烦。我们说，是麻烦。做这么久，累了吧？她说，一点都不累，挣钱是不会累的。想起妹妹家的扫地机器人，她是不和它客气的，扫到她面前时，她脚都懒得抬，看都不看它一眼，等它一遍一遍地跑来。我说，你还是该对你家扫地机器人仁义点，和它说说话，感谢它做了那么多的事情。做完了，也说声谢谢。她说，没必要，它是我买来的机器，我可以研究。以后再说吧，如果它能回答我。我说，万一某天它真的回答了，你咋办？就吓一跳吧，然后打电话找生产商，问问。就像人生了病，打120找医生。我说，道理确实是一样的。

我们继续喝茶，偶尔瞄一眼电视。电视里在放购物视频，这次卖的是土砂锅，看起来不错，有几种颜色，我喜欢红色的那款。我说，可以买一个。不买，已经有一个了。妹妹马上回答。茶又喝白了，最多泡四次就不行，淡而无味。妹妹说，我们已经喝了四杯茶了。没那么多，给整理房间的女人倒了一大杯，实际我们喝了三泡茶。茶真好喝，我说。我对茶上瘾，走到哪里去，没有茶喝，再好要都无趣得很。第一要事，坐下喝茶，然后才玩其他的，看风景人情。妹妹说，是这样。她又想抽一支烟，问我。我说，随便你，我现在烟瘾没那么大了，可抽可不抽，酒瘾还要大些。妹妹说，你茶瘾也大，学会不长时间。我说，学喝茶才三年，之前一直是喝白开水的。喝茶也很花钱，除开茶叶，还有各种茶具诱惑你，壶、茶杯、茶桌、茶盘、水、烧茶的炉具……各种级别的。我说，已经开始了，每天在网上看茶壶和茶杯，看直播买这些东西，已经花了一些钱，目前最喜欢青花的瓷器。妈妈听说我花钱，她精神来了，她说，你又乱花钱嘛，你挣的钱不够你花。我说，没乱花，就是享受一下。我每次看直播卖瓷器的，那些做直播的人，不分男女，一律叫哥。有次实在不想让他们叫我哥，我说，你才是他哥他哥呢。那人马上说，对不起，弄错了。也没再问，改成姐、女士之类，怕再次弄错了，或行规如此。我又不好意思骂人家，我说，有啥好东西，要优惠多多的。直播的人说，会的，哥，我们一直都是不贵。他还是叫我哥。总之，男人女人，喊哥是不会错的。妹妹说，喊爷更不会错，有许多女人喜欢别人叫自己爷、爹，什么爷、什么爹。太难听了，我不喜欢这样，叫我安爷？不行，安姐或姐，通俗易懂平和，也不要叫安姐姐，好吧，安姐。

视觉 Vision ///

阿水　云南临安民间艺人，字水映、仲道，号云门画生。自幼受民族民间文化影响，热衷民族艺术。涉及绘画、音乐、书法、篆刻等。

阿水的画

邹昆凌

阿水画了一批风景画，都是写生的。这些画在色彩上承袭了印象派的色彩况味，少用黑色、棕色和土质颜料，所以他的画是明亮的，且在用色上，透视和对比明朗，所以画面的空间、明暗比较协调。阿水的画的内容有的画室内，有的画外光，也是近于印象派的操作法理的。这里说的都是他的长处。他的画有模仿凡·高画明显的痕迹，特别在《有梨花的房间》《太华晚霞》《清河边的洗菜人》等画里较突出。要知道，凡·高是风格画家，他可以说是独一无二的，由于他的风格太明显，而他的画风的形成是他的经历、文化取向、即兴和深入的天分，要真的学他，只能是一点表面，所以这点是很大的疑问。后印象派有三位大师，塞尚、高更、凡·高，唯一可学的是塞尚，他画面的取向是多元的，立体主义、强调本体的现代派，都从他那里汲取了营养，形成了现代绘画多角度的精彩。先前说到画家的模仿，塞尚仿过鲁本斯和普桑、凡·高仿过米勒和浮世绘，高更仿过日本版画，举例是不一而足的，但一般讲，最不能学的就是风格画家，如同国画家学黄宾虹一样，只是表面又表面而已，而抽象画家波洛克，也只要一个就够了，这点切记。其他流派画风则不一样。上面说到这些大画家都有仿学的经历，但他们都脱出来自成式样，所以画史才认可他们。所以阿水的画在画法上还是要思考再三，走向成熟。

另外，近代西画的画风，有波普式样流行，从大众走，这一点也无可厚非也有极成功者，而如霍克尼，他是自成体系的，且在传统技术上一丝不苟，文化的比配上也蕴含富足，所以这类风格也是别开生面的。那么再回头来说阿水的画，他是使印象派更连环图化，更浅显化，这点可能一时或晃眼人会被认可，但油画是有精神底蕴的，如凡·高表现性的作品《播种者》《葡萄收获季节》，以及很多精妙的构图，那是西方文化长久养育成的，所以我转过来说，是说阿水画里的文化感，不能仅在表浅层次，不能只是凡·高的凤毛麟角，而是要真正找到自己的语言。中国有些画家在长期磨炼中，独具一格，如林枫眠、赵无极、朱德群等，所以，阿水的画还有很长的路要走，这种说法都还算保守的，其实从他的油画的涂色方法看，也可以说很初步，而且缺乏灰色重色和色彩更神秘的意味，画面的意味是不够丰富的。看那些西方的大画家，从乔托、戈雅、委拉斯克斯，到毕加索、莫兰迪，他们的灰色都像宝石一样美，所以阿水的画，在很多方面都还须努力，尤其在油画文化的素养上。

阿水的这批风景画，在一般的大众群里，还是会有赏识者和商业价值功效。因为它的色彩是明亮悦人的，因为它反映的是亲和的民间生活，而且在凡·高的仿学中，它加强了线的勾勒和块面的应用，这些都增加了画面的明晰度，所以这些长处都是他的油画的所长，也是他有待发展的条件和可能性。

背稻草的人　布面油画　50cm × 60cm

清河边的洗菜人　布面油画　50cm × 60cm

滇池边的插秧人　布面油画　50cm × 60cm

夕归　布面油画　50cm × 60cm

村口　布面油画　40cm × 50cm

滇池湿地　布面油画

海河上的桥　布面油画　50cm × 60cm

太华晚霞　布面油画　80cm × 100cm

有梨花的房间　布面油画　30cm × 40cm

散文 Prose ///

陈东东 （1961— ），诗人、作者，现居上海和深圳。大学读书期间开始写作，著有诗集、随笔集十余种，近年出版的作品包括随笔集《我们时代的诗人》（2017），诗文本《流水》（2018），诗集《海神的一夜》（2018）、《组诗·长诗》（2019）和《陈东东的诗》（2019）等。

中南新邨

陈东东

一

翠绿的塑料手枪。还没有忘掉的第一件玩具。残留在意识里对它的印象，就像它早就越来越老化的半透明质地，黯淡，模糊，难免裂碎开来。好几回了，记忆被梦唤醒，恍惚我看见穿开裆裤的我，摆弄这把玩具手枪，摇响其中所剩无几的彩色弹子糖，在形状与之相仿的一个小套间渐渐幽邃的黄昏之光里。

位于三层楼靠东南位置的这个小套间，里面长方形的那间南北通，好似手枪的枪杆部分。钢窗的边框油漆成橄榄绿，朝向正南落地的两扇推开，外面是方方正正的小阳台，瞄准一棵从楼下院子里升至红瓦坡顶的玉兰树树冠。

那么进门方形的外间就算手枪柄。外间东墙有个接通里间的门框，北墙上一方木窗（显然是建筑交付使用后另行凿开的），跟里间北墙的钢窗一样，可探看下面弄堂，张看对面的花园和房子。差不多纯属想象，我记忆底片里最初始的一帧，是在新晋成了我妈妈的那位年轻女演员抱紧的襁褓里，第一次见到的手枪柄外间——我真的注视过那张铺亚麻布的柱脚圆桌吗？桌上的工艺花瓶，插几枝来历不明的绢花。

不妨设想，子弹匣来不及完全推上，所以，手枪柄外间以外就还有个储物间，它的门不开在室内，在楼道上，但还是被叫作小套间的“壁橱”。里面有五斗柜、碗柜、斑竹书架、漆皮箱子和铁皮箱子。自从某一次我被没收了玩具手枪，禁闭其中将近五分钟，我就把那个黑暗的“壁橱”当成了自己的专用房间。

1964年夏天，是这把玩具手枪翠绿的全盛期。我快满三岁了，将它放在我斜挎着的花布小兜兜里，拍打屁颠屁颠的光腚；时而，我把它举在煞有介事眯起来瞄准的眼前。手枪要“睏睏”了，就会被藏进“壁橱”五斗柜最底层的抽屉里，让它侧躺在一张用糖果盒子做成的小床上。但只要我自己不睏睏，它一般不会有机会睏睏。

塑料手枪并不能发射，我记得，手枪崭新的时候，枪肚子里装满花花绿绿的弹子糖子弹。然而装进我和另几个小男孩肚子的其实很有限，它们许许多多都落在了各处——楼道和楼梯暗角，我家和邻居家的大橱下面、棕绷床底、地板缝、老鼠洞，几户合用的卫生间抽水马桶幽僻的背后、铸铁浴缸或搪瓷面斗落水管密布着铜绿的背后、公共厨房煤气灶具腻垢的背后、水泥水槽旁一条歇息的鼻涕虫背后，以及院子里暴怒般挣出泥土的粗壮根茎纠缠的背后，弄堂水泥地坪上的闪电纹豁隙，像是从倒置的望远镜看到的窈悠而清晰映现一张张小脸的深井镜面……那些弹子糖子弹还有更多一去不回的旅行，其中有几粒，滚进了覆着生铁盖头的阴沟、围墙边的冬青树丛、野花园旁的烟纸店、沿马路的棚户区、路灯光晕圈起来围观打扑克和康乐球人群的腿脚之间……

多少年过去了，要是我并不认为弹子糖子弹的甜蜜早已溶化殆尽，试图把遗失于岁月各处的它们每一粒都拾捡回来，我是否能依稀还原一个当初轮廓呢？我确切能做的，也许，不过是用一种仿佛的追忆，未免虚构的追忆，将有迹可循、还不算邈远的往昔寻访。

淮海中路1670弄——现在也仍然被叫作中南新邨的那条弄堂，

原先为十三幢建筑三十六个门号，现由十一幢建筑三十二个门号（13号空缺）组成不规整的“非”字形，南北向一条大（主）弄堂，东西向几条小（支）弄堂。深绿色钢窗，水泥拉毛外墙，局部立面和转角饰以浅绿的长条釉砖，每幢建筑有二至更多个门号，每个门号皆为底楼带院子的三层红瓦坡顶洋房，据说是仿赖特样式。推出“美国风”（Usonian）的弗兰克·劳埃德·赖特（Frank Lloyd Wright，1867 —1959）最看重建筑改造生活方式的一面，刚建成的中南新邨——宽近八米和六米的大弄堂和小弄堂，每个门号一户人家的设置，底楼汽车间、灶间、大菜间、佣人房，大客厅四扇落地钢窗，外面是长方形庭院的盎然清新，每层各配一个设施高档齐全、白色瓷砖护墙和六边形马赛克镶拼地面的卫生间，二楼和三楼各两间窗扇开阔的宽敞正房（加长条阳台），一个客房套间（三楼加正方阳台）——也正是要把畅舒、焕奕感交给住进去过日子的上海人吧……我1961年出生，未及一睹二十年前中南新邨的崭新模样，而在我身历其中住到二十七岁才离开的时段里，它那位（或那些）设计师的初衷、期望和意图，早已经大规模，且越来越加速地丧失，但却隐约又还在那里。

1941年，上海租界沦为孤岛有几年了。12月，太平洋战争爆发。四大银行之一的中南银行将其投资的房地产项目中南新邨建造完工，交付使用，则在之前几个月。似乎，开发商和那些购买此物业的上海人都料定，既然维希政府投向了纳粹德国，那么法租界这块就仍可以偏安——当珍珠港被炸，日军踏过苏州河上的几座桥开进公共租界，却考虑到与德关系，果然并没有进入法租界。一年半以后，法租界交给了汪政府，中南新邨面前的霞飞路更名泰山路，“二战”结束后更名林森中路。1950年，又改其名为淮海中路。

再后来，我妈妈告诉我，1961年六七月间，她挺着大肚子跟我爸爸一起搬进中南新邨的时候，这条弄堂里竟然空着不少房子——大概，当每个门号住一户人家的设置被打破，变成甚至每个房间都可以住一户人家，就挤出了许多空房间来——她可以在当时只住着一两户人家的18号里随意挑选。我时而在她体内踹上一小脚的这位上海越剧院的小旦演员，和她原先在越剧院任乐队指挥，后来考进上海音乐学院理论作曲系，尚未毕业的大学生丈夫，却过于规矩地只要了三楼手枪形状的客房小套间。她说："那时还以为足够住了，又没什么家具……隔壁周家的两间房间，住了两个大人五个小囡呢……"

也许，人们当时对生活的心思全在填饱肚子，不太有别的想法。那正是最困难的三年，小夫妻俩有一回在煤气灶上蒸一笼馒头——我家跟隔壁周家合用二楼上到三楼的楼梯折转处那个北阳台改建的厨房间——待到以为蒸熟了，掀开笼屉，馒头早被周家的几个孩子全部拿光，没剩下半个……听我爸爸说，我妈妈生下我的前后那段日子，营养全靠他每个月从什么渠道买来的瓶装牛肉汁。我生于1961年10月，我懂得什么是钞票的时候，听说我爸爸月工资88元，我妈妈72元，每个月，他们各要往自己的父母那儿汇寄20元。

18号的整个二楼，到我出生时还没有人家搬来。然而，很快，这幢楼就住满了。远去香港或更远的18号原先那个业主（我问过好几个邻居，没有人能说清楚他的身份和下落），多少年了，从来不曾在中南新邨露过面（估计后来房子充公，就更不敢露面了），他或许委托了两户人家住进来代为看管房子：底楼住进了凌家，丈夫（我叫他凌家伯伯）任职某能源公司，妻子被弄堂里所有孩子唤作凌家姆妈，起先没出去工作，后来在居委会做事，他们俩加二女一男三个孩子，占两间正房，一小间偏房，底楼公用厨房后面曾是锅炉房的另一个小间做凌家的卫生间，再加上，有着高大的玉兰树、馥郁的桂花香、葡萄藤架和一口深井的院子；二楼中间那间正房住进了一对年轻夫妇，造船厂的工程师李叔叔和中学数学老师丁阿姨，女儿1969年出生。

二楼西首的正房跟李家合用一个阳台，1965年住进了吴老先生，九三学社成员，从浙江的纺织工业厅退休。和他一起的老太太很可能不是正妻，大家叫她吴家阿婆——尽管是已经老太太了，但比老先生要年轻十几岁，先前小家碧玉的美人模样，后来在满头银发下也还能看出来。他们家的厨房是独用的，也作餐室，在18号的汽车间里。

二楼那个跟我家相似的手枪形状的套间，最后分配进了潮州人洪家，丈夫是厂里的工人，讲一口佶屈聱牙、很难听懂的潮州上海话；妻子在里弄生产组糊纸盒。这家跟住在三楼的周家一样，也有五个孩子（二男三女）。七个人如何在使用面积只有19平方米的小套间安顿下来？这是个不能确定答案的问题。

隔壁周家五个孩子（四男一女），最小的男孩小名毛毛，跟我同年，天然就成了我的玩伴，当然有时候也是我的对头。跟他分享那把翠绿的塑料手枪，是我能记得的第一件让我既热衷而又揪心的事情——当玩具手枪终于在毛毛的手上解体，成了几块塑料瓣瓣的时候，我体验到了什么叫"撕心裂肺"。不过哭了没几分钟，我就被飞过中南新邨上空的喷气式飞机划在傍晚晴天里的漫长弧线转移了情绪。那一刻，弄堂里的许多孩子一定也一样，站在阳台或蹲在门洞的阴影里仰望，要从显得越来越悠远的那条渐渐淡开的烟痕中，认出作为奇迹的现世。

于是，手枪之后我有了飞机。飞机从毛毛家阳台上抛出，折戟于中南新邨西侧（18号属于这片现代公寓式新里最西头的门号）上海交响乐团大草坪边上的柏油道之后，我又有了一只棕色小熊及两打以上别的玩具。有许多玩具，坏了，在那间我认为专属于我的"壁橱"堆放着，直到我们家搬离中南新邨，它们还在那里又待了一阵子。

塑料手枪之后我的一系列玩具里，我最喜欢的恰好不是一件玩具。那是从我妈妈的梳妆箱里找来的一面小圆镜子，镶着铜边，背面另有一块玻璃，形成镜框，夹在里面的是背景绿莹莹的五彩古装小姐，崔莺莺还是祝英台？要不然就是林黛玉。在我家的方阳台或周家的长阳台上，有时候也在盖上了油毛毡屋顶，成了厨房的北阳台上，我和毛毛花了点时间，钻研如何用这面小圆镜子反射太阳光。

它成了我们的探照灯。那片月亮大小的光斑，没办法投向东面的17号，但可以掠过17号正对面的9号，移向更让我和毛毛感觉神秘的10号。隔着条小弄堂，后门洞对着18号院门的中南新邨10号几乎是空楼，只有三层那个跟我家相应的手枪形套间有一户人家。偶尔，10号三层楼梯口朝北的那扇窗打开，一个浅色头发的小姑娘会探出脸来——这成了我和毛毛的大好时机，小圆镜子一转，探照灯直晃她的眼睛。像是为了添加10号的神秘感，小姑娘的反应是立即缩回。这样，小圆镜子反射的太阳光就只好透过10号的另几扇北窗，草草去探照那几间空屋。

西面的交响乐团总是被反射日光的探照灯忽略，因为我们总也找不到投在大草坪上的那片月亮大小的光斑。我们的注意力很快投向了18号后面的25号。一般是近黄昏时，当夕阳照在二三楼之间楼梯折转处的北窗窗台上，我和毛毛就会挤在位于10号那个浅色头发的小姑娘张望的位置，像她面对隔了条小弄堂的18号一样，去侦察对面的25号。小圆镜是我们必然的法宝。

25号整个住一户人家。“资产”——从毛毛的哥哥姐姐嘴里，也从带我的保姆嘴里，我不止一次听到对那户人家这样的称呼。我跟毛毛的探照灯会照向25号院子里为夏天的晚饭摆开的八仙桌，阳光被小圆镜反射到桌上的镂花玻璃杯里，令金黄的啤酒颜色更迷人。不过，我们喜欢将投出的反光像舞台追光般跟踪紫膛脸老太太，她声音很大，讲那种有时候能从收音机的滑稽节目里听到的宁波话。她也许是25号的大家长，却更像个管家，一会儿靠在25号三层的阳台上，朝院子里俯瞰，喊着什么，一会儿又出现在三楼另一个房间的窗前，没过多久，我和毛毛又能看见，她在25号二楼一扇向着18号敞开钢窗的房间里。终于，太阳沉沦的那一刻，她坐在了院里的八仙桌前，跟她的儿子儿媳在一起……我们在她硕大的身上和紫膛脸上晃动那枚光斑月亮，她毫不在意，或根本没察觉，这让我和毛毛有点儿侥幸，也很失望，于是我们就越来越肆无忌惮地用小圆镜探照灯专门去挑衅25号。

那面小圆镜子，不知怎么搞的，后来到了毛毛的姐姐那儿，装进了她帆布书包的小夹兜里。有一天吃过晚饭，毛毛做中学校长的爸爸和做机关干部的妈妈，一派领导亲切视察的模样，带着毛毛的姐姐走进了我家的手枪形套间，把我妈妈的小圆镜子又交还到我妈妈手上。在我的记忆里，这是隔壁周家的大人唯一走进我家的一次。

周家的大人根本就不到邻居家串门，也不让他们的孩子串门。只有毛毛来我家跟我玩。更多的时候，是我去隔壁找毛毛玩。他们家的五个孩子住那间带一个窄长阳台的房间，二十多平方米，有一张吃饭的方桌，几张凳子，再就是单人木床和双人铁床（跟我家一样，家具大多是从单位租来的，钉着有编号的小金属牌）。在毛毛家，我最要去的地方是阳台，可以从那儿一览无余看到交响乐团的大草坪全景，要是交响乐团夏夜放映露天电影，他们家的阳台就成了绝佳的观影包厢。我还热衷于玩耍他家房间壁角的好几个老鼠洞，我看着——尽可能参与——毛毛的几个哥哥用粗黄的草纸卷成小纸棍，点着，吹阴它，让它冒着烟伸进其中一个老鼠洞，不一会儿，另几个老鼠洞就都会冒烟。我们听到，常常是想象，洞中小老鼠在熏烟的包围圈里吱吱乱叫，被呛得流着眼泪乱叫，我们套在老鼠洞口的广口玻璃瓶，却从没有迎来过半只小老鼠。

还想继续趴在壁脚再看个究竟，带我的保姆却跑来把我从毛毛家拽回，一边用她的家乡话（其实也是我的家乡话，而我却不曾学会一句）哄人："小囡就要像小老鼠样听话，就算烟熏得来一塌糊涂，照样弗出洞。"这个三十岁出头的保姆来自我爸爸的老家，吴江芦墟，那地方紧贴着上海青浦。许多年后我妈妈讲起，有一回抱着我跟保姆聊天，保姆说：“乡下么伲就住倷房子呀。”（伲：吴语，上海话，意为我、我们。倷：吴语，上海话，意为你们。）我妈妈想了一会儿——原来这保姆家以前是我爸爸家长工……

被保姆拽回，无非去经历强制性喂饭的折磨，去经历为了吃几口饭而牺牲掉玩耍之乐的人生悲剧——至于吃饭的乐趣，我至今未能有深刻的体验，我是说吃饭这件事情，从来也不会让我像玩耍那样神魂颠倒。比强制性喂饭更折磨我的是强制性睡午觉——关上门，拉上窗帘，黑洞洞地陪在我妈妈身边睡午觉。只要有演出，每天下午四点，我妈妈就得赶到戏院去化装，夜戏散场后消夜，回家总在将近零点，还要兴奋地跟我爸爸讲演出情况，不到凌晨一二点不会入梦……所以，午间这一觉对她来说就格外要紧，马虎不得。那么我陪在她身边实在压抑，一心想着再去找毛毛玩，根本就不想睡，睡不着，却溜不出去，而且在她身边不许有半点动作声响。有好几次，我的反抗吵醒了她，结果遭到斥骂，恶狠狠的，还打了手心（唯一为这件事打过我手心）。长大后我强烈杜绝睡午觉这种不良行为，显然跟这一“创伤性记忆”大有关系。

“社教运动”转向斗争阶段。1964年秋天，带我的保姆回了乡下——我对这个保姆的记忆，止于她用家乡话说“原子弹爆炸”的夸张表情……我妈妈和毕业后留在上海音乐学院任教的我爸爸，随各自单位派出的队伍到上海远郊搞“四清”，一去几个月，大半年，很少能回市里。

我被送进了华山路上的中国福利会托儿所，全托，而且礼拜六还往往没人会来接，我就只能跟着一个托儿所阿姨，在她家里过礼拜天。我记得我像是被蒙骗着进了托儿所，进去时见一群小朋友正在草地上追逐从阿姨手上的镜中反射的太阳光斑，所以就兴奋地加入了这个我熟悉的游戏。游戏结束，送我的爸爸和妈妈已经不见踪影。这应该算是小老鼠真的出洞啦——缩在托儿所大房间夜半许多被窝的某一个被窝里，看街头掠过的车灯将长窗格影子从天花板这边移向那一边，我竟哭着第一次想念起中南新邨18号来了。很可能，我觉得家里那种压抑的午睡不算什么了，托儿所的睡眠（晚间和午间）才真的压抑……有所欣喜的是，突然，比如说，在一个不是周末的午间，我妈妈或我爸爸出其不意地现身在大教室门前，把我接回中南新邨——我那种兴奋，比过节还要大喜过望！我会被带去看最新的美术片（《半夜鸡叫》或《草原英雄小姐妹》），去淮海中路上的六一儿童商店买玩具和衣裳，会被带去吃其实是我妈妈最喜欢吃的城隍庙宁波汤团、鲜得来排骨年糕……

回到18号，我扮演一只新的小老鼠——那是童谣里的小老鼠，我刚学来不久——托儿所的阿姨，曾将我变成那样一只游戏里"上灯台，偷油吃"的小老鼠，骨碌骨碌从积木搭成的斜坡上滚下来。所以，又到了午睡时间，我立刻就从手枪形套间那张才从乡下买回来不久的棕绷床上骨碌骨碌滚下来，又骨碌转过毛毛家门前，骨碌骨碌出现在二楼李家的大衣镜前，然后，骨碌骨碌骨碌连滚带滑从二楼楼梯口直到底楼凌家院子的玉兰树底下……

自托儿所，我还将另外一支歌带回了18号，那差不多是从托儿所阿姨放映给我们看的某部东欧（波兰还是捷克？）电影里歪曲而来，却也说不定来自那个留大鬓角、穿火箭皮鞋的小朋友家长，不妨算作我最早的诗。我总是乐意把它唱给18号里的每一个人，赢取赞扬或一粒糖。凌家院子的玉兰树下有一个铜脸盆，里面游着两只巴西龟，我想，在我蹲下来跟它们玩耍之前，就像在托儿所跟新认识的小朋友玩耍之前的那种仪式，我也该为它们唱一唱吧——歌词全都是上海话发音，第一遍快速高昂，第二遍的起首句慢速低回——

蛋挞面包甜来
摆了砂锅里伊矣

烘一烘

蛋挞……面包噢……甜亦来……
摆了砂锅里伊矣
烘一烘

正从作曲专业转而研究音乐学的我爸爸，或许对我的这支歌颇有点佩服，就用了一整个下午有滋有味地陪着我和两只巴西龟，直到暮晚。不过，也可能，他只是怕我跑到院子那头的水井边上去。对于父子二人和两只乌龟在玉兰树下这漫长的一幕，凌家两个女儿，差不多大我十岁上下的莉莉姐和蓓蓓姐一定觉得好玩，一再目光离开她们的作业本而抬起头来，朝玉兰树这边张望。

二

中南新邨的弄堂口左边，沿马路是一小片棚户区，住洋房的人们通常不进去。直到我上小学以后，差不多快十岁了，这才由同年级的一个同学（她就住这片棚户区）带着去玩过几次。那是一个小型迷宫，狭窄的道路曲里拐弯，总是在分岔，总是把你引向更幽深处，而当你抵达某个尽头，你会发现，那其实是你更早的出发地点。大概那个水泥砌造的井台是棚户区中心，大小路径都会穿过它，一个大我五六岁的大男孩，穿着破了几个洞的汗背心和颜色褪到看不出颜色的平脚裤，肌肉发达，皮肤黝黑，一头鬈发，跨起踩着木拖板的右脚踏在井沿上——他绰号小耳朵，因为显眼的左边耳郭像面疙瘩那样团起，挂了下来，而且眉眼，尤其嘴巴，被牵扯向他那只面疙瘩左耳。这个棚户区一霸，很有上升为弄堂一霸的气象，但他在中南新邨其实有劲敌，他的势力范围潮汐般扩张、回落，其绝对话语权，始终未真正超出那一小片棚户区。有事没事，他常常就摆着个架势，要让从他跟前经过的每一个孩子都对他害怕。之前我已经在弄堂里远远望见过他，保姆还在的时候，也曾拿他可怕的样子吓唬过我……大概，我一直克服自己的好奇心，没敢去棚户区乱转，而往往只是在18号院里的井边上打转转，跟小耳朵造成的心理阴影和障碍有关系。

那片棚户区留给我的另一些印象是脚下泥滑和头顶上晾满被单不停滴水形成的水帘，卷起裤管的女人抡木棒奋力敲打着水泥板上浸湿的衣裳，烧柴爿的洋铁皮炉和烧煤球的洋风炉上升起的一缕缕青烟和白烟，用竹竿、竹篾片和涂泥墙面筑起的矮房子，覆着油毛毡和瓦块，倾斜的屋顶上晒着咸鱼、大头菜、萝卜干，苍蝇在那里集结、盘旋……探头朝一家屋里看，看到的却是一尘不染的小几、低床和地面（也许恰是我探看的这家才这样清爽。不过，要知道，上海人在什么情况下都会把生活尽量收拾得干净……）。棚户区朝着淮海中路沿街，开着些剃头铺、缝补摊、倒粪站，都是住棚户人家的营生；我记得还有一个兼卖蔬菜的水果店，有一回，我从那儿偷了个橘子。

棚户区转角，水果店边上，是老虎灶，总是有人拿着竹壳热水瓶在那儿排队打水，一到冬天，弄堂里就有更多人光顾。本来，中南新邨的每一幢楼都有锅炉房，但那是老皇历，接在许多个铸铁搪瓷浴缸上的铜热水龙头早就废止不用了。反正，我不记得18号的热水龙头曾经出过水；反正，到了冬天，每次，棚户区老虎灶那个叫锡根的花白头发老头，用一根都有了包浆的宽扁担挑着两大木桶冒白汽的开水吭哧吭哧爬上18号三楼，我就知道要洗澡了。锡根穿一件极其破烂的棉袄，棉絮都露了出来，耷拉的下嘴唇有一个大紫泡，大紫泡边上，老是有一截半灭的香烟黏在那里。他把两大桶五分钱的开水倒进白色的浴缸，连着浴缸的那个从不出水的铜热水龙头也一下就发烫了。

锡根大概就住在棚户区，他在中南新邨出现的频率并不高，而且似乎1966年以后我就再也没有见到过他，据说他死在那一年。很可能，他最后留了一个挑着空木桶从18号三楼轻轻下楼梯的背影在我的记忆里。尽管是冬天，他仍然只趿拉着大脚趾破洞而出的烂布鞋，我注意到他的一只脚后跟已经冻得发青，却并没有冻疮暗红地肿起（那个年代，我以为弄堂里每个人的脚踵部位都是要生冻疮的），而是裂开一道边缘角质化的渗血的口子。

中南新邨弄堂口棚户区的那个老虎灶，尽管又要过好几年才告消失，但在锡根消失以后，我们家就再也没有去叫过开水。我妈妈备了一口大铝锅在煤气灶上烧洗澡水，我爸爸则开始带我去外头的公共浴室。

中南新邨弄堂口右边，有一家烟纸店，被弄堂里的人们随口叫作“门口小店”。这个小店里，常常站一个女售货员，脸面洁净得特别惨白，后来我才弄懂，那是由于白癜风所致。她卖两分钱一盒的上海牌自来火（凭票，一张火柴券十盒），一分钱一捆的牛筋宽紧带；摆在木头架子和玻璃柜子里的还有蝴蝶牌雪花膏、飞马牌香烟、龙虎牌万金油和三星牌蚊虫香之类；另外，零拷料酒、酱油、菜油、豆油，也是这个门口小店的日常经营；并且，门口小店把棒头糖、粽子糖、桃板、敲扁橄榄、盐津枣、盐水棒冰和赤豆棒冰、雪糕甚至小冰砖、中冰砖、难得的紫雪糕，提供给中南新邨的每一个馋痨坯……这些东西大多不敞开供应，有钱还不行，所以紧缺。而我想要的东西，是竹竿圆珠笔，售价八分或一角，有点贵，但不用票，好像在我读小学前夕，终于得到了一支。

门口小店边上及背后，中南新邨5号和水泥垃圾房前面，是唤作“野花园”的一大块空地。那儿满目杂草，斑斑土泥，几丛灌木，开放些连翘、迎春和月季什么的。到了需要疯跑的年龄，已经在福利会托儿所的大草地上疯跑过几趟，一旦被接回中南新邨，我就跟毛毛一起拐出18号，再拐出小弄堂，到大弄堂口那儿朝西一偏，去野花园里疯跑着兜圈子。我们经过放鹞子的人、跳橡皮筋的人、捏泥人的人、卖棉花糖和摆测字摊的人，一圈以后再经过一次……停下的时候，抬头又看见了航空公司的喷气式飞机，在又一个晴天里划出又一条优美的弧线……

等到仰望晴天的眼睛把目光收拢，转头看一看野花园，已经有竹头架阵在其间排开，拉起绳子，挂上了标语和大字报。野花园朝着淮海中路方向，竖起一面巨大的锌铁皮牌板，漆成红底，用白色宋体字写了一段二百多字的毛主席语录。木头电线杆上多出了一只高音喇叭，开始大声用庄严的慢速念一些我头回听说的新鲜说法，什么“破字当头，立也就在其中了”……游行队伍浩浩荡荡地来了，路过中南新邨，总会在野花园停留一阵子，穿绿色军装而没有领章的小青年套着红袖箍，从队伍里站出来演讲、批斗、喊口号，也跳造反舞……几个邋遢冲锋队队员（有一个唇上还爬着鼻涕）从那边棚户区奔出来凑热闹，不知其中有没有小耳朵，反正，我和毛毛就赶紧溜掉了。

这正是弄堂里的孩子们大开眼界的夏天，中南新邨的墙上涂写了很多叉叉，人们讲起话来更吐出很多叉叉，却又引经据典——马恩怎么说，毛主席教导我们说……好像做什么事情都要找依据，18号三楼走道那面墙，被满满当当刷上了“团结紧张严肃活泼”八个大字，是不是要大家照着过日子？估计是觉得外面乱（到处都在撒传单），我妈妈干脆不再送我去托儿所（实际上我已超过四岁，本该从托儿所转幼儿园了）。也许正是那天，在她接我回家的路上（记得天将下雨），我看到几个小伙子风驰电掣追上一个精心打扮的漂亮阿姨，捉住，掀倒在地，哭号声中，剪开了她的小裤脚管；街边上有几个煤球炉，冒出焚烧皮鞋的难闻气味……很快就听说了“三包一尖”（包头、包屁股、包裤脚和尖头皮鞋），这是个新词，跟“四旧”一样新。

回到中南新邨，一下子好像就没了管束——大人们不是忙于搞运动，就是忙于被运动所搞，而后者明显在这条弄堂里多于前者——这让我跟毛毛可以开始又一番即兴的小老鼠出洞历险记。

许多个白天的大部分时间都被我们花在弄堂里，想要一个门号一个门号去探测我们在其中活了四五年的这个小宇宙。我们的险阻，主要是比我们大那么三四岁的“野蛮小驹”——这是我妈妈对他们的称呼。“小驹”其实该写作“小鬼”，不过上海话里，“鬼”听上去如“驹”，并且那些喜欢打赤膊的男孩子也的确精瘦如“小驹”——我跟毛毛到野花园去疯跑的那一回，就曾被他们“请吃”过“毛栗子”（脑门上不轻不重给挨了两下），他们会躲在某个门洞或弄堂拐角，一下子冲出来，迅速扯下我和毛毛的平脚短裤，除了把我们弄哭，也引大家哄笑我跟毛毛周边还没长出一根毛来的小麻屌。我和毛毛赶紧提上裤子，发自内心地觉得没有长毛是一件非常羞耻的事情。这添加了宇宙探测的刺激——警惕、躲避和终于又遭他们的袭击都那么刺激——这也使得我跟毛毛的历险记没怎么展开，被限制在了18号前后的两条小弄堂里。

像是为了解开一个谜，穿过18号底楼凌家敞开的房间，跨过院子，挤过正好留着一条缝的缠着铁丝的木头院门，我们去对面10号看个究竟。我们站在10号的空房间里，阳光明晃晃的，分外清晰地照着被我跟毛毛从木头地板上扬起的灰尘。10号二楼那个手枪形套间里，我们发现了一只袖套，还发现墙上有人用红笔写下的八个字，从其中唯一认识的“一”字，天才地去猜那写的是“阶级斗争一抓就灵”。我们没敢去找10号三楼那个头发颜色浅浅的小姑娘。

在10号底楼杂草丛生的院子里，出现了最大的惊喜——密密一排栀子树后面，院墙上有个足够让我跟毛毛钻过去的大洞！洞那边，是交响乐团的一排栀子树，栀子树面前是柏油道，柏油道那边是一大片草坪……以后，每当交响乐团放映露天电影，我跟毛毛就会像《地道战》（1965年的新电影）里的假武工队员给日军带路那样，带着中南新邨里几个跟“野蛮小驹”差不多大的小姑娘，钻过10号院墙上的这个洞……凭着这个洞的发现，不久也换来了“野蛮小驹”和我跟毛毛的和平共处——平脚短裤不再有被扯下的危险。不过我跟毛毛，始终都没有加入“野蛮小驹”的行列。

中南新邨22号也像是整个都空着。从它院墙里伸出来，弯垂向小弄堂的几根石榴枝，曾经引来我跟毛毛，还有弄堂里许多孩子的一次次跳跃。一天下午，22号那扇常年关着的木头院门被打开了半扇，我跟毛毛踅进去，站在院子里（没敢迈上几级水泥台阶），透过已有些锈坏的落地钢窗，看到底楼那间大客厅里站满了人，主要是老人，一声不吭，长时间地朝挂在西墙上的一幅毛主席标准像低头请罪。可以猜到，这里面大概就是中南新邨的全体坏人了，那时候他们被叫作“坏分子”（可能稍稍好于“反革命”）。在表情阴沉的一排排沉默的面孔里，我认出了25号那个喜欢大声讲宁波话的紫膛脸老太，还有——很有点震惊——18号二楼吴老先生的那个鹰钩鼻（对他的称谓，于是立即改口为“吴老头子”）……

这足以解释，为什么在18号的汽车间门前，吴老头子和吴家阿婆要往一个熊熊燃烧的大号锌铁皮桶里扔进一本又一本书？这足以解释，为什么对面25号的紫膛脸老太一家，不久后空出了底楼和二楼的房间，住到三楼，后来甚至缩到了小小的手枪形套间？也没有人向我解释一下：18号三楼我家和毛毛家合用的那个卫生间里竟也出现了一只锌铁皮桶，周家的大人朝里面扔书去烧的时候，我爸爸何以也从我认为专属于我的那个“壁橱”的斑竹书架上，抱了一堆书和谱子扔进火里。

另一个下午，我去隔壁找毛毛，却遭遇了大为惊异的场面——毛毛父母住的那间房里，橱柜门和抽屉全都大开，满地是凌乱的书报什物，毛毛做机关干部的妈妈低头站在屋子中间的小板凳上，周围站着十来个陌生人……楼里的家家户户都关上了房门，直到抄了毛毛家的十几个陌生人，跳上停在18号后门前的一辆解放牌卡车离去。当天晚上，很晚了，有个瘦高个子的中年人被人追着跑回中南新邨，直到小弄堂，追他的那些年轻人投掷出最后几个墨水瓶和砖块，这才收住了脚步。被追的那个人浑身淋满了红墨水、蓝墨水和黑色的墨汁，他奔进18号后门洞，大家看到，他竟是毛毛做中学校长的爸爸……

毛毛家的门关了好多天。才刚启动的弄堂宇宙探测也只好熄火了。

忘了是在这之前还是之后，以一时不被管束的顽劣和不能不受到感染的造反精神，我和毛毛曾壮胆去“冲击”过一回吴老头子。由毛毛带头，我们挺进二楼吴家——或许因为好奇和气恼于只有他家才从早到晚永远关闭着——用力转动球形铜把手，推开那扇厚重的木门，我们闻到了一股异香：这味道要是被记忆保存到现在，我大概能分辨其中的瓶插栀子花味道、印度香味道、雪花膏味道、白丽皂味道、故纸堆味道、绸缎和樟木箱混合的味道，也许还有将被晒干的文旦皮和已经衰耗变质的香肠味道……室内光线近乎昏暗，毛毛大概也跟我一样，并没有看清里面是一副怎样的景象。不过我们看到了吴老头子，正一脸不高兴地朝我们走来，我跟毛毛立即拉开了手上的橡皮筋，朝他弹过去——慌忙完成这组也许即兴，也许预先准备好的造反动作，我俩赶紧撤退，缩回了18号三楼。

实际上，弹出那两根从我妈妈的抽屉里偷来的橡皮筋，我和毛毛就被自己的壮举给吓坏了，逃回家里，惊恐地等着吴家阿婆找上门来跟大人告状，等着被大人臭骂一顿。还好，没有出现任何后果，几天后吴家阿婆见到我们，好像什么事情也没有发生一样，分了两颗粽子糖给我和毛毛……这次“冲击”以后，我甚至可以偶尔到吴家玩一下了。

四十多年后（我家早已搬出了中南新邨），有一回我爸爸递给我一篇《书城》杂志上吴亮的文章：“你看看这写的是不是过去二楼的吴老先生呀？”——原来这个曾被我们袭击、名叫吴襄芸的吴老头子是吴亮的祖父！很可能，那时候有一天，我在小弄堂里见过的一个朝18号走来的大头男孩，正是后来的著名评论家——读了他那篇文章，我才终于辨清了在记忆的昏暗光线里模模糊糊的吴老头子屋里的景象。吴亮写道：

祖父有两个一模一样的鸡翅木立式书柜，并排放，进房间就能看到。书柜的玻璃门是垂直的，要打开，先得用两只手抬起玻璃门，把它轻轻送进滑槽之后再推进去。……在书柜的远端，靠窗那边，祖父躺在宽大的床上打盹，盖着一条厚厚的毛毯……

这提醒了我，等到开始读小学，有几次我也仿佛费劲地托起过那两个书柜的几扇玻璃门（它们更像上悬窗）。我那时候对吴家书柜的兴趣实在要比对其中那些书的兴趣大很多，反复研究过藏在书柜门深处的机关，有一次硬是把一扇书柜门给弄脱槽了，急出一身汗，花了很大的功夫这才装回去——吴老头子的确并不来过问，只管打瞌睡。

大串联期间，作为“保守派”的我妈妈竟然也趁机到北京去逛了一圈。某一天一觉醒来，我发现家里多了两个大人，孃孃和姑夫，笑盈盈正俯身看着我。他们在上海铁路局蚌埠机务段供职，南京还没有建起长江大桥的某一年，利用工作便利，曾让一个同事（我叫他小刘叔叔，他有一根手指断了一截）带我乘火车去过蚌埠他们家，一个星期后再把我照样送回上海——我有火车被分节排在摆渡船上过扬子江的印象：望进贴近的另一排绿皮车厢的窗口，见一个小姑娘，穿花点罩衫，碰翻了小桌上一口大号的搪瓷茶缸……大概也是趁大串联之机，孃孃和姑夫躲到了上海。然而很快就有大字报大标语追杀进中南新邨18号所在的小弄堂，于是，身背“特嫌”问题的我孃孃（曾做过苏联铁路专家的翻译，学俄语专业的她，在造反派看来就约等于“苏修特务”）和姑父，在手枪形状的我家没打几天地铺就赶紧“滚回去”了。这个插曲里的另一个小插曲：我妈妈连带着遭一张莫名其妙贴在弄堂里的大字报揭发，说她是日本特务——估计因我妈妈名“东珍”，而川岛芳子又称川岛东珍——还好那个川岛浪速的养女，1945年就被处死在北平监狱了。

那个夏天，据我爸爸的回忆，他在音乐学院党委宣传部的写作组里，一半受骗、一半被逼蹚浑水，遵命熬夜，浪费才智，违心写批判文章，积攒负罪感。到了晚夏，从乡下打来一个电话，告知我爷爷去世的消息，死因不明，事由不清，没有说法。我爸爸硬是被校党委书记“劝阻”，无法奔丧……不久，他下决心“自己解放自己”，离开了学院的那个写作组。十几年后，当我爷爷被“平反昭雪”的时候，他身负“右派”和“历史反革命”之罪，被从山东《大众日报》遣返回乡，1966年9月投河自尽的那些细节，才对我爸爸和妈妈有所披露。而在我将近五岁的时候，好几个炎热的秋老虎之夜，邻居们还是都要到弄堂里乘风凉，我爸爸却坐在家里的写字桌前，拉悲哀的二胡曲，也不开灯，我记得，只有稀薄的月光，透过阳台的落地钢窗映照进来……他大概以此排遣怨痛吧，就像他入睡前躺在篾席上，会给我和我妈妈讲聊斋故事以排遣怨痛。

我留有另一则关于我爸爸的深刻记忆：他喝得烂醉如泥，被几个音乐学院的同学和同事抬回家来。我特别忘不了（一定添加了想象），昏暗灯光下几个人抬着他转过楼梯拐角的滞重，一堆人差一点全体跌向二楼，场面混乱……过了那年国庆节，我爸爸跟他的几个同事和学生，也想去北京“串联”一下（出发之前，在我家喝了点酒），结果他在火车上发病（肾结石），只得脱离革命队伍自行返回。养病没多久，他又被弄进音乐学院的“牛棚”，监督劳动，写检讨认罪，被押上台跪着陪斗……

这限制了我在中南新邨瞎玩的好日子，但也许更方便我随意瞎玩——我爸爸和妈妈自顾不暇，白天就把我托管给了18号底楼的凌家姆妈。一度我被看守着再不让乱跑，而我也真的没有乱跑——学校里停了课，不再去上学的凌家两个姐姐：莉莉姐和蓓蓓姐，以一盒香烟牌子（绘着刘关张、一百〇八将以及王昭君、杨玉环、罗成、程咬金、赵匡胤、严嵩和刘瑾等），几本小人书（大闹天宫或红楼二尤、牛郎织女或杨家将故事），种种剪纸刻花的图案，数枚飞鹰牌刀片，几根彩色蜡笔，下五子棋的两缸围棋子，用于毛主席像和“林副主席”字体“大海航行靠舵手，干革命靠毛泽东思想”十字绣的塑料纱和各色丝线之类，一下子就把我吸引得团团转，变成了成天围绕她俩的一只“跟屁虫”……

龙仁青 1990年开始文学创作及文学翻译。作品见于《人民文学》《十月》《中国作家》《民族文学》等报刊，多篇作品被选刊类杂志及年选选载。出版有原创、翻译作品20余部。原创作品获首届中国汉语文学“女评委”大奖，入围第五届鲁迅文学奖提名，翻译作品获第十二届少数民族文学“骏马奖”，青海省《格萨尔》史诗研究成果奖。中国作协会员，青海省作协副主席，《青海湖》文学月刊主编。

一朵格桑

龙仁青

粉红色大地

早年我曾经写过一篇小说，题目叫《水晶晶花》，发表在《中国作家》杂志。后被当年的花城版《中国短篇小说年选》选载。在这篇小说的开头，我描述了一种被青海当地人称之为“水晶晶花”的野花，我是这样写的：

“一个月前吧，在央珍（女主人公）家帐篷门前的那片沼泽地里，水晶晶花开成了片，把整个沼泽地包容在了一片粉红色之中，远远看去，好似一片朦胧的粉红色云雾铺泻在沼泽地上，吞噬了大片的绿色。走向那完全篡改了草原本色的粉红色云雾，让人会有一种眩晕感。央珍喜欢这种眩晕感。每天，她把牛羊群赶到查美河边的草滩上，当羊们此起彼伏的咩叫声渐渐平息，开始专心致志地享用带着露珠的青草的时候，她就向那片沼泽地走去。她放轻脚步，向那片粉红色的云雾慢慢靠近，似是害怕会惊扰了它们一样。但水晶晶花们还是会在她向它们试图靠近的第一时间发现她，即刻以一种汹涌的态势向她逼近，除了她停下脚步。而央珍也会每走几步就停下来的，这时候，她就会发现水晶晶花们也会惊悚地停下来，迅速做出一副若无其事的样子，轻盈地随风抖动着，什么事儿也没发生一样。央珍有意不捅破它们这小儿科样的伎俩，假装着什么也没看见，继续迈开步子往前走去，水晶晶花们即刻收起它们若无其事的表情，即刻与央珍相向而行。央珍就这样沉醉在这种与水晶晶花之间的默契的游戏之中，沉醉在不断向自己涌来的眩晕中，直到她走进花丛，把自己淹没在这粉红色的云雾中，再从花丛里一步步走出去，让粉红色的云雾在她的身后翻卷起伏。”

我用这样一整段的篇幅，写下了春夏之交在草原上汹涌盛开的水晶晶花们的样子，这种看上去显得有些羸弱的粉红色小花，总是大片大片地盛开着，每每看到它们，我就会想起在草原上一种集群生活的鸟儿——高山岭雀，到了秋冬季节，它们便成群结队地飞翔、觅食，形成浩荡之势，每一群都有成百上千只。藏族把这种鸟儿叫作“玛喜”，意思是兵鸟——像士兵一样集结、行动的鸟。水晶晶花也是这样，小时候，我就认为它们是野花里的“玛喜”。在这段文字里，那个忽走忽停与水晶晶花嬉戏玩耍的女主人公央珍，其实就是我儿时的样子，那时候，我经常和水晶晶花们玩儿这个游戏。

我的家乡铁卜加，是青海湖西岸的一片广袤草原，海拔在3000~3500米，高寒，没有明显的四季，在儿时的记忆里，冗长的冬日总是统领着这片土地，而短暂的夏天，则显得那样珍贵，几乎每一天都成为我内心深处的记忆。

那时候，我大概不到10岁的样子，几乎每天都在寻觅着夏天。那时候，我并不知道夏天什么时候到来，但我却知道，在那些向阳背风的地方，还有那些阳光充足的河岸，只要看到率先冒出的稚嫩的草芽，就证明草原的夏天就要来了。走在去往放牧的路上，我会特别留意这样的地方，每每走近一处墙角，或者是一片低处的洼地，我便会特意走过去看看，看有没有草芽冒出来。有时候我还会蹲下身来，用手拨去地面上的浮土，仔细地寻找哪怕是针尖儿大小的一点点浅绿。而多半时候，我总是失望地站起身来——浮土之下，是被寒冰板结了的土地，指尖触到它们的瞬间，甚至会有一种触电一样微微的疼痛。现在想来，我多半是弄错了季节，弄错了时间，也许，时间正在走向深冬，而我却南辕北辙，在执拗地寻找着夏天的踪迹。

我说，夏季的每一天都是记忆，许多人会认为这是有意夸大了的说法，其实不单单是我，对那些野生花卉，对那些鸟儿来说，夏季的每一天同样是它们的记忆——恰是因为夏天的短暂，它们需要抓紧每一天的时间，让自己完成之所以为之生物的一次旅程——那些野花，当它们稚嫩的花叶开始舒展，便惦记着自己要在夏季结束之前让自己的花籽成熟、散落。于是，它便数着夏季的每一天，甚至每一天里的每一个时辰，因为，从花叶初展到花籽成熟，它还需要走完许多环节，它只有抓紧时间，用好夏天的每一刻时光，才有可能让自己完成一次之所以来到这个世上的生命价值。而那些鸟儿，它们在生命演化过程中已经逐渐适应了这里的气候，从谈情说爱、建立家庭、发情、筑巢、产卵、孵化……每一个过程需要几天、几个时辰都是精确计算好了的，些微的错过或疏忽都意味着它们不能哺育出自己的后代。它们往往在夏天临近的时候便提前进入状态，然后把高原短暂的夏天切割成一个个精准的时间片段，让哺育下一代的每一天都变得忙碌而美好。

每年的五月，是母牦牛刚刚产下小牛犊的季节，被誉为人参果的蕨麻已经让自己的块根饱满、成熟，单等着尚未完全消融的草地再复苏一些，便将自己的柔嫩的枝叶蹿出土地，没过几天，就长出几片锯齿状的叶片，紧接着，那几片叶片便会托举起一二朵金黄色的小花。在它们要急着完成这一过程的时候，我们便像是与它们比赛一样开始采挖它们的块根，因为随着蕨麻叶子露出地面，它的块根把它所有的营养提供给枝叶，让自己慢慢萎缩下去，只剩下瘦瘦的皮囊。草原上的角百灵、蒙古百灵、凤头百灵，小云雀等似乎便是从母牦牛抑或是从委陵菜属的蕨麻那里得到了启示，把它们产卵的季节也安排在了这个时间。

在这个季节，我的任务便是放牧小牛犊——它们刚刚学会吃草，但妈妈的奶才是它们最为需要和惦记的。然而，人类要它们做出牺牲，把更多的牛奶提供给人类吃，它们被迫与自己的母亲分开，独立成为一个畜群，尽早学会它生为牛的生活方式，以刚刚冒出地表的青草充饥。作为牧童，我乐意着这样的劳作，因为，我每天盼望的夏天已经到来，我每天都能看到野花的绽放，在那些花草茂盛的地方，偶尔还能找到鸟儿们的巢穴。

在这个季节，最早盛开的，除了蒲公英，就是水晶晶花。

草原上的蒲公英，虽然敢在春夏之交料峭的风里抢先开放，但它又是乖巧的，它让它的花叶贴地生长，完全淹没在逐渐茂密起来的草丛之中，待到积蓄了一定的力量，而春寒也慢慢退去之时，便从莲花状的花叶正中升出一根细细的花茎，悄然托举起一枚恰似菊花的金黄色花冠，使得原本因为浅淡而缺少生气的春草一下子变得活泼起来。

蒲公英似乎喜欢“单打独斗”，它们总是独立地站在一片刚刚泛绿的草原上，就像一盏盏小小的酥油灯，远远地闪耀着。它们开得早，成熟得也早，就在水晶晶花以浩荡的粉红色一片片地吞噬起青草们好不容易营造出来的一片片绿色的时候，蒲公英，那一盏盏酥油灯就像是燃尽了生命一样，金黄的花瓣一瓣瓣凋谢，眼看着就要枯萎了一样，而此时，它们其实开始了它们的二次生命。不几天，失却了花瓣的花萼慢慢鼓胀起来，像变魔术一样，一个圆圆白白的绒球从花萼上蓬松开来——这才是它们的追求，这时候它们不再怕风，反而渴望着风向它们吹来。那个绒球其实是簇拥在一起的一个个袖珍的降落伞，每一个降落伞上都挂着一粒小小的种子，也像一个个袖珍的伞兵，只要风吹来，这一个个降落伞就会带着它们的“伞兵”飞向任何一个地方。它们甚至渴望一个嘴唇，噘起来，把一口气吹向它们，那一个个降落伞也会乘势起飞，去寻找一个可以降落的地方，让那小小的嘴唇也颇有成就感。这个吹绒球的行为成为草原上许多人孩提时代一种乐此不疲的游戏。

蒲公英因为有了二次生命，所以它们显得坦然，三三两两散落在草原上，先是一朵金黄的花，继而是一个洁白的绒球，如果不熟悉它们的生长规律，似乎想不到二者之间微妙的关联。而水晶晶花不同于蒲公英的，便是它们的集群行为。或许，所有羸弱的群体都懂得“团结就是力量”的道理，因为团结，它们反而成了一种强势，在乍暖还寒的草原春夏季节，敢于迎接这个季节的美好的，不是其他野生花卉，反而便是它们。青海人口中的水晶晶花，学名粉报春，在青藏高原有好几种：西藏粉报春、雅江粉报春、束花粉报春、苞芽粉报春、薄叶粉报春等。在我的家乡常见的，则是束花粉报春。束花粉报春在藏语里的名字是野摩塘，而这一名字，曾经是广大安多藏区的古地名，以一种花儿的名字，命名一片广大的土地，可以想象，历史上的安多大地，这片以环青海湖草原为中心，辐射到甘肃甘南、四川阿坝的广大山水，曾经被这种喜欢密集生长的粉红色野花所侵吞，把整个大地渲染成了一片粉红色。水晶晶花就是以高山岭雀一样集群的力量和势头，拥有了这片春天的大地。

一朵格桑

巧合的是，就在发表了我的小说《水晶晶花》的同期《中国作家》杂志上，也发表了我非常敬重的阿来老师的一篇散文，题目叫《西藏的“张大人花”》，文中还提到了我。

在写下这些文字之前，阿来老师首先看到了一种叫波斯菊的花儿在西藏四处盛开的浩荡之势："最引人注目的是差不多有人烟处就必可见到的波斯菊，不仅开在拉萨罗布林卡，开在江孜白居寺，日喀则扎什伦布寺，就是车行路上，路边出现一丛丛艳丽的波斯菊时，就知道，又一个村庄要出现了。"

这样的现象让他感到意外又新奇，他想厘清这种花卉的来龙去脉，便带着一种求真解惑的执着，开始了他的寻访，并循着不断问询和查阅资料，他一步步逼近真相，并一点点打开了真相。

他为我们讲述了这样一个故事：

一百多年前，英国人仗着他们的洋枪洋炮，入侵西藏，当时担任驻藏大臣的有泰一味主张委屈投降，使得西藏时局险恶。这时候，清廷委派一位叫张荫棠的人物以驻藏帮办大臣的身份来到了西藏。

张荫棠就像是一把利剑，犀利又尖锐。他到了拉萨。经过一番查访，便向朝廷明奏，历数驻藏大臣有泰"媚外乞怜、鱼肉藏民、颟顸误国"等种种罪行，并告知藏族群众"西藏百姓与中国血脉一线，如同胞兄弟一样"，朝廷依据张荫棠所奏，严惩驻藏大臣及其余汉藏官员，张荫棠随之在西藏推行改革，推行他的治藏方略。阿来老师在他的文字中描述了这段历史："张荫棠提出一系列重要主张，包括革除神权政治，收回西藏治权；广设学堂，推广教育，创办汉藏文白话报；训练汉藏新军，加强武备；修好打箭炉、江孜、亚东牛车路；开设银行，振兴农工商业，开发矿产资源等。此外，张荫棠还建议在西藏成立隶属于外务部的交涉局，专门负责西藏地方的对外交涉，以此阻止英国与西藏的直接交涉。"

从文字的描述看，张荫棠是一个大胆耿直，行事干练、雷厉风行的人，其实他也是一个热爱自然、钟情花草的人。波斯菊在西藏的最早出现，就是由他怀揣花籽，把它带到拉萨，并在西藏广为种植，使得这种外来的花卉在西藏随处绽放。当地藏人也因此把这种花亲切地称为"张大人花"。

如此，波斯菊在西藏便有了这样一个意味深浓的名字。

张荫棠张大人1906年10月来到拉萨。随之却是世局突变，大清王朝气数将尽，1907年7月他便仓促离开拉萨，时间不足一年。阿来老师在他的这篇文字里这样感叹道，“还不够看到此花一个轮次的出芽长叶，抽茎展枝，开花结籽”。这位受到西藏人拥戴的“张大人”却已经不在西藏了，以他的名号命名的波斯菊，依然在这片高地上盛开着，并且也从西藏拉萨传播到了青海各地。

波斯菊到了青海，并没有把它之前的历史以及“张大人花”这个名字携带而来，在这里，它又有了新的名字。在青海东部农业区，人们把波斯菊叫作“八瓣梅”，是因为它的花冠有八个花瓣，也有人把它叫作“芫荽梅”，是因为它的叶子像极了比它更早进入青藏高原的芫荽，亦即香菜。这些明显带有民间地域色彩的名字并没有广泛影响，只有“张大人花”迄今留在了西藏藏人的口头，这个汉语的称谓经常被他们夹杂在藏语中说出来。

而如今，这个有着深厚历史渊源的名称，却被人们渐渐遗忘，人们给波斯菊赋予了一个新的名字：格桑花。

它们是同一种花吗？阿来老师先见性地预感到这是个错误。

有一次，阿来老师来青海，我们见面时，他便向我问及此事。那时的我自恃过高，无知又无畏，便自信满满地告诉阿来老师，格桑花之“格桑”，是藏语好运、幸福之意，所以，所有带来幸福感的美丽花朵都可以叫作“格桑花”，因此，格桑花并不是一种确指的花卉。

阿来老师据此把我说的话写入了他的这篇文字里。

然而，所有没有经过实证而信口开河的言辞，终有一天会被赤裸裸地剥离出来示众，让它不能掩去谎言的实质。时隔不久，我去了青海果洛，与在此地工作的藏族著名母语诗人居·格桑先生聊及格桑花的事，居·格桑的一席言说，让我立刻意识到，我对阿来老师所说的话，多么缺乏严谨性。居·格桑先生说，格桑花，藏语叫格桑梅朵，此名并非无所确指，而是出之有据。他说，第七世达赖喇嘛格桑嘉措——亦即近年来在汉地广受追捧，被讹为“情僧”的六世达赖仓央嘉措之转世，转世出生在四川理塘，他从他的故乡把一种花籽带到了西藏，在西藏广泛种植，人们便以他的名号中的“格桑”命名了这种花儿，所以叫“格桑花”——显然，张荫棠与波斯菊的故事与结果，恰是这个故事与结果的翻版。藏民族总是心存感恩，把点滴的美好用这样一种方式铭记在心，并让这样的记忆以一种命名传承下去，让后世去纪念。居·格桑先生还说，以“格桑”命名的，迄今人们依然传叫的物品，不单单是格桑花，一种形似簸箕，专为僧侣所戴的凉帽，藏语叫作“格桑夏茂”，意即格桑凉帽，还有一种乘凉用的伞幢，称作“格桑斯雅”，皆是因为格桑嘉措从他的家乡理塘带到西藏，并在西藏盛行开来，所以便冠以“格桑”称之，格桑嘉措作为达赖喇嘛的显赫身份，以及“格桑”在藏语中的美好寓意，使格桑花以及这些物品都被广大藏人所爱。

听了居·格桑先生所言，想起我对阿来老师的胡言乱语，我顷刻间恐慌起来，急忙问居·格桑先生，可有白纸黑字的依据可以证明。居·格桑先生说，他也是听西藏一位信得过的学者所言，并未见到有据可查的文字。回到西宁，我又向多人求证，皆无结果。一次，偶尔查阅《藏英大辞典》及《藏汉大辞典》，赫然发现有“格桑梅朵”词条，但注释极为简单：秋季盛开的一种黄色花朵，汉语的注释是七月菊、延年菊。我继而又查相关汉语资料，但所指含混，至今也没有确认这种黄色花朵到底是哪一种花儿。

多次向西藏的朋友问询，其结果亦如阿来老师所经历的一样，开放在青藏高原的各种野生花卉，都被指为格桑花，问题又回到了原点上。

可以肯定的是，波斯菊并不是格桑花。波斯菊的原产地是墨西哥及美洲一些地区，后来经由波斯传入中国，波斯菊之名也是如此而来。它完全是一种外来植物，在西藏乃至整个青藏高原并无分布记录。一百年前它跟随张荫棠张大人进入西藏，所以它在西藏有了“张大人花”的名字。格桑花早于波斯菊进入了西藏，把后来来到西藏的波斯菊称之为格桑花，显然是张冠李戴了。

阿来老师一直沉迷于高原花卉的寻访、拍摄、研究和书写中，想来他早已觉知我的随口之言并不可信，但愿他能谅解我的无知无畏。

近年来，波斯菊在西藏、青海及川西北许多地区被广泛种植，单单在我的家乡青海，一些农牧地区为了发展旅游业的需要，把许多原本种植青稞小麦的土地开发成了“花海”，这些花海并无各自不同的特色可言，皆是复制粘贴，千篇一律，种植最多的便是波斯菊，这种发展态势已经引起相关人士的警惕，波斯菊已经成为一种入侵物种，这样肆意的种植如若失控，很可能会使这种艳丽的花儿成为下一个“飞机草”。抑制本土植物的生长，成为生态灾害。

如今，曾经的牧童已经是城市中的一员，每天穿行于鳞次栉比的高楼之间，背负着工作与生活的压力，忙碌，紧张，患上了焦虑症，对所有的事情都无动于衷。但是，迄今，我依然没有改变寻找夏天的习惯，每每到了季节从春末走向夏天的时候，我心里依然会有一种按捺不住的兴奋。我希望某一天走在路上时，忽然在某个墙角处看到几株草芽蹿出了地面，柔柔弱弱地举着针尖儿大小的一点点浅绿。然而，城市的夏天漫长而燥热，这种燥热占据着城市所有的空间，却把它原本的美好减损了，让人有一种无处可逃的感觉。就像是波斯菊，当它的美丽开始无节制地膨胀开来，这种蛮狠的行为，反而遮蔽了它们曾经的鲜艳和芬芳。

但愿波斯菊不要成为“飞机草”，被人们厌恶和唾弃。

我忽然意识到，我所企盼的夏天，是我故乡才有的夏天，而那样的夏天却已经离我远去。也许就是从明白了夏天与故乡的这种辩证关系开始，每年到了夏天，我渴望能有几天的闲暇，去一趟曾经的老家，去挖一次蕨麻，抑或去放牧一次小牛犊，寻找几处可爱的鸟巢。“每逢春天来临，我几乎都有着一种无法抵制的、企盼上路的欲望。这种久违了的游牧者的本能在我的心中激起。”当我读到美国自然文学作家约翰·巴勒斯写下的这几句话，感觉这些话就像是出自我的嘴，是的，这是一个自认为已经完全城市化了的牧童内心深处永远无法改变的本能。

大益集团
TAETEA GROUP